爱，原来那么暖

狐小妹 著

远方出版社

图书在版编目(CIP)数据

爱,原来那么暖 / 狐小妹著.—呼和浩特:远方出版社,2017.5
（紫水晶情感小说系列）
ISBN 978-7-5555-0838-0

Ⅰ.①爱… Ⅱ.①狐… Ⅲ.①长篇小说—中国—当代 Ⅳ.① I247.5

中国版本图书馆 CIP 数据核字（2017）第 119270 号

爱，原来那么暖
AI, YUANLAI NAME NUAN

作　　者	狐小妹
责任编辑	云高娃
责任校对	云高娃
出版发行	远方出版社
社　　址	呼和浩特市乌兰察布东路 666 号　邮编 010010
电　　话	（0471）2236471 总编室　2236460 发行部
经　　销	新华书店
印　　刷	三河市华东印刷有限公司
开　　本	155mm×225mm　1/16
字　　数	255 千
印　　张	18
版　　次	2017 年 5 月第 1 版
印　　次	2017 年 7 月第 1 次印刷
标准书号	ISBN 978-7-5555-0838-0
定　　价	42.00 元

如发现印装质量问题，请与出版社联系调换

目录

第一章　相亲黄了 / 001

第二章　两个人的旅行 / 029

第三章　他的心愿 / 057

第四章　运动会上的那个少年 / 080

第五章　旧爱来袭 / 108

第六章　破镜难圆 / 135

第七章　下雪的圣诞夜 / 166

第八章　如果·爱 / 195

第九章　危机与感动 / 227

第十章　他的求婚 / 257

大结局　盛若夏花 / 277

第一章　相亲黄了

如果沈若飞不出现的话，潘小夏今天晚上该和那个帅哥医生共进晚餐，看场电影，说不定还有进一步的发展！但一切都被沈若飞给搅黄了！这个坏小子！

1

咖啡店中，潘小夏站在洗手间的镜子前，认真地涂着唇彩，准备迎接她人生中第十三个相亲对象。

潘小夏是S大的英文教师，虽然即将迎来二十八岁生日，但岁月并没有在她身上留下多少痕迹。

她有一张小巧的瓜子脸，乌黑的直发柔顺、富有光泽，大大的眼睛黑白分明，顾盼生辉。她虽然不是令人惊艳的第一眼美女，但是属于越看越有味道的类型。

往自己的手腕和耳后喷了一些三宅一生的香水后，闻着空气中甜丝丝的味道，潘小夏的心情也随之大好。

站在镜子前，她再次检查自己的仪容，确定没有疏漏的地方，才重新回到座位上，静静等待相亲对象的出现。据媒人介绍，此男名叫王一舟，是本市有名的外科医生。他身家清白，前途无量，与她这个大学英语教师门当户对。

现在是下午两点十八分，距离约定的时间已经过了十八分钟。潘小夏一向不喜欢不守时的男人，但是看在主任把对方说得天花乱坠的分儿上，她还是决定一边喝咖啡一边等待。

这家咖啡馆的冰拿铁做得很地道，甜而不腻，很符合潘小夏的口味。

时间一点点过去，潘小夏努力地用吸管吸着杯中的泡沫，打算喝完咖啡就走人。

可就在这时，有人走到了她的身边。那人拉开她面前的椅子，坐下后对她微笑，"是潘小姐吗？我叫王一舟，路上堵车，来晚了真是抱歉。"

见到来人，潘小夏眼前顿时一亮。她原以为出现的会是一个大肚秃头的"成功男士"，没想到居然是一个温文尔雅的气质型帅哥，觉得全世界突然变得明亮起来。她努力咽下口中的咖啡，鼓起的腮帮子瞬间瘪下去，一个灿烂的笑容浮现在脸上。

她放下玻璃杯，用纸巾轻轻擦拭嘴角，温柔而得体地说："没关系，我也刚到不久。"

"真是对不起。"王一舟再次表示道歉。

"真的没关系。"

"潘小姐长得真是漂亮，不知道潘小姐平时喜欢做什么？看电影吗？"

虽说相亲的男女第一次见面很容易尴尬，但潘小夏和王一舟似乎没有出现这样的局面。潘小夏望着王一舟短短的头发，明亮有神的眼睛，微微上扬的嘴角，听着他生动有趣的言谈，心中由衷感激起办公室主任独具慧眼。

王一舟对面前这个美丽大方、文静优雅的女教师也很满意，看了看手表，问："不知道潘小姐一会儿有事吗？"

"没事啊。"潘小夏心猛一跳。

"最近新出了一个片子,据说不错,不知道潘小姐有没有兴趣去看电影?"王一舟望着潘小夏说。

"这……也好。"

潘小夏故作矜持地点头,心中早已经乐开了花。

就在他们交换了电话号码,打算转战电影院,继续培养"革命友谊"的时候,咖啡店的门又开了。

这次进来的是一个身穿白色短袖、蓝色牛仔裤的男孩,一进门就引来不少人的注目。

与王一舟那种温和、无棱角的儒雅不同,这个男孩有着夺人眼球的俊美与青春活力,身上散发着耀眼的阳光味道。

即使穿着最简单的T恤牛仔,但是男孩的身材好得就像杂志上的模特,浑身充满了一种青春的力量。

男孩面容白皙,嘴唇单薄,细长的丹凤眼微微上挑。看神情,他应该是在找什么人。

"哇,好帅啊!"

"这男的是谁?"

自从他进来后,邻桌两个美女的窃窃私语声就不绝于耳,而男孩的目光透过众人,缓缓扫视着潘小夏,表情似笑非笑。

看到他,潘小夏的心猛一跳,下意识地咽下口水,心中突然有了一种不好的预感。

她很想闭上眼睛装作什么也没看到,很想这一切只是梦境,但她只能眼睁睁地看着他朝自己走来,也只能眼睁睁地看到一只洁白修长的手搭上了她的肩膀。

男孩低下头,嘴唇距离她的耳垂只有一厘米,语气温和而富有磁性,"小夏,你出门也不和我说一声,害得我好找。我的内裤你都放到哪里去了?"

"哗!"

潘小夏的玻璃心瞬间成了碎片。

王一舟不可置信地望着潘小夏，脸色由白变青，由青变红，姹紫嫣红，分外好看。

潘小夏气得发抖，急忙打落自己肩膀上的那只大手。她强忍怒气，温和地磨牙，"这位先生，你是不是认错人了？我好像不认识你啊。"

"既然这样，这张演唱会的门票也没用了。"男孩微微一笑，眯起的眼睛很像狐狸。

潘小夏眼看沈若飞作势要把从口袋里掏出的一张印着"刘德华"字样的演唱会门票撕掉，急忙踮起脚把门票抢下！

她小心翼翼地把门票放到自己随身的小包里，严肃地说："浪费是最大的犯罪，既然你不要了，我就勉为其难地接受吧。"

"把票还我。"沈若飞伸出手。

"不还。"

"还我！"

"就不！票已经到我手里了，你别想抢回去！"潘小夏无赖地说。

潘小夏恶狠狠地把小包高举过头，对沈若飞龇牙咧嘴。她唯恐沈若飞把它抢走，可沈若飞却突然笑了起来。

他的笑容温润，好像五月的微风，说出的话却好像十二月的北风，"算了，既然你想要就给你吧。对了，你的相亲对象好像提前走了。"

"什么？"潘小夏一惊，咬牙切齿，"沈若飞！"

2

"潘小夏,生气了?喂,真生气了?"

潘小夏怒气冲冲地往前走,沈若飞跟在她身边不住地问,但语气中没有一点愧疚。

潘小夏家与沈若飞家同住一个军区大院。他们各自搬家前是邻居,搬家后也一直保持着良好的关系,两个人也算是青梅竹马。

沈若飞比潘小夏小三岁,五年前去美国念法学。他回国后没去家里安排的律师事务所,也不愿意考公务员,反而说要来S市学画画,开画廊,险些把他妈气死。

为了躲避妈妈的唠叨,沈若飞来到S市后住进了潘小夏的家中,潘小夏的噩梦也就此开始。

沈若飞这个混蛋!大混蛋!

潘小夏在心里咒骂着沈若飞,气冲冲地走出咖啡馆。她开着车回了家,沈若飞也在她之后到家。

回到家中,潘小夏猛地把门一摔,在自己的房间里生闷气,想起方才发生的一幕就恨不得把沈若飞这个混蛋咬死。她在房里憋到晚上六点都没等来沈若飞的道歉,再也坐不住,借故走到客厅,却发现沈若飞正在聚精会神地折腾她的金鱼。

她见沈若飞一副没事人的模样,气得胃都隐隐作痛。

这个混蛋!

如果沈若飞不出现的话,她今天晚上该和那个帅哥医生共进晚餐,看场电影,说不定还有进一步的发展!但一切都被沈若飞给搅黄了!这个坏小子!

潘小夏愤愤地想着,脚重重踩在地板上,去厨房泡方便面吃。

虽然她已经吃腻了方便面,但今天下雨,她不想出门,又不会做别的菜,所以还是只能靠这个充饥。潘小夏熟练地泡了一碗辛拉面，忍不住叹口气，正打算硬着头皮吃下去的时候，手突然被人猛地抬起，叉子也掉落在地。她诧异地回头，只见沈若飞面露难色，静静地看着她。

"沈若飞，你在做什么！"潘小夏气愤地问。

"都说了多少次不许吃泡面，你怎么就是不听？冰箱里那么多菜，你怎么就爱吃泡面？"

"我又不会做饭。"潘小夏理直气壮地说。

"唉……"沈若飞无力地摸着额头，"潘小夏，你的年纪也不小了，再吃这些没营养的只会老得更快，以后不许吃了。"

"要你管！我老不老又和你有什么关系？沈若飞，你再管我，小心我把你赶出去！"潘小夏瞪了沈若飞一眼。

"别吃这个了，我做给你吃。"

沈若飞打开冰箱，叹口气，洗干净小锅，打开煤气炉，然后厨房瞬间传来一阵香气。

潘小夏看着他熟练的动作，目瞪口呆之余终于不再和他赌气，"沈若飞，你真能干。"

"谢谢。把你扔在美国五年，只能吃牛排和黄油，你也一定会做饭。"沈若飞没好气地说。

"周琴没照顾你？"

"我和她没关系。"

"别骗人了！"潘小夏不信，"谁不知道那丫头喜欢你，你去美国她也跟着去。沈若飞，你说你也老大不小的了，再不把女朋友带回家的话，我也会怀疑你是GAY。还是说，你在外面认识了什么人，但是不能公开？"

潘小夏说着，小心翼翼地望着沈若飞，眼中露出好奇的眼神。

沈若飞真是哭笑不得，深情地看着她，"潘小夏，你的脑子里都在想什么？你是不是电视剧看多了？还是说……你在吃醋？"

沈若飞说着，微微一笑。

他微笑的时候，眼睛弯弯，流光溢彩，很是吸引人，不知道能骗多少纯情少女。可是，潘小夏踮起脚尖，毫不客气地打了一下他的头，瞬间打破了这暧昧，"不要无聊了！我喜欢成熟稳重的男人，不会喜欢你这个小屁孩的！沈若飞，你搅黄我的相亲，但姐姐我大人有大量，看在你做饭的分儿上就不和你计较了！以后再犯的话，我和你翻脸！"

"喜欢成熟的男人……就好像甩了你的汪洋？"沈若飞冷笑。

"沈若飞！"

潘小夏愠怒，狠狠地瞪了沈若飞一眼，沈若飞才识趣地闭嘴。他一言不发地把餐桌摆好，和潘小夏一起吃晚饭。

潘小夏吃着可口的饭菜，在美食的诱惑下，刚才的怒气渐渐消退。她看着坐在对面神情平静的沈若飞，突然想起他们小时候在一起吃饭的场景。

她轻轻一叹，感慨地说："沈若飞，你以前在我家吃饭的场景好像就在眼前，一晃那么多年过去了……你以前总是挑食，整个人又瘦又小，现在的你可比小时候好看多了。但是，你的脾气、性子倒是越活越回去了，现在可真是讨厌。"

"你想说什么？"沈若飞放下碗筷，平静地问。

"那个……"潘小夏看了一眼沈若飞，犹豫了一会儿，还是说，"沈若飞，拜托你不要这样了行吗？"

"我做什么了？"沈若飞看了她一眼，似笑非笑。

"我已经二十八了，你也已经二十五，我们都不是小孩子了。拜托你说话、做事之前先动动脑子，不要再这样冒失，搅黄我的相亲。"

"二十八怎么了？你八十二还是一样没大脑。你一会儿洗碗的时候记得戴手套。"沈若飞漫不经心，一边收拾着碗筷一边说。

"为什么我洗碗啊?这是我家,你睡我的床还要我洗碗?"潘小夏怒了。

"如果你是我女朋友,我不会介意帮你做家务,但你不是。"沈若飞冷静地说。

"我当然不是!你是我弟弟啊。"潘小夏理所当然地说。

"谁是你弟弟?"

沈若飞话语一顿,然后恶狠狠地抓住潘小夏的手臂。他力气极大,漆黑的眼睛闪闪发光,好像一匹小狼。

潘小夏不知道他怎么会突然生气,急忙推开他,手臂上一片红印。

她撩起袖子,愤愤地指着手臂上的红印,凄然地控诉他的罪状:"沈若飞,你要不要对我下这样的毒手啊!你看,我的手臂都青了!你快看!我不管,反正我不能洗碗了。"

潘小夏说着,把白嫩嫩的手臂举在沈若飞的面前。沈若飞的脸一红,轻咳一声,别过身子,说:"好了好了,真是怕了你了。我来洗就是。"

潘小夏顺势追击,"那今天我也不拖地。"

"行!潘小夏,你快去照照镜子吧,脸上还有饭粒。"

"有吗?"潘小夏摸摸自己的脸颊。

"傻子,这种当都上了那么多次,居然还会信。"沈若飞好笑地说。

"沈若飞!"

沈若飞用一种怜悯的神情看了潘小夏一眼,终于乖乖去洗碗,潘小夏觉得自己又要被他气爆了。

她深呼吸,再深呼吸,过了一分钟才控制好情绪。她坐在沙发上边吃苹果边看电视,看着沈若飞在厨房忙活的样子,觉得远离了家务的日子真是逍遥赛神仙。

哼，沈若飞喜欢耍她，占口头上的便宜就好了，反正被他说几句又不会少块肉，但家里多了一个免费的保姆还是非常合算的。不知道沈若飞他到底在想什么？难道他要在这里住一年吗？

潘小夏看了沈若飞一会儿，不再想下去，重新把精力投入到眼前的苦情戏中。这时，沈若飞突然在潘小夏身边坐下，"潘小夏，你看什么呢？"

他们坐得很近，沈若飞的手都快碰到潘小夏的腰了。潘小夏不知道沈若飞为什么会和她一起看这么无聊的连续剧，此时正好演到男女主角在雨中激烈地接吻的画面。望着电视上的限制级画面，潘小夏不由得尴尬了起来，匆忙瞟了一眼沈若飞，却发现他一点不避讳，甚至有点兴致盎然的样子。

潘小夏心中暗骂现在的小孩子真是接受能力强到吓人，急忙换台，和沈若飞打哈哈："现在的电视真是越来越没意思了，都是些什么东西啊……"

"没意思你还看得那么起劲？"沉若飞看着脸红的潘小夏猛地来一句。

潘小夏被噎了一下，只好转移话题："沈若飞，你的画廊准备得怎么样了？"

"还算顺利。怎么，你感兴趣？"沈若飞问，眼睛亮晶晶地看着潘小夏，声音有些嘶哑。

"沈若飞，你还真想做画家？唉，你也不小了，干吗让你妈担心？"

虽然潘小夏闲来无事也会写写文章，涂鸦几笔，算是半个文艺圈的人，但本质还是俗人一个。

她见多了有才气的画师在生存线上苦苦挣扎，所以并不赞成沈若飞踏上这条不归路。她是个再现实不过的人，觉得如果连饭都吃不饱，还有什么资格谈艺术创作。

沈若飞是有天赋，但有天赋的人比比皆是。放眼望去，又有几个能像在纽约开画展，每幅画能卖出十几万美元的神秘的东方男盛夏。生活本来就该是安逸而现实的，他还不成熟，所以才会有不切实际的梦想。

"潘小夏，你有没有梦想？"沈若飞看着她，声音听起来很疲惫，也很遥远。

"有啊，而且很多。我想周游世界，想开自己的花店，想做流浪作家，想有轰轰烈烈的爱情……但我还是做了老师，等待着相亲结婚。沈若飞，这就是生活。"

"生活已经把你磨成这样了？还是因为汪洋那家伙？"沈若飞冷笑。

"你懂什么！"

潘小夏一下子怒了。她呼吸急促，脸涨得通红，过了好久才平息下来，"沈若飞，我没想到你那么无聊，还会提起那个人的名字。"

"我也没想到过了那么多年，你还会想着他，甚至相亲对象也是医生。"

"沈若飞，这是我的事情。"潘小夏终于恼怒了，"我不干涉你的私生活，也希望你不要干涉我的。"

"呵呵。"沈若飞笑笑，不置可否。

虽然没有和沈若飞争吵起来，但是直到回到房中，潘小夏还是觉得心中郁闷无比。她发现五年不见，沈若飞的个性真是越发奇怪了。

她不知道她和汪洋的事情沈若飞是怎么知道的。现在她只要想起汪洋这个名字，就会觉得心痛和无奈。

汪洋是她从初中时开始暗恋的温柔学长，是陪她走过黑暗高三的温柔少年，是在星空下亲吻她的青涩少年……

汪洋，你还好吗？你会不会偶尔想起我？

呵，都分手那么久了，想这个做什么……

潘小夏想着，闭上了眼睛，终于昏昏睡去。

3

第二天，潘小夏开车去 S 大上班。

她所任教的 S 大是一所具有百年历史的学府，无论是斑驳的教学楼、青翠的爬山虎，还是生机勃勃的学生都是她的最爱。

现在是 6 月，正是 S 市的雨季。窗外的乌云沉甸甸地笼罩在城市上空，暴雨欲下不下，天气闷热得可怕。

潘小夏打开办公室的窗子透风，这时办公室主任见四下无人，一脸暧昧地问："小夏，上次给你介绍的那个医生怎么样？"

"啊？还，还行吧。"潘小夏含糊地说。

她当然不能说出相亲被沈若飞这个活宝搅局的事情，只盼主任不要追问下去。

主任显然没接到男方的反馈，只是自顾自地说："男方父母都是公务员，自身条件也好，小夏你不要错过了。你看，你也二十八了，再不嫁人的话可真是剩女了。你爸妈都是我的好友，他们托我给你介绍，我也尽力了，但怎么就是没成的呢？你啊，眼界不要太高，结婚是实实在在地过日子，什么一见钟情，那都是小孩子玩的。如果男方没打电话给你，你也可以主动打给他的嘛。想当初，我……"

"主任，我会努力的。"

潘小夏一见主任又要开始追忆自己的"青葱年代"，急忙打断她的絮叨。

是，她就快二十八岁了。就算是护肤品越用越高级，护理、SPA、健身一样都不少，但是脂粉调出的气色与二十岁的青春活力无法相比。

潘小夏并不拒绝父母、同事为她创造的相亲机会。就算和对方并不合适，相亲对象是个极品，没必要责怪介绍人，大不了从此不再联系就是。

她知道这年头找个好男人比中彩票还难，也没奢望能在相亲中找到什么令她脸红心跳的另一半。只要对方工作稳定，身家清白，长得不至于不堪入目就好。

爱情，那都是少女时期的奢侈品，现在的她不想要，也要不起。

心理学家都说爱情的保质期只有一年半的时间，与其追求那些虚无缥缈的情感，不如关心下商场什么时候打折的好。

"你这孩子……"

主任说教才进行了一半就被潘小夏打断，不由得有些意犹未尽，恨不得再给她上几课。

可是，就在这时，潘小夏的手机响了。

潘小夏接通了手机，只听见一个低沉而富有磁性的声音说："小夏，今天我有事不回去吃饭了，饭菜在冰箱里，你热一下就好。"

"你为什么不回来吃饭？是在工作室忙吗？"潘小夏问。

"嗯。"

"行，我知道了。挂了。"

"再见。"

挂断电话，主任继续对潘小夏说教。潘小夏一只耳朵进，一只耳朵出，只觉得自己的脸都要笑僵了。下课回家后，她一个人孤零零地吃饭，总觉得少了些什么，有点索然无味。

她开始怀念沈若飞在家时的闹腾，居然希望他快点回来。到了八点，沈若飞还没有回家，潘小夏终于有些坐不住了。她想起沈若飞小时候只要一画画就会忘记吃饭，不由得担心起来。

这家伙是不是画得太投入连吃饭都忘记了？算了，反正他的工作室离这也不远，去看看他吧。她"奉旨"照顾沈若飞，又吃了沈若飞那么多白食,偶尔总该回报一下吧。

潘小夏想着,去了沈若飞的工作室。她轻轻推开房门,看见正在专心作画的沈若飞。

灯光柔和的房间里,沈若飞认真地在油布上涂抹着颜料,袖子卷起,侧影美得不像话。

都说男人认真工作的样子最有魅力,潘小夏看着沈若飞的侧影,看着他额前的碎发,只觉得心猛一跳。

空气中弥漫着油彩的味道,潘小夏悄悄走到沈若飞身边,猛一拍他的肩膀,"干吗呢?"

"潘小夏!"

沈若飞手一抖,迅速回头,嘴唇轻轻擦过潘小夏的额头。

潘小夏本意只是想吓他一跳,没想到居然会出现这么大的乌龙,心怦怦直跳,脸也涨得通红。嘴唇滑过额头淡淡的触感好像电击一样,潘小夏瞬时尴尬万分,而沈若飞却挑眉笑着说:"你怎么来了?是不是想我了?"

"呸,美得你!我是来视察工作的!沈若飞,你画什么呢?让我看看你的画呗。"潘小夏强装什么事情都没有发生。

"想看就看吧。"沈若飞无所谓地说。

有些人的画室会堆满绘画用品和画作,看起来很杂乱,可沈若飞的画室整整齐齐,井井有条。潘小夏看着沈若飞正在创作中的油画,发现怎么看都看不懂,"你画的是什么?"

"《盛若夏花》。"沈若飞淡淡地说。

"名字不错,很文艺嘛。可我怎么觉得你画的不是花?"潘小夏盯着那幅画。

"是花。只是,这花有点特殊。这是我最喜欢的一幅画。"

沈若飞的画上是潘小夏看不懂的线条,怎么看都不像花。不过,抽象派可以指着苹果说这是你的脸,他自然也可以指着一根狗尾巴草说是花。

潘小夏耸耸肩，没有在这个问题上过多纠缠，突然看到了隐藏在画布中的一本白色本子。

如果没记错的话，这个应该是沈若飞刚开始学画时的草稿本。以前她就对这个本子很感兴趣，一直想看，但沈若飞总是拦着不给她看，眼下真是最好的机会。

"这是什么？"

潘小夏说着，已经顺手拿起那本微微泛黄的草稿本，在沈若飞没有反应过来前随手一翻。

映入眼帘的都是最简单的线条练习，她粗粗翻了几页，没翻到什么有趣的东西，不由得有些失望。这时，沈若飞一把夺过她手中的本子，看起来很恼怒，脸也微微泛红，"潘小夏，你怎么不经我同意乱动我的东西？"

"我不是和你说过了吗，你那么小气做什么？"

"潘小夏，我不喜欢别人乱翻我的东西。"

"我们那么熟了，才不是什么别人呢……嘿嘿，沈若飞，来吃饭吧，我特地买给你的哦。"

潘小夏虽然嘴硬，但心里到底有些发虚，只能急忙转移话题。她把在餐馆里买的饭菜放在茶几上。沈若飞此时正小心翼翼地把本子锁在抽屉里。潘小夏看着他满脸警惕的样子，忍不住哑然失笑。

只是一个草稿本罢了，又没有裸女，他至于那么紧张吗？算了，孩子大了总是有自己的秘密，她做姐姐的也不好太管。唉，他到底长大了啊……

潘小夏感慨地想着，这时沈若飞已经洗了手，坐在榻榻米上和她一起吃饭。

沈若飞没有喷香水的习惯，身上传来淡淡的松节油味，很是好闻。他看着潘小夏，微笑着问："怎么今天想到来看我？"

"一个人吃饭太无聊了。"

"只为了这个?"沈若飞看起来很失望。

"那还要因为什么?我都看你快二十年了,我们相看两相厌,难道我会想你吗?"

潘小夏说着,哈哈大笑,用力拍了一下沈若飞的肩膀。她为自己的幽默自豪,但奇怪的是沈若飞并没有笑。她的笑容凝固住了,尴尬地说:"沈若飞,你这个地方真好,环境比我家好多了,你为什么不住在这里?"

"我习惯把工作和生活分开。"沈若飞慢悠悠地说。

"切,说得好像自己真的很专业一样!你那画廊要不是不盈利的话,你真的会乖乖回家吗?"

"不要说不可能的事情,潘小夏。"沈若飞淡淡一笑,自信地说。

谈起画廊,沈若飞的眼中满是胜券在握的光芒。他,容貌俊美,笑容自信,一切尽在掌控之中的神色让潘小夏为之一愣。

潘小夏呆呆地看着沈若飞,心跳突然间就乱了频率。她也不知道自己的心怎么会突如其来地慌乱起来,急忙低下头,可方才那个若有似无的吻还是在她心中盘旋,怎么也挥之不去。

她……这是怎么了?

沈若飞一直是一个容貌俊美的男孩,她也不是第一次见到他,可为什么在一瞬间居然会有种被电击的感觉?他可是她看着长大的弟弟!她怎么能因为自己的弟弟而脸红?

沈若飞……

潘小夏微微一叹。

4

饭后,潘小夏在他屋子里参观。她兴致勃勃地玩着他窗前的仙人掌,时不时拿手去摸。沈若飞无语,一把抓住了她的手,"小心刺到你。"

沈若飞的手白皙、修长,因为一直练习绘画,掌心处有老茧,手掌温暖而灼热。

潘小夏没想到沈若飞会突然抓住她的手,大吃一惊,下意识地把手一甩,反而被仙人掌的刺扎了一下。

她的食指上出现了血珠,沈若飞一愣,急忙为她找创可贴,而她勉强笑道:"没事,不疼。沈若飞,你继续画画吧,我不打扰你了。"

"小夏,你生气了?"

沈若飞皱着眉看着潘小夏,看起来有些疑惑。

潘小夏不能说出自己想离开这里,不是因为手受伤疼痛,而是因为方才对沈若飞的感觉让她尴尬不自在。她只好强笑着说:"没生气啊!我又不是那种小肚鸡肠的人,你还不了解我啊!我今天有点不舒服,回去早点睡觉了。明天陈薇来,我们还有得忙呢。"

"小夏,你没事吧?"

"真没事,你安心画画吧!拜拜!"

直到离开了沈若飞的画室,潘小夏脸上的笑容才消失不见。

望着楼上微黄的灯光,她开始觉得让沈若飞和她住在一起真不是一个很好的决定。

不管怎么说,沈若飞毕竟已经是个二十五岁的大男人了,就算他们彼此无心,但是也会有很多不便,还是找时间和妈妈谈一下吧……

潘小夏想着,一夜无梦。

潘小夏不知道沈若飞是什么时候回来的,当她睁眼睛的时候,已经日上三竿。她看看手机上的时间,长长地舒了一口气,正打算继续美美睡上一觉,手机响了。

她把手机放到耳边,老妈每周的例行问话开始了,"小夏,你在做什么呢?"

"在睡觉……"

"你那一直下雨,你要记得带伞,不要着凉!还有,一定要准时吃饭,饿坏了可不好!"

"知道了……"潘小夏有气无力地说。

"飞飞在做什么?"

"我怎么知道!"潘小夏有点不耐烦。

她想起了昨晚的尴尬,问:"妈,沈若飞什么时候搬走?总不能让他一直在我家住着吧。"

"你这孩子怎么说话呢!你忍心让你王慧阿姨担心?"

"不忍心。所以,我不是让他住进来了吗?可他也不能在我这住一辈子啊!"

"唉,小夏,你这丫头从不知道主动打电话回家,要不是飞飞来照顾你,我和你爸真不知道要多担心!你们两个孩子都在外地,相互照应点儿,家长也好放心。你可别欺负飞飞啊!"

"妈,你当他八岁啊!我能欺负他?我和沈若飞孤男寡女的共处一室,你怎么就不害怕我吃亏?"

"你吃亏?飞飞是我看着长大的,你不欺负他就是万幸了!总之你不许对他态度不好,知道吗?"

"妈,你一点不民主!到底谁是你闺女?"潘小夏烦躁地问。

"不要乱说,你是民,我是主,我们一直是最民主、最和谐的一家。"

"我,我真是被你打败了……"潘小夏无语。

"对了,你上次说和一个什么医生相亲,结果怎么样?"

"大概黄了。"

"为什么？"电话那头的声音明显提高了八度。

"都是沈若飞……"

"是你相亲，不是飞飞相亲，你怪人家做什么？一定是你不争气！"

沈若飞一直是她爸妈的心头宝，所以潘小夏很淡定。潘小夏无奈地撇撇嘴，把手机放到一边，很不孝顺地让老妈对着空气发表她的感想。就在这时，沈若飞开始敲门，她也趁机挂断了电话。

"潘小夏，起床了！你不是说要去超市的吗？"

"我起来了！"

"那我进来了！"

房门被突然推开。

虽然穿着严严实实的睡衣，但潘小夏还是吃了一惊。她郁闷地把自己埋在被子里，无奈地说："沈若飞，麻烦你进来之前敲门好不好？我们毕竟男女有别，会很尴尬。"

"是你自己说已经起床的。而且，你有什么好让我看的吗？"沈若飞意味深长地看着她，似乎在嘲笑。

"沈若飞！你要是再这样没礼貌……"

"就把我赶出去是吗？你就不能换个新鲜的。"

沈若飞不屑地笑了笑，把叠得整整齐齐的衣服放到潘小夏的衣柜里。潘小夏目瞪口呆地看着沈若飞的大手把自己白色的、纯洁的、可爱无双的小内衣放在了内衣专用收纳盒，激动得话都不会说了，"你在做什么？我的内衣怎么会在你手上？"

"你说这个啊……"沈若飞晃晃手中的白色内衣，"已经干了，我就收回来，免得被雨淋湿。"

"可这是我的内衣啊！"

"我知道这个不是我的。"

"你流氓!"

"就这号,你以为我会看得上眼?"

"沈若飞!你变态!把我的内衣还给我!"

"潘小夏,真是难以想象现在还有人穿这样老土的颜色……"

"关你什么事!变态!"

"别一口一个变态好不好?这种事还要我做,害得我一个大男人帮你收内衣,你还骂我?"

"谁,谁让你收了?"潘小夏的脸红得就要滴血,"还给我!"

潘小夏下床,踮起脚抢走沈若飞手中的内衣,气得直喘粗气。

自打上初中以来,她就是所有人眼中的乖乖女,"文静、内向"是她成绩单上最常出现的字眼。可是,遇到沈若飞,她会控制不住自己,露出性格中彪悍的一面。

从小到大的教育让她做惯了淑女,但是沈若飞清楚地知道她的软肋,能轻而易举地让她失控。

这个混蛋沈若飞!

"过来。"沈若飞朝她招手。

"不来。"他以为她是召唤兽啊。

"你快起来收拾一下吧,陈薇过会儿要来。"

"她又来蹭饭吃?"

"是啊,她好像有点乐不思蜀。"

对于那个外表极其美艳,内心极其八卦的陈薇女王他们都很无语,互视一眼,一起叹气。

"既然陈薇要来,还是早点准备吧。我去换衣服,你可以趁这个时间把地拖了。"潘小夏说。

"拖地不是你的任务吗?"

"你要给女人善变的权利。小孩子屁话那么多,快去拖地!"

潘小夏把沈若飞推出门,然后开始换衣服。她和沈若飞一起开车去超市，买些冷菜和熟食，顺便采购这一周的生活用品。

与买衣服时的精挑细选不同，潘小夏逛超市一向是雷厉风行，可沈若飞却动作奇慢。

他推着购物车时不时看一眼在他身边挑选着日用品的潘小夏，脸上带着很奇异的微笑。潘小夏被他的笑容弄得有些发毛，摸摸自己的脸，说："你这样看我干吗？"

"没什么。潘小夏，你说我们这样像不像夫妻？"

"像啊。"潘小夏随口说。

"真的？"

沈若飞的脸微微一红，深情地看着潘小夏，只觉得口干舌燥起来。可是潘小夏显然在敷衍他，看着超市前方的货架，激动地说："哇，大减价！沈若飞我们过去看看！"

"你真是无聊！"

沈若飞脸色绯红，迅速扭过头去，不知道又在别扭什么。

卫生巾正在搞"买一送一"的活动，潘小夏急忙冲上前，不假思索地买了五包，购物车也很快被卫生巾填满。沈若飞无语地看着她，嘴角微微抽搐，而潘小夏理直气壮地说："这个便宜。"

"我知道……"

"女人都用卫生巾，你为什么会用这么奇怪的眼神看着我？难道你觉得我不该买？"

"不是……"

沈若飞不知该怎么解释一个大男人的购物车里出现卫生巾是一件多么令人尴尬的事情。他看着潘小夏疑惑的眼神，对她的神经大条再一次无语。他微微一叹，轻轻拍拍她的头，言不由衷地说："没什么。"

"喂，不要像拍小狗一样拍我的头！只能我拍你！"

潘小夏对沈若飞的行为极其不满，跳起来就要拍沈若飞的头，但怎么也够不到,气得直跺脚。

此时的她没有发现超市一角有一个男人正看着她,脸上满是晦涩难明的神情。

"沈若飞,你怎么了?"

潘小夏见沈若飞突然停止了打闹,飞快朝超市的一角看去。沈若飞眉头微皱,眯起了眼睛,似乎是看到什么不该看的东西。

潘小夏朝那个方向看了很久,什么也没看到,不由奇怪地问:"沈若飞,你到底在看什么?"

"没什么……好像看到了一个人渣。"沈若飞神色一缓,微笑着说。

5

回到家中,沈若飞在厨房做饭,潘小夏就和陈薇一起在客厅看电视剧,时不时交流一下购物和美容心得。

陈薇看一眼在厨房忙活的沈若飞,捅捅潘小夏,说:"潘小夏,你这女人真有福气。"

"怎么了?"潘小夏奇怪地问。

"家有田螺小哥啊,长得帅,身材好,又会做家务,真是男人中的极品。"

"你也见了不少帅哥了,怎么对沈若飞评价那么高?怎么,你换口味了,喜欢青涩少年了?"潘小夏笑着揶揄。

"滚吧你!这个沈若飞哪里是青涩少年了!他明明是一个散发着男人味的英俊男人!"

"我只听说不洗澡会散发臭味,还没听说会散发男人味的……"

"潘小夏!说真的,你对他有没有……"陈薇眯起眼睛。

"有什么?"

陈薇暧昧一笑，正打算往下说，这时沈若飞已经端着盘子走出了厨房，房中顿时弥漫着令人垂涎欲滴的香气。

陈薇看到这些卖相好看的菜肴，感动得眼泪都要流出来了。她一个箭步冲到沈若飞面前，对他殷勤地笑了笑，"若飞，你真能干。你有女朋友吗？"

"陈薇，你不要那么恶心好不好！"潘小夏听不下去了，"若飞……呕……"

"我没女朋友。陈薇姐要给我介绍吗？"沈若飞微笑着问。

"我也想，可我怕小夏吃醋！"陈薇对沈若飞说，但看着的是潘小夏。

"得了吧！你有姑娘就快点介绍，我巴不得这小子快点结婚生子！"

"那么希望小帅哥结婚？那你对我们若飞就没一点感觉？"陈薇一愣，不可置信地问。

"要有什么感觉？"潘小夏奇怪地看着她。

"你们才貌相当，又是青梅竹马，发展一下也是很登对的一对儿啊！你真的没想法？"

"拜托，我们一起长大，我看过他穿开裆裤的样子，他也见过我满脸青春痘的悲惨时光，你觉得我们可能来电吗？你会对你那个帅得没话说的表哥来电吗？"

"小夏，近亲结婚是不被提倡的……"

"那不就得了。"

潘小夏用短短几句话，让陈薇相信自己对沈若飞的感情只是对于家人的感情。

沈若飞一言不发地听她们讨论，听到后来，突然把筷子重重放在桌上，说："我有事出去一趟，你们慢吃。"

"沈若飞你不吃饭了吗？都开饭了你去哪儿？"

"不用你管。"沈若飞冷冷地说。

沈若飞拿了外套就走，剩下陈薇和潘小夏面面相觑。潘小夏无奈地看着陈薇，招呼她吃饭："你别介意，这小子有时候就是这么风风火火的……也许到更年期了吧，又或者，他的青春期比较长。"

"他在生气。"陈薇说。

"有吗？"潘小夏一愣，"我们也没得罪他，而且据我所知，他不是这样小心眼的人啊。"

"潘小夏，你真是个笨蛋。"陈薇看了潘小夏许久，终于轻轻一叹。

"喂！陈薇！"潘小夏怒了。

"哈哈，吃饭，吃饭！"

饭后，潘小夏和陈薇一起去商场购物，正逛得起劲的时候，陈薇突然接了一个电话。挂断电话后，她征求潘小夏的意见："今天是叶子的生日，她在唱歌，让我们也去。小夏，你去不去？"

"都有谁？"

"她的一些同事朋友呗。"

"好像都不熟啊。"

"可是叶子都喊我们了，不去不好吧。"

"是啊……那我们买了礼物过去吧。"

艾叶是她们的大学同学，也在 S 市工作，但与陈薇、潘小夏的关系一般，所以她们平时也很少往来。可是，既然她都开口邀请她们去了，她们也不好不给面子。

带上礼物，她们到了指定的 KTV，此时的总统包厢中正觥筹交错，热闹非凡。他们有的在喝酒玩色子，有的在唱歌，歌舞升平的样子。艾叶一会儿和这个喝酒，一会儿敬那个，看起来如鱼得水。

"小夏，薇薇你们来啦？"艾叶热情招呼。

她长相精致，穿着黑色吊带和牛仔热裤，最吸引人的就是她雪白的长腿。她的脚上涂着鲜红的指甲油，与她红唇的颜色正好相得益彰，与上大学时有着天壤之别。

一见到小夏和陈薇，她极为热络地和她们寒暄，可潘小夏险些没认出艾叶。她和陈薇原想送了礼物就借故离去，没想到在角落看到了她们的大学同学韩骏与顾敏。

她们把礼物给艾叶后，就坐在了韩骏与顾敏身边。他们谈起大学里的趣事，毕业后的经历，时而欢笑，时而感慨，纷纷感慨时光如梭，一去不复返。

"小夏，那么多年不见，你还是挺年轻的，和刚毕业的时候没什么区别。陈薇，你也越来越漂亮了。"韩骏说。

"韩骏，你少甜言蜜语的了！这些话你留着对你老婆说吧！"潘小夏瞥了一眼韩俊。

"把我骗到手，他还会这样甜言蜜语吗？"顾敏笑了，"真是没想到会在这里遇到……小夏，你还好吗？"

"很好啊。你看我像不好的样子吗？"潘小夏笑了笑。

"有件事……"

"别说了，小敏。"韩骏急忙打断。

"什么事搞得那么神神秘秘的？顾敏，你说！"

潘小夏来了劲，逼着顾敏说。顾敏看了自己的老公一眼，还是说："前几天我在医院遇见汪洋了。他问我你过得好不好，还问我要了你的号码……我没给他。小夏，我觉得这种事还是你自己做决定比较好。只是，他回国那么久了，你确定不要再给他一个机会？照我看，他还在想着你。"

"那又怎么样？都是以前的事情了……而且，什么想不想的，都只是小孩子的游戏罢了。"潘小夏紧咬着嘴唇。

"你又何苦这么倔强，明明那样爱过……为什么要彻底失踪，就算是在一个城市也不和他见一次面？"顾敏劝道。

"小敏你不要说了,我想小夏有自己的判断。我们唱歌吧。"

韩骏搂住顾敏,阻止了妻子的劝说,也假装看不到潘小夏难看的脸色。

艾叶的同事看起来年纪都不小,唱的歌也都是《北国之春》之类的歌曲,让他们这些人简直有种想死的冲动。

在众人崩溃前,韩骏终于顺利抢到话筒,唱了一首杜德伟的《情人》,点名送给他最亲爱的老婆顾敏。韩骏平时声音很好听,但唱歌五音不全,真是让人不堪忍受。

潘小夏还好,陈薇这个暴脾气一点没改。她噌的一下站了起来,一把夺过话筒,"话筒给我!你唱得真是难听死了!"

"陈薇你把话筒还给我!"

"不还!"

"不还就不还,你怎么掐人!救命!老婆救命!"韩俊悲愤地说,向顾敏求救。

"陈薇抢得好!"顾敏笑嘻嘻地说。

成功地抢过话筒后,陈薇得意地看着郁闷地在墙角数蘑菇的韩骏,唱了一曲极为性感的《舞娘》。她一边唱,一边学着蔡依林的样子舞蹈,妖娆的身段、动听的歌声瞬间让她成了全场焦点。

在陈薇的感染下,场面逐渐混乱了起来。有几个男士坐到了她们这边,向陈薇献殷勤,可陈薇只顾着唱歌,对他们爱理不理。

艾叶心里很不爽,脸色难看,强笑着说:"陈薇的歌声还是那么动听,真令人羡慕。"

"不用羡慕,这种天赋都是天生的,有些人想学也学不来。"陈薇说。

陈薇讽刺的本是韩骏,而艾叶以为陈薇在讽刺她,脸色更为难看。就在这时,一个人说:"艾叶,我一个朋友找我有点事情,我想请他到这里来,行吗?"

"当然可以了。李经理，你不要客气。"艾叶笑靥如花。

"多谢。"

大约一个小时后，果然有人来了。潘小夏一边吃着西瓜，一边漫不经心地看着来人，只觉得呼吸停滞了。她的眼睛瞪得滚圆，嘴唇发干，一句话也说不出来，在场的她的同学们也是神色各异。

来人沉默了一会儿，走到了李经理身边。李经理对大家介绍说："这是我的高尔夫球友汪洋，是二院的外科医生。大家有什么要帮忙的可以联系他，他可是二院的一把刀。"

"汪医生，久仰久仰。"

有人开始和汪洋攀谈起来，潘小夏只觉得浑身冰冷，手都开始颤抖。

她没想到会在这样的情形下看到汪洋，恨恨地看了艾叶一眼，而艾叶也是一脸愕然。潘小夏不知道艾叶是不是如同表面看起来那样无辜，但她已经没有精力去管这些。

陈薇察觉她不对劲，很聪慧地拉起她的手说："小夏，时间不早了，我们回去吧。"

"是啊，小夏，你明天还要上课，回去吧。"艾叶也说。

"怎么那么快就走？"有人急了，"潘小姐和陈小姐今天都没喝酒，也没留下名片，是不是太不给面子了？"

"对不起，可是……"陈薇张口要说什么却被潘小夏打断了。

"陈薇，我还不想走。"潘小夏缓缓地说，"艾叶的生日蛋糕还没吃，现在走太失礼了。"

沉默了一会儿后，大家开始继续玩乐。

有人向潘小夏敬酒，潘小夏一改之前的婉拒，一口气把酒喝干，引来一片叫好声。陈薇他们怎么劝也劝不住，都埋怨地看着艾叶，而艾叶则是一脸无辜。

当潘小夏准备喝第六杯的时候，一只手抓住了她的手腕，"别喝了。"

汪洋的目光让人看不出情绪，潘小夏对着他冷笑。她对着他，轻声却清晰地说："关你什么事？"

"我是医生，你……真的没必要拿自己的身体赌气。"

"关你什么事？"

潘小夏似乎只会重复这句话，笑容冷漠。

她没想到会在这种情况下见到汪洋，觉得自己像是赤裸裸地站在人群中，所有人都在看她的笑话。

所以，她必须坚强，必须不让任何人看出她的软弱！可是，从头到尾自欺欺人的也许就是她这个傻瓜罢了……

"小夏，你喝醉了，我们回家好不好？"陈薇担忧地说。

"嗯。"

陈薇小心地扶着潘小夏，谢绝了艾叶的相送。她走前狠狠瞪了汪洋一眼，恨不得把他扒皮抽筋。因为红酒后劲大的关系，潘小夏已经丧失了行动力，陈薇累得筋疲力尽。

沈若飞开了门，看到醉醺醺的潘小夏，不由大怒："你们去哪里了？喝成这样回来？"

"嘿嘿，对不起……出了点意外……"陈薇赔笑。

"什么意外？"沈若飞继续阴沉着脸。

虽然沈若飞年纪比陈薇小，平时也是一副阳光少年的样子，但他脸色不好时还是让陈薇挺害怕的。陈薇咽咽口水，瞬间把潘小夏卖了，"她今天见到汪洋了。"

"然后喝成了这样？"

"嗯。"

"谢谢你，接下来的事情交给我就好。"

沈若飞说着，把潘小夏打横抱起，然后很不客气地把门关上。

陈薇知道沈若飞生气了，所以也不敢介意他的无礼，起身离开。

进了房间后,潘小夏躺在床上,对沈若飞嘿嘿地笑,"沈若飞,我见到他了。我没有沉住气,还是生气了,真是笨蛋……"

"你一直是个笨蛋。"沈若飞坐在她床边,闷闷地说。

"十五年啊……自从初中看到他那刻起我就开始暗恋他,我喜欢他整整十五年!可是,他不要我……他不要我了……"

潘小夏搂住沈若飞的脖子,突然在他胸前大哭了起来。

沈若飞平时是一个有洁癖的男人,潘小夏的眼泪鼻涕蹭在他胸前,他觉得心变得很软,很软,软得几乎化成了一汪水。

他捋顺潘小夏的发丝,捧着她的脸,一字一句地问:"就那么痛苦?"

"嗯。"

"潘小夏,他值得吗?"

"你懂什么!你知道喜欢一个人十五年的感觉吗?"

"十五年是吗?"沈若飞冷笑,脸色雪白,"你怎么知道我不知道这种感觉?"

"你什么都不懂!"

"你怎么知道我不懂?"沈若飞看着醉酒的潘小夏,反问道。

"沈若飞,我好累啊……爱情真是太辛苦……所以,我绝对不会再爱上什么人了……绝对不会……"

潘小夏喃喃地说着,在沈若飞的怀里沉沉睡下。

沈若飞轻轻抚摸着她的发丝,轻声说:"你怎么知道我不懂?我比你更清楚爱一个人却求而不得的感觉。潘小夏,我真的懂。"

第二章　两个人的旅行

沈若飞说："潘小夏，我就知道你不在乎。高中那么难看的校服你都舍不得丢，偏偏我送给你的东西你就扔了。"

1

第二天，潘小夏的酒意还没完全醒，身体软软的，但是她也只能硬着头皮去上班。

下课的时候，她见不少同事聚集在校车边，好奇地问："你们这是去哪儿？"

"去体检啊！潘老师没收到通知吗？"

"好像是有这么回事……是去附属医院吧？"

"今年去第二人民医院体检。"

"二院？为什么？"潘小夏一惊。

"还不是有的老师说附属医院仪器旧，可能查不出毛病，要换家医院查！算了，换就换吧，反正也不太费事。"

老师们都纷纷议论着，而潘小夏如遭雷击。她没想到昨天的那场见面只是一个开始，今天还有更精彩的等待着她！

二院，汪洋工作的二院……难道，还是躲不过这场狗血的闹剧吗？

"潘老师你怎么了？脸色怎么这么差？"

"没事，估计有点低血糖吧……我没事。"

潘小夏笑笑，坐上了校车，没过多久就来到了二院的大门口。她深吸一口气，怀着英勇就义的心情进了医院。

她拿着体检单开始在各个科室奔走，一开始还担心会和汪洋不期而遇，可是大半项目检查完毕也没有见到汪洋，心中也不知道是高兴还是失落。

果然还是多想了……医院那么大，怎么会说遇见就遇见？真是个傻瓜……

她的心中五味杂陈，坐上电梯打算去一楼交体检单。电梯缓缓下降，在五楼的时候突然停住了。

电梯门慢慢开启，潘小夏望着电梯外站着的人，突然愣住了。

电梯外，汪洋拿着几张单子愣愣地看着潘小夏。潘小夏下意识地按住开关，想把门关上，而汪洋硬是用手在电梯门合上之前把它掰开，整个身子也挤了进来。

潘小夏目瞪口呆地看着他近乎强盗的行为，不由得冷笑，"汪医生这是做什么？和病人抢电梯吗？"

"小夏……"

"我姓潘。"

"小夏，你不要这样。我知道当初是我对不起你，可这些年来，我一直没有忘记你。"

汪洋戴着黑边眼镜，容貌清秀、文雅，神情是那么的真挚，可潘小夏只想笑。她没想到，电视剧中才会出现的狗血剧情会一一上演，这个背弃了她的男人还在和她说什么思念。

潘小夏的身体微微颤抖，但语气越发温柔，"汪医生，我真是感动。只是，你出国前对我说的那些话你都忘记了吗？如果你忘记了，也许我可以帮你想起来。"

"小夏……对不起。"

汪洋的脸色一下子就变了。

他痛楚地望着潘小夏,可潘小夏只是看着电梯上不断跳动的数字,没有看他一眼。

电梯到了一楼,潘小夏头也不回地往外走,可就在这时,汪洋一把拉着潘小夏的手,说:"你的报告还有些问题,你必须要直面这些问题,不能逃避。"

"汪洋你做什么!放手!"

潘小夏又惊又怒,所有病人和医生都眼睁睁地看着汪洋把潘小夏拉到了自己的办公室,没有人知道到底发生了什么事。

汪洋半强迫地把潘小夏拉到自己的办公室,把办公室的门一关,抱歉地说:"小夏,对不起,可我只能用这样的办法留住你了。"

"你是医生,这里是你的地盘,我有什么办法?我不知道我们还有什么好说的!"潘小夏像满身是刺的刺猬。

"小夏,事情不是你想的那样。"

"那是什么样?"潘小夏笑了,"难道不是你和我说为了前途必须和我分手,不是你和我说不要等你,因为你根本不会等我?不是这样吗,汪洋?"

她一直是一个天真爱笑的女孩,笑起来脸上会有两个酒窝,说不出的甜美可爱。

汪洋望着她,想起他曾经是她所有笑容的唯一观众,再想起那晚超市里在她身边的男子,只觉得好像喝了一杯柠檬汁,酸得可怕。他深吸一口气,说:"我知道我对不起你,但我只是想事业有成,不想你跟着我受苦!"

"是啊,你都是为我好。"潘小夏冷笑。

"潘小夏,我找不到你!我回国后疯了一样地找你,但没有人愿意告诉我你去了哪里。我去过你家,远远地看着,但是从来不敢进去！潘小夏，你为什么要失踪？为什么要让我找不到？"

汪洋猛一拍桌子，绝望地望着潘小夏，潘小夏觉得啼笑皆非。她望着窗外，平静地说："汪洋，一切都过去了。我是恨过你，但现在……也没这个必要了。我们做不了朋友，所以以后还是不要见面的好。"

"小夏，不要这样。"汪洋难过地说，"我们……我们重新开始好吗？"

"重新开始？可我们早就回不去了。"潘小夏淡淡地说。

2

回到家中，潘小夏觉得心中郁闷无比，做什么事都没有兴致。与汪洋会面，让她几乎透不过气来。

她在书房上网，顺手点开视频，看了她想看又一直不敢看的《灵异孤儿院》。随着剧情的开展，惊悚的画面、诡异的音乐让潘小夏好像置身在那个黑暗世界，呼吸都变得小心翼翼，心怦怦地跳个不停。

就在她屏住呼吸，从手指间的缝隙看片子的时候，房门突然嘎吱一声开了，一只手搁在了她的肩膀。她吓得哇地大叫，回过头，待看清楚来人才松了一口气。

"沈若飞你做什么！你想吓死我啊！"

"那你没事看什么恐怖片？"沈若飞望着脸被吓得惨白的潘小夏。

"不是无聊吗……"

"潘小夏，你是不是出什么事了？"沈若飞歪着头看着她。

"切，能有什么事儿啊！你小子不要胡说！"潘小夏心虚地扭过头。

"真的没事？"

潘小夏拍胸脯保证，"真的没事！"

"哦……你在看什么片子？"

"《灵异孤儿院》，这可是世界十大经典恐怖片之一，要一起看吗？"

"好啊。"

沈若飞搬张椅子，坐在潘小夏身边。

潘小夏是一个非常胆小的人，平时不敢看惊悚片，但沈若飞在她身边坐着，让她不知道为什么安下心来。

剧中的女主角劳拉在爱子西蒙失踪后疯一样地寻找，从不放弃，却突然发现自己居然是间接害死儿子的凶手！她选择了服下安眠药，永远和幻想中的儿子、小伙伴们在一起，脸上带着幸福的微笑。

潘小夏看到最后，只觉得眼睛酸酸的，感慨地说："还真是可怜……不知道是劳拉知道真相痛不欲生好，还是抱着西蒙没死的信念，永远这样寻找下去好？真是一个艰难的选择题……"

"潘小夏，你说什么？"

"如果我是劳拉的话，也许我会希望永远不知道真相，永远存着西蒙没死的信念，用一生的时间来寻找他。没有希望的人生是最痛苦的啊……沈若飞，是你的话，你会希望什么样的结局？"

潘小夏满怀期待地等着沈若飞的回答，而沈若飞只是不屑一笑。他站起身，说："这个问题对我而言没有任何意义。潘小夏，你也别伤春悲秋的，都那么大年纪了，这样的少女情怀不适合你。"

"无聊！不和你说了，我去洗澡。"潘小夏瞪了沈若飞一眼，拿着换洗的衣服进了浴室。

站在花洒下,她闭上了眼睛,直到此时,才敢让眼泪肆意地流淌。

好难过……

心口好像被大石压着一样烦闷，呼吸也是那样困难。什么"重新开始"，他以为他是谁？为什么每次落荒而逃的那个人都是她！

和汪洋分手之后，她不知道有多少次幻想过他们重新见面的场景，幻想汪洋抱着她说"我们重新开始"，幻想别离只是一场梦境。

后来，时间久了，幻想得少了，恨意却慢慢浓了。她憎恨那个给她希望却又让她绝望的男人，不敢相信爱情，把自己的心房紧紧关住。

可是，就在她几乎忘了他，可以重新开始新生活的时候，他为什么又回来？

为什么？

潘小夏紧紧咬住了自己的嘴唇，狠狠擦拭泪水，过了许久，才把所有的悲伤成功压在心头。

她在浴室待了很久，等眼部的红肿消下去后才走出浴室，不让沈若飞看到她狼狈的一面。

"沈若飞，你煮咖啡了？味道不错啊。"

潘小夏走出浴室，闻到一股好闻的咖啡味，看着在沙发上喝咖啡的沈若飞，忍不住咽了一下口水。

沈若飞身穿白色居家服，一手拿着咖啡杯，看了一眼潘小夏，神情闲适，"哭够了？"

"你你你哪只眼睛看到我哭了？你不要乱说！"

潘小夏像是被蝎子蜇了一样气急败坏地反驳，而沈若飞的脸色也瞬间沉了下来。

潘小夏觉得呼吸越来越困难，心中的那点小秘密也在沈若飞的目光下被无限放大，无所遁形。

"潘小夏，别把别人都当傻瓜。"

"懒得和你吵，我出去走走。"

"你去哪儿？"沈若飞问。

"随便逛逛，一会儿就回来。"

潘小夏说着，离开了屋子，信步在小区里走着。

她脑中一片空白，不知道走了多久，目的地在哪儿，等清醒过来才发现自己居然在不知不觉间走到了篮球场。她坐在篮球场附近的双杠上，抬起头看着星空。

初夏的风带着淡淡的青草香，不远处的情侣正在窃窃私语，校园平静的外表下蕴藏着无限生机。

与白日的喧嚣烦躁不同，夜晚的宁静能让潘小夏彻底放松。她在星空下想起了很多人，也想起了很多事。

她记得，自己年幼的时候最喜欢坐在操场的围栏上看星星，那时候的天空比现在要清澈得多。星星看起来那么近，似乎伸手就能碰到，其实遥不可及。物是人非，斗转星移，就连星星也不是一成不变的……

"潘小夏，你果然在这里，都十点了，还不回家？"沈若飞不知何时出现在潘小夏的面前。

潘小夏不相信时间已经有这么晚了，拉过他的手，看了看他的手表，然后惊讶地说："啊，十点了吗？我出来那么久了？"

"哼。"沈若飞冷哼了一声。

"你怎么知道我在这儿？"

"直觉。"

沈若飞瞥了潘小夏一眼，轻盈一跳，也坐到了双杠上。他递给潘小夏一颗水果糖，潘小夏很高兴地接了过来，拍拍他的肩膀，"沈若飞，你这么大的人了，居然还有随身带糖的习惯啊，有前途。说实在的，你这臭小子今天怎么对我这么好？你是不是有什么企图？"

"是有企图，你想不想听？"沈若飞一脸阴险。

"就不听，憋死你。一块糖就想收买我的话，也太省钱了。"

"潘小夏，你还真是难伺候。"沈若飞哼了一声。

"啦啦啦啦！沈若飞，你的画廊准备得怎么样了？"

"还在装修。你昨天已经问过我了。"沈若飞说着,神色奇怪地看着她。

"我关心一下你的进度不行啊!对了,附近有好多好吃的饭馆,我告诉你啊……"

潘小夏滔滔不绝地向沈若飞介绍着S市的美食,越讲越起劲,而沈若飞的表情也越来越无奈。他望着潘小夏,问:"你……心情不好?"

"没有啊!"潘小夏一愣,然后露出兴高采烈的样子。

"那你哭什么,看什么恐怖片,又为什么和我说那么多废话?"

别人伤心的时候,就会躲起来一个人哭,但潘小夏越是难过废话越多,越爱干一些平时讨厌做的事情。她自以为天衣无缝的伪装,在沈若飞面前一点用也没有。沈若飞的话让潘小夏感到了前所未有的挫败,但她仍倔强地说:"我真的没事。"

"难过就哭出来吧。潘小夏,看你这样就难受。"

"我真的不难过!你要我说几遍才懂!"潘小夏怒了。

"好好,你不难过,你不难过……"沈若飞顺着她的话说,就好像在哄小孩。

"沈若飞,你到底怎么找到我的?你跟踪我?"

"我会那么无聊吗?潘小夏,小时候你不开心的时候就喜欢去球场看星星,这么多年过去了,你还是这样。"

"是啊,这是一种习惯吧……"潘小夏一愣,然后笑了,"沈若飞,我们也认识快二十五年了吧。"

"二十五年?不是二十年吗?"沈若飞奇怪地问。

"你刚生下来的时候我就见过你,你当然不会对我有印象。那时候你很丑,又爱哭,真的很讨厌。"

"我会丑?别骗人了!"沈若飞不信。

"真的!你就好像被扒了皮的兔子一样,又红又皱!后来,你来我家的时候已经五岁了,还是很难看,但我妈就是喜欢你,害得我一度认为你是我妈的亲生儿子,还离家出走过!"

"呵呵……有这样的事?"

"是啊是啊!你刚生下来的时候啊……"

沈若飞的笑容是那么温柔,也是那么令人安心。潘小夏看着他,突然想起了她第一次见到沈若飞的场景。

原来,都过去这么多年了……

第一次见面的时候,他明明只是一只小老鼠罢了。

3

潘小夏三岁那年,第一次见到了沈若飞。

潘小夏的父亲是军官,母亲是军区医院的医生,从小生活在江苏一所小城的军区大院里。院子里男孩多,女孩少,她又长得可爱,所以深得大家的喜欢,也养成了她天真任性的性子。

在那一年,她学会了十以内的加减法,会背五首唐诗,还会随着音乐跳舞。也是在那一年,她第一次见到了沈若飞。

记得在一个下雪的天气里,她睡得迷迷糊糊,突然听爸妈说要出门去医院看什么小弟弟,她也闹着要去。妈妈看着她,好气又好笑地说:"王阿姨还没出院,等她回来了你自然能看到。现在医院那么乱,你一个小孩子去那儿添什么麻烦?快睡觉!"

"我不管!我要去!我要看小弟弟!"

潘小夏一见妈妈不肯带自己出去玩,蹬着腿开始哭,哭得小脸通红。妈妈忍耐地看着她,终于一个巴掌狠狠落在她的屁股上,她哭得更厉害了。

最后,还是爸爸于心不忍,说:"算了,孩子要去就让她去吧。王慧那么喜欢小夏,见了她也一定高兴。"

"哼！"

妈妈一脸不悦，但还是勉强答应。最终，潘小夏在王慧阿姨的床上见到了出生三天的沈若飞，觉得失望极了。

她悲哀地发现，王慧阿姨长得很漂亮，沈叔叔也很英俊，但他们的孩子好像被拔了毛的兔子一样。那小子眯缝眼，塌鼻子，皱巴巴的，一点也不好看。

一见到沈若飞，潘小夏的兴趣顿时全无，撇撇嘴，开始对医院的盐水瓶感兴趣。王慧阿姨摸摸她的头发，笑眯眯地问："小夏，喜欢小弟弟吗？以后给我们家飞飞做媳妇好不好？"

"不好。"潘小夏立马摇头，"他丑死了，我才不要。"

也许是听到潘小夏的评价，沈若飞突然哭了起来，产房中的大人们也开始哄笑。

潘小夏不知道他们在笑什么，用胖乎乎的小手戳戳沈若飞的脸蛋，不耐烦地说："别哭了，最多我的玩具分给你玩，再也不说你丑啦。"

"那就多谢小夏咯。"王慧阿姨笑眯眯地说。

妈妈和王慧阿姨关系不错，沈叔叔是本市另一家科研单位的技术骨干。直到潘小夏七岁那年，他们举家搬进了部队大院，和潘小夏一家正式做起了邻居。

搬家当天，王慧阿姨做了一桌子好吃的招呼他们吃，又招呼沈若飞来喊"姐姐好"。可是，那个白皙瘦弱的孩子只是懒懒地看了潘小夏一眼，继续在角落玩着他的变形金刚。

"飞飞这孩子真是不听话！唉，早产一个月，他的身体也不好，性子也孤僻，我们真是……"

王慧阿姨说着，不住叹气，潘小夏的爸妈自然连声安慰。潘妈不想让自己好友担心，急忙转移话题："小夏，你还记得飞飞吗？那时候你闹着去看小弟弟，现在一点也认不出了？"

"哦，就是那个丑娃娃啊。"潘小夏脱口而出。

"你这孩子胡说什么呢！小孩子生下来就是那样子，你刚出生的时候更难看，怎么能说飞飞丑？"

"哦。"

潘小夏记忆力很好，一下子想起沈若飞红红皱皱的样子，抿嘴一笑，脑袋也被妈妈用筷子重重一敲。

她不满地看了母亲一眼，开始动筷子大快朵颐，却突然觉得有道目光一直在她身上停留。她迅速抬头，只见沈若飞正在嘲弄地看着她，神情有些讥讽。

七岁的潘小夏留着厚重的刘海儿和短短的童花头，皮肤白皙，眼睛乌黑，看起来就好像洋娃娃一样乖巧可爱。经过父母的不断教育，潘小夏已经懂得了察言观色，也知道在外面的时候要装乖巧才能为爸妈增光。

她看了一眼似乎在向她挑衅的沈若飞，对他吐舌头以示不屑，而沈若飞突然低下头去。她吐舌头的样子正好被王慧阿姨看个正着，王慧阿姨笑道："小夏怎么了？干吗吐舌头？"

"我，我热。"潘小夏结结巴巴地说。

过完暑假，潘小夏就是一名光荣的小学生了。她一直觉得自己长大了，但没想到会被漂亮的王慧阿姨看到那么丢人的一面，不由得大窘。她悲愤地低下头，坐在椅子上开始埋头吃菜。

因为母亲厨艺不佳的关系，她觉得王慧阿姨烧得菜都很好吃，吃得很多，乐得王慧阿姨和沈叔叔都笑眯了眼。王慧看看潘小夏，再看着儿子挑食的样子，越看越窝火。她拿潘小夏激励自家儿子，希望激起儿子的斗志，"飞飞，你看你的小夏姐姐吃饭多香，你是男孩子，怎么吃的比女孩子还少？"

"是啊，飞飞要多吃饭，才能长个子啊！以后要和爸爸一样高！"潘妈也说。

所有人都开始劝说沈若飞吃饭，彻底忽视了潘小夏。这是潘小夏从小到大第一次被忽视，心里有些酸酸的，对沈若飞更没好感。

饭后，男的在客厅抽烟，女的收拾碗筷，潘小夏则和沈若飞一起在房间一角玩耍。

沈若飞一言不发地继续玩着自己的变形金刚，潘小夏眼热，又拉不下脸来要，过了许久，终于问："你的是擎天柱吗？"

沈若飞不说话。

"我一直想要个擎天柱，但是我爸不给我买，沈叔叔真好。"潘小夏羡慕地说，眼睛一直盯着那个变形金刚。

照理说，话说到这，沈若飞也应该有所表示，但他还是一动不动，仿佛什么都没听到。潘小夏急了，又不能去抢，只得涎着脸说："给我玩下嘛。"

"不给。"沈若飞终于说话了。

"为什么？"

"丑八怪。"

潘小夏过了好久，才明白"丑八怪"这句话是在骂她，不由得大怒。想她潘小夏可是院子里最漂亮的女娃娃，所有人见了她都会摸摸她的头，就连最严肃的李司令都会抱着她，和她玩抛高高。

这个沈若飞居然说她丑？他哪只眼睛看到她丑了？

"你再说一遍！"

"丑八怪！啊！你怎么打人！"

当父母闻讯赶来的时候，两个孩子已经扭打成一团了。潘小夏的头发被沈若飞拽着，她也想去拉沈若飞的头发，但男孩子头发短怎么也拉不着，所以只好掐住沈若飞的脖子。

沈若飞的脸涨得通红，却丝毫不松手，目光凶狠，就好像一只小狼。大人们着急地把他们分开，妈妈一巴掌狠狠拍在潘小夏的屁股上，"小夏你闹什么呢！干什么和弟弟打架？"

"他，他说我丑……"

潘小夏哭了，但大家都笑了。泪眼蒙眬中，她发现沈若飞居然也在笑。他的皮肤比女孩子还白，人又瘦，但是笑起来的样子，也不那么难看……

"在想什么呢？"沈若飞问突然傻笑不止的潘小夏。

"在想以前的事情……"

"和我的？"

"当然，不然还会有谁？"潘小夏白了他一眼，奇怪地问。

听到这话，沈若飞笑了，看起来心情很不错的样子。他拍拍潘小夏的头，温柔地说："潘小夏，心情好点没？"

"嗯，好多了。心情不好的时候我会想吃甜食，吃了就会好很多。沈若飞，谢谢你。"

"不用。潘小夏，你到底为什么心情不好？因为见到了……那个男人？"

"是啊……很傻吧。"潘小夏苦笑，"他说他离开我是为了给我更好的生活，说希望和我重新开始……"

"那你怎么回答的？"

"当然是拒绝他了。我没那么傻，在一个人身上跌倒两次。"

"你总算聪明了一回。"沈若飞冷哼了一声。

"废话！倒是你，怎么还没女朋友？你不会……真的是那啥吧。"

潘小夏说着，小心翼翼地望着沈若飞，而沈若飞只是微微一笑，并没有回答。他凑近潘小夏的耳朵，轻轻说："想知道吗？"

"嗯！"

"那你试一下不就好了？"沈若飞的笑容继续扩大。

"沈若飞，你找死！你敢调戏你老姐！"

S 大的一角突然传来了一个女子的愤怒声，紧接着，是一阵急促的脚步声。

所有人都以为这是情侣间的打情骂俏，会心一笑。潘小夏追着沈若飞，跑着跑着，觉得忧愁在奔跑中逐渐减淡，最终消散。

4

期末考试结束后，潘小夏和陈薇一起去听了刘德华的演唱会，也终于迎来了盼望已久的暑假。

她回家看望了父母，原想再多待些时间，可是她被老妈逼婚，在家的一个月真是如坐针毡。到后来，她只能用"照顾沈若飞"为借口提早回S市，也终于告别了老妈的唠叨。

距离开学还有一段时间，潘小夏决定出去旅游一趟散散心，心想沈若飞正好帮她看家。无论阳光明媚的昆明，山水甲天下的桂林，还是神秘宁静的吴哥窟，圣洁美丽的西藏都是她所向往的。可是，还完房贷后，她荷包里的钱只能去一个地方，所以她不得不陷入艰难而痛苦的抉择之中。

这天，她又在网上看景点介绍和机票价格，沈若飞悄无声息地出现在她身后，低下头问："潘小夏，打算出去旅游吗？"

"是啊，我既想去昆明晒太阳，又想去桂林漂流，真是好难决定啊！"潘小夏苦恼地看着沈若飞，"怎么，有事吗？"

"你想去旅行……是一个人吗？"

"当然了。大家都没有暑假，我又不喜欢跟团去玩，所以打算一个人去自助游。"潘小夏理所当然地说道。

"我似乎从来不在你的考虑范围之内。"

沈若飞一怔，然后微微一叹，神情有些复杂。

他低下头，认真地看着潘小夏，乌黑的眼睛里似乎有着淡淡的怒气，"潘小夏，为什么你总是把我当成隐形人，你所有的人生规划里都没有我？我在你心里就那么没存在感吗？"

沈若飞的语气是那么平静，但潘小夏还是察觉到他生气了。她不知道自己怎么得罪沈若飞了，也不知道自己花钱出去旅游怎么触犯到了他敏感的神经，不由得也生了气，"沈若飞，你没事生什么气？你的画廊要装修，我怎么知道你有空没空？"

"算了。"

沈若飞深吸一口气，起身离去，一个人在书房里看动画，结束了这场莫名其妙的战争。

潘小夏看着他离去的背影，摇摇头，发现自己和他真是越来越没共同语言了。

第二天，潘小夏坐在书桌前看豆瓣上的游记，继续纠结要去什么地方。这时，沈若飞从口袋里掏出两张机票，在潘小夏面前晃晃，说："周末出发去桂林，我已经买好机票了。"

"沈若飞！你买了几张？"潘小夏大惊。

"当然是两张了。"

"我什么时候说要去桂林了！"

"既然你一直做不了选择，那么我帮你做。你这家伙从小就有选择恐惧症，怎么这么大了还这么傻？"

沈若飞说着，在潘小夏头上不轻不重地弹了一下，把潘小夏气得不轻。

她看着手中的机票，皱着眉，几乎不敢相信自己的眼睛，"两张都是F舱……沈若飞，你抢银行了？没事买头等舱做什么？"

"是啊，我抢银行了。去机场的时候小心点，别被警察抓去了。"沈若飞似笑非笑。

"不对啊，我的身份证一直在我钱包里，你是怎么拿到手的？"

潘小夏狐疑地看着沈若飞，从包里掏出自己的钱包，怎么看都没看出被人动过的痕迹。

沈若飞简直无语,说:"我还没无聊到乱翻你的东西。你的身份证号我背得出来。"

"咦?你怎么会背得出我的身份证号?"潘小夏更奇怪了。

虽然已经二十八岁,但潘小夏那双眼睛干净得就好像豆蔻年华的少女。沈若飞知道,那双看着自己的眼眸里有疑惑,有迷茫,有时候会有着淡淡的信赖和宠溺,但是从来没有过爱慕与情愫。

他看着这双纯净过度的眼睛,真是说不出是喜是悲。他转过身子,说:"费用全包,你不去就算了。"

"谁说我不去!沈若飞,你不许抵赖!"

眼看潘小夏好像护食的母鸡一样把机票抢在手里,沈若飞笑了。他皱着眉看着潘小夏回来后就变得乱七八糟的房间,说:"怎么你一回来房间就那么乱?你房里都有那么多东西了,回家一趟怎么又带了这么多,你只知道买不知道扔吗?"

"看到喜欢的就买咯。东西好好的又没坏,扔了做什么?"

"那你房间里的东西也太多了吧。这个是什么?好像是高中的校服?你把这个也带来了?"沈若飞指着潘小夏椅子上的不明物,嘴角开始抽搐。

"啊,这个我在家的时候当睡衣穿过一回,觉得还挺舒服的,就带来了,指不定什么时候还会穿。"

"你那个指不定也许就是遥遥无期!潘小夏,你怎么还是喜欢把东西往家里拿,就算是破了个洞的衣服都舍不得丢!你的房间总有一天会堆不下这些东西的!"

"这些东西陪了我那么多年,早就习惯了,我怎么舍得丢!你这个粗心鬼是不会懂我的。"

潘小夏有个不好的习惯,那就是舍不得丢弃旧物,总觉得这样对不起那些陪伴她的小东西,会伤了那些小东西的心。

沈若飞已经预感到桂林归来她的房间又会多很多东西,暗暗筹划今后一定要买个足够大的房子,好供她堆放杂物。

他四下环顾,突然在潘小夏书桌上看到一个破旧相框,心一冷。他记得那相框是汪洋送给潘小夏的,没想到这么多年了,潘小夏还是舍不得丢弃。

她到底是舍不得这个相框,还是舍不得那份回忆?对她而言,"旧人"永远比"新人"好吗?

"潘小夏,以后不要让我看到这些乱七八糟的东西了。要么你把它们都收好,要么我帮你扔。"

"我的东西你凭什么扔?"

"碍眼。"

沈若飞简短地说,离开了潘小夏的房间。他推开自己的房门,呈"大"字形躺在床上,疲惫地说:"真是比想象中还要难办啊……你让我好辛苦,潘小夏。"

5

两天后,他们早就忘却了那场小小的争吵,踏上了旅途。在飞机上度过了两个小时后,潘小夏终于来到她心心念念的桂林。

沈若飞在阳朔的江边订了两间房间。这房间干净整洁,价格便宜,窗外就是潺潺的漓江,环境极佳。

潘小夏推开窗,看见的就是月光下的漓江和耀眼的星空,觉得自己仿佛置身仙境。她深吸了一口气,呼吸着比 S 市不知道干净多少倍的空气,笑了起来。

"桂林,我来啦!烦心事通通滚到一边,我要艳遇,要自由自在地生活!我爱桂林!"

潘小夏对着窗户大声地说着,然后一头栽在床上,在床上慵懒地伸着懒腰。她喜欢这里。

在旅馆安置下来后，潘小夏和沈若飞在阳朔西街信步走着，逛了许多有趣的小店。他们无意中走到一间名叫"小时光"的小店，潘小夏一下子迈不开步子了。这家店里有许多她儿时喜欢玩的玩具，她一会儿摸摸印着圣斗士的洋牌，一会儿玩玩沙包，觉得属于自己的青春时代又回来了。

沈若飞一直没有作声，她回头一看，只见沈若飞在把玩一个破旧的变形金刚。潘小夏觉得这个变形金刚眼熟，说："这个好像是以前动画片里的……叫什么来着……"

"是擎天柱。"沈若飞说。

"对对，就是这个！现在的孩子都不玩这些了……"

潘小夏感慨地看着沈若飞手中的变形金刚，再一次感叹时光飞逝。沈若飞看着她，突然问："我送你的变形金刚哪里去了？"

"啊？你有送我吗？"

"你不会是弄丢了吧。"沈若飞脸色一沉。

"怎么可能！想想，让我想想……"

"潘小夏，你把它弄丢的话，以后再也别想从我这拿到什么东西了。为了这个你还和人打了一架，你忘了？"沈若飞面色不佳。

"打架？啊，好像真有那么回事儿……我记得当时，我妈总说你是我弟弟，我一时生气就离家出走了，然后看到了你……"

潘小夏冥思苦想，努力回忆，打开了几乎被尘封的回忆。

那时候，潘小夏居住的军区大院里男孩多，女孩少，男孩子大约都是十来岁，都在上小学或是初中，上幼儿园的只有沈若飞一人。

因为年纪太小的关系，沈若飞在院子里并没有什么玩伴。虽然他家的电视比小夏家的大，但他不知道为什么就是喜欢来找潘小夏玩，一待就待到晚上。他不爱说话，一个人在角落看着潘小夏和她的朋友们玩耍，可是从不加入。

后来，经常有同学问他是谁。潘小夏不知道该如何回答，而她的妈妈每次都会笑眯眯地说："这是小夏的弟弟。"

弟弟？他们长得一点都不像，她明明比他好看得多，哪里像姐弟了！

"妈，沈若飞不是我弟弟！"

"我不是她弟弟！"

一开始，潘小夏和沈若飞都很不满，大声反驳。后来，时间久了，他们也懒得和大人交涉，随便他们怎么说。

那时候，沈若飞比以前胖了些，小脸粉嘟嘟的，眉清目秀，漂亮得像个女孩子一样。他最讨厌别人说他漂亮或是说他像女孩，谁说他漂亮，他会扭头就走。但是，潘小夏当然不信邪。

有一次潘小夏在和同学们玩过家家，玩腻了布娃娃，眼珠一转，望着粉团儿一样可爱的沈若飞，突然有了一个想法。她拿出妈妈给她新买的裙子，殷勤地要沈若飞穿上。沈若飞虽然年幼，但是已经知道男孩子是不能穿裙子的，抵死反抗。

潘小夏大怒，压在沈若飞身上，指挥姐妹们把他的衣服扒光，愣是给他换上了裙子。

当潘小夏妈妈回来的时候，见到的就是得意扬扬地往沈若飞脸上画口红的女儿，和哭得泪人儿一样的沈若飞。潘妈大怒，对着潘小夏的屁股就是一顿猛打，小夏没忍住，又哭了。

院子里顿时响起了一男一女的二合唱，潘小夏想起这是妈妈第二次为了沈若飞打她，怒从心生。

她善于思考的大脑，立马把妈妈对她和对沈若飞截然不同的态度，联系到自己的身世上去，颤颤地挥动着小肉手，悲哀地说："妈，沈若飞才是你亲生的吧！我真的是你从垃圾桶里捡来的，不是你亲生的，对吗？"

"你这孩子！"潘妈一愣，笑了，没有反驳。

为了离开这个充满"暴力"的家庭，潘小夏打算离家出走。她不敢逃课，所以离家出走的时间只能是下课之后。

她回到家时，父母还没下班。潘小夏悲哀地收拾了行李，拿着她的花仙子卡片、文具盒和作业本就走出了家门。她没有忘记给爸妈留下"我走了，你们不要zhǎo我"的纸条，背着书包在院子里晃。她走了一个小时还不知道去哪里好，觉得肚子越来越饿，脚也越来越软。

为了和妈妈赌气，她已经一天一夜没吃东西了，肚子一直咕噜咕噜地叫。她觉得头越来越晕，走到操场旁的花坛边坐下，才觉得头晕缓解了一些。

就在这时，她突然看见在操场后面的花园里，一群高个子男孩正围成一个圈看什么东西。潘小夏好奇心大起，悄悄靠近，却看见沈若飞正抱着一个变形金刚和这群大孩子们对视。

当时，《变形金刚》是最流行的动画片，沈若飞手中的擎天柱可是大家梦寐以求的玩具。望着在阳光下散发着诱人光泽的擎天柱，潘小夏咽咽口水，却看见那群大孩子正逼迫沈若飞把变形金刚交出来。

"小子，把它给我们玩！"

"又不是不还你，那么小气干吗？"

"快给我们！磨磨唧唧地像个女生！"

他们越说越不耐烦，干脆动手去抢，而沈若飞抱着变形金刚一动不动。他们一开始只是推他，后来开始动了拳头。

潘小夏捂住嘴，看着沈若飞的鼻血慢慢流下，觉得心快跳出来了。妈妈一直教育她不能多管闲事，但是，这个家伙的事情是闲事吗？

妈妈说他是她弟弟！

"你们都给我住手！你们再欺负我弟弟，我就……我就告诉老师！"

潘小夏手叉腰，气壮山河地出现在众人面前，把他们吓了一跳。在众人迷茫之际，她硬是挤到了这群人中间，站在沈若飞面前，气势汹汹地说："不许你们欺负我弟弟！"

"这小子是你弟弟？"有人问。

"是啊！想让老师罚你做值日吗，于威？"

这群孩子中为首的于威正是潘小夏班里的后进生。他是留级生，学习不好，上课又经常做小动作，潘小夏要是告诉老师的话，他肯定逃不了天天被罚扫教室。眼见潘小夏和自己对着干，于威冷哼一声，说："你想让我连你一起打吗？"

"你打啊！有种以后不抄我数学作业！"

"你……"

于威嘴角微微抽搐，似乎在思考。沈若飞神情复杂地看着她，喃喃自语："潘小夏，你……"

"沈若飞，就算你才是我爸妈的亲生儿子，可我也算你姐姐，只能我欺负你，什么时候轮到其他人欺负你了？你放心，我罩你！"潘小夏拍拍自己的胸膛，很有义气地说。

"你……"沈若飞的神色更加古怪了。

沈若飞神色奇怪地看着潘小夏，似乎很感动，他水汪汪的眼睛也让潘小夏心中的英雄情结越发浓郁。她想起老师说的见义勇为故事，率先挥动着书包朝着一个大孩子撞去。

"住手！都住手！"

就算是于威极力阻止，但场面一下子混乱了起来。

潘小夏不知道吃了多少拳，眼前逐渐模糊。她用尽力气拉着沈若飞的手开始狂奔，跑出了体育课上都无法跑出的优秀成绩。

他们一口气跑到了大院旁的田野边，不住地喘着粗气，而到了这时，他们的手还是没有分开。沈若飞的手黏黏的，头上满是冰冷的汗水，脸色也白得可怕。他望着潘小夏，气喘吁吁地问："你为什么要动手打人?"

"别乱说!我……我是见义勇为,不是打人!"潘小夏急忙反驳。

"我好累!"沈若飞不住喘气。

"我也是……"

潘小夏只觉得身体软软的,好像棉花糖一样,浑身没有一点力气。她拿出手绢,给沈若飞擦鼻血,慢慢无力地倒在地上。她最后看到的是沈若飞通红的眼睛。

真像一只兔子,潘小夏在晕过去前想。

6

当潘小夏再次醒来的时候,身边围着面色严肃的爸妈和焦虑不安的沈若飞一家。不,焦虑不安的只是沈叔叔和王慧阿姨,沈若飞那个混蛋还是一脸的无所谓,似乎都不记得是谁那么英勇地把他救下。

一见潘小夏醒来,妈妈伸出手想习惯性地给她一个毛栗子,但最终只是对准她的脑门重重一戳。

"潘小夏,你长本事了啊!现在知道和男生打架了,是吗?"

"我……"

潘小夏不知道说什么好,此时才为自己替沈若飞出头一事后悔不已。虽然于威不爱打小报告,但是这事儿被老师知道的话,估计她的中队长也做不成了!都怨这个浑小子沈若飞!

"不关小夏的事。小夏是为了飞飞才会打架的,你们要是怪她的话,我们也不知道该怎么说才好了。"

一向严肃的沈叔叔开口为潘小夏求情,她的父母自然也不好意思再责怪女儿。

其实,他们心中何尝不心疼,甚至有些微微埋怨沈若飞,但是事已至此,总不能为了这点小事坏了两家的关系。更何况,孩子的出发点确实是好的。

"潘小夏,妈妈不是怪你帮飞飞,但是为什么非要用打架的形式?你可以和他们讲道理啊。一个女孩子和男孩打架,真是被你气死了!"

讲道理……要是能讲通道理的话,谁会打架?

潘小夏面色虚心,但不屑地撇撇嘴,她那个角度正好看到沈若飞也在撇嘴,突然有了一种找到知音的感觉。

潘妈骂完潘小夏打架就开始骂她离家出走,沈叔叔、王慧阿姨和爸爸都在一旁打圆场,潘妈的怒气还没彻底爆发就被他们慢慢熄灭。他们带着潘小夏去门诊部检查身体,抽了血,疼得她眼泪汪汪的。大人们去等化验单,沈若飞坐在潘小夏身边,过了很久,才把一样东西塞到潘小夏手里。

"给你的。"

"什么啊!咦,擎天柱?你不要了?"

"都脏了,我不要了。你喜欢就给你吧。"沈若飞很拽地说。

这个变形金刚比市面上的都要大,颜色也鲜艳得多,据说是沈叔叔在美国工作的同事带给他的。天地良心,潘小夏只是想玩玩这个变形金刚罢了,根本没有把它占为己有的心思!沈若飞把他最喜欢的玩具送给他,他的脑子是不是坏了?

"你真的给我?"

"是啊!"

"我知道了,你觉得我救了你的命就要回报我对不对?你放心,我乐于助人,不求回报。而且,我妈说了,你才是她亲生的。"

"潘小夏,你是不是笨蛋啊!你见你妈大肚子了吗?"

"大肚子?那个倒没有……"

"我年纪比你小,你妈是怎么在你没发觉的情况下把我生下来的?你真是……"

"是哦……呵呵。"

潘小夏突然想起自己和爸妈是看着沈若飞像小耗子般躺在王慧阿姨身边的,不由得为自己的无聊猜测笑了起来。

沈若飞看着潘小夏的笑靥,愣了一会儿,语气不善地说:"烦死了!你到底要不要?"

"要。"

潘小夏没骨气地把变形金刚抱在手里,而沈若飞笑了。潘小夏第一次发现,这个小屁孩平时表情阴冷得就好像黄世仁一样,但是笑起来的样子还是很好看的。

其实,沈叔叔英俊,王慧阿姨漂亮,沈若飞长大后应该也不会丑吧。有这样一个弟弟,似乎也不错。

"潘小夏。"沈若飞突如其来地开口。

"干吗?"

"谢谢你。还有……以后,我不会那么弱了,我来保护你。"

沈若飞的眼睛清清亮亮的,潘小夏对此嗤之以鼻。她捏捏沈若飞的手臂,鄙夷地说:"你那么瘦,怎么保护我啊!小孩子不要说谎!"

"我会长大的,我会比你高、比你壮。"

"不可能,我比你高那么多!"

"我一定会的。"

"好吧。"潘小夏耸肩。

潘小夏对于沈若飞誓言一般的决心并没放在心上,只是看在新玩具到手的分儿上和他握手言和,他们的友谊也终于开始萌芽。没过多久,她的爸妈拿来了化验报告,看起来面色还算不错。

潘爸低着头,拍拍潘小夏的头说:"小夏,你的身体没问题,只是饿久了，低血糖引发了昏厥。你以后一定要按时吃饭，随身也带点糖果，知道吗？"

"没问题！"潘小夏兴高采烈地说。

"飞飞，还不谢谢小夏姐姐？"王慧阿姨推自己的儿子，"要不是因为你，小夏姐姐也不会和人打架！"

"谢谢。"沈若飞顺从地说，却没有喊"姐姐"。

"这还差不多！以后你们就是好朋友，要互相帮助，知道不知道？"

"知道！"

病房里，响起两个孩子响亮的声音，让家长们都欣慰地笑了。潘小夏看着手中的变形金刚，笑眯了眼……

"记起来了吗？我送你的变形金刚在哪里？"沈若飞瞥了潘小夏一眼。

"应该、可能、大概在我妈那吧……肯定没丢，真的。"潘小夏信誓旦旦地保证，只差跳一段忠字舞来表决心了。

沈若飞看着她，闷闷地说："我就知道你不在乎。高中那么难看的校服你都舍不得丢，偏偏我送给你的东西你就扔了。"

"没有，我绝对没有扔！我想起来了，是我妈怕我把它玩坏，收了起来，大概和我小时候的玩具放在一起了。我有那么多玩具，我哪能一一记清啊！"

"哼。"沈若飞还是脸色难看。

"沈若飞，不要那么小气了嘛！喂，还真生气啊？"

走出小店后，他们又逛了一会儿，然后找了一间看起来不错的西餐厅吃饭。一路上，沈若飞的神色都不大好，潘小夏为了补偿，主动买单。她坐在阳台的位子上，看着楼下的人，再看不远处的青山，只觉得心情闲适无比。

服务员送来了很地道的美式牛排和香浓诱人的芝士蛋糕，潘小夏一尝，只觉得美味非凡，恨不得把自己的舌头都吃下去。沈若飞好笑地看着她，拿纸巾擦去她嘴角的污渍，说："有这么好吃吗？"

"当然了！"

"你对吃的倒是一直要求很低，只要能填饱肚子的你都喜欢。"

"是啊，总比某个爱挑食的人好。"潘小夏立马反驳。

"我承认我比较追求细节的完美。"

"对女人也是一样？"潘小夏坏笑。

沈若飞没想到潘小夏会突然说起这个话题，一时之间有点愣神。

潘小夏喝了一口柠檬红茶，玩着手中的玻璃杯，笑着说："据我观察，你的手机形同虚设，上网也只是看新闻，基本不聊天，应该没有女朋友。我妈前几天还嘱咐我给你介绍个女朋友让你收心，你怎么说？"

"什么怎么说？"

"你要不要？喜欢成熟稳重的我就给你介绍同事，喜欢青春可人的我就给你介绍我的学生，总之我手里别的没有，女同胞是大把大把的！说吧，你喜欢什么类型的？"

潘小夏越说越起劲，大有立马把沈若飞推销出去的趋势。沈若飞瞥了她一眼，喝口咖啡，说："女人果然都很三八。"

"我这叫关心你好不好！说真的，我们认识那么久，除了周琴外，真没见你和其他女人走得稍微近点。你是不是真的对女人……"

"潘小夏，不要无聊了。我的这里，一直有一个人。"

沈若飞把手放在自己左胸的心脏部位，神情严肃，面容在烛光下忽明忽暗，俊美非凡。

潘小夏被沈若飞突如其来的肃穆神情吓了一跳，心中也有些酸溜溜的。她玩着杯子，说："我就知道你肯定有秘密……你喜欢的那个人是谁，我认识吗？"

"你说呢？"沈若飞反问。

"我怎么知道！你也真是的，我把我的初恋、第一次拉手、初吻都告诉你了，你却什么都不告诉我，真是太不够意思了。"潘小夏喃喃地说着，心情顿时不太好。

沈若飞看着她，问："不开心了？"

"你到底喜欢谁？"潘小夏执着地问。

"你真的想知道？"沈若飞似笑非笑。

"我……"

潘小夏也不知道为什么，在沈若飞的注视下居然会心乱。她一方面希望沈若飞早日找到自己的幸福，一方面却为沈若飞隐藏的秘密而有些不太愉快。

就在她正准备点头逼问沈若飞喜欢的那个人到底是谁的时候，她的手机响了。她看着手机上的陌生号码，暗想会是谁打电话给她，接通了电话。她"喂"了一声，但是对方并没说话。

"你好，请问是哪位？"

潘小夏心中疑惑，重复问了一次，但电话那头只能听见沉重的呼吸声。潘小夏暗骂了一句，正打算挂断电话，突然听到了一个熟悉的男声。

"小夏，你在哪儿？"

听到这个声音，潘小夏觉得思绪在瞬间凝固了。她想笑，想大笑，但是嘴里苦得说不出话来。

电话那头，汪洋似乎微微一叹，说："我求了顾敏很久，她终于给了我你的电话号码。小夏，为什么不告诉我你一直在Ｓ市？为什么要一直躲着我？你……就这么恨我、厌恶我吗？"

潘小夏握着微微发烫的电话，没有说话。

"今晚的月色很美，我也想到了很多以前的事情……我很想你，潘小夏。和我见一面好不好？我去你家门口，你愿意的话就下楼。"

"汪洋，不要无聊了。我不在Ｓ市，而且我们早就没有关系，没有见面的必要。"潘小夏说。

"我会等你。"

"随便你。"

潘小夏挂断电话,心慌气闷,只觉得好心情全被汪洋毁掉了。沈若飞皱起眉,问:"那个家伙还在纠缠你?"

"没什么……回去吧。"

"现在?"

"我们回去休息会儿,然后去泡吧怎么样?"潘小夏故作兴奋地笑道,"听说这里有很多适合艳遇的酒吧,感不感兴趣?"

"潘小夏,你正常点。"

"我很正常,从来没有这样正常过。"潘小夏面无表情地说。

第三章　他的心愿

不知道多少个夜晚，沈若飞都在潘小夏的爸妈睡下后，去敲潘小夏的窗户。不一会儿，潘小夏会打开窗户，轻盈地跳到他的身边。

1

回到旅馆，潘小夏揉揉有些发胀的小腹，脱下了休闲衣服。她换上了一身印花长裙，戴上很有民族风情的孔雀耳环，给自己化了一个很少尝试的艳丽妆容，在镜子前左顾右盼，很是满意。

她身上的裙子白底绿花，做工精良，很好地突出了她漂亮的背部和胸部，唯一的缺点就是有些暴露。

潘小夏看着镜子，企图把裙子往上拉，犹豫了一会儿，看看窗外比她穿得更清凉的美女们，下定决心就这样出门。

当她走出房门时，沈若飞正站在走廊上吹风。他打量着潘小夏，皱起眉，"你这是什么打扮？"

"怎么，不好看吗？"潘小夏反问。

网上都说阳朔是艳遇的高发地，今天她还就想放肆一回了。虽然不奢望遇到什么帅哥，但是遇见个不错的男人，一起谈天说地，度过一个美妙的夜晚也不错。

今夜，潘小夏决定让自己不再做那个温柔可亲的女教师，而是一个女人——活色生香、妩媚动人的女人。

"这身衣服不适合你,去换了吧。"沈若飞说。

"我不要。"

"这种衣服适合丰满的女人穿,你这样的还是算了吧。听话,去换了。"

"就不!你管我!"

"潘小夏!"沈若飞的脸色有点难看。

"沈若飞,你真的很奇怪!你又不是我男朋友,我穿什么和你有什么关系?"

潘小夏气愤地瞪了沈若飞一眼,沈若飞的脸色瞬间变得惨白。他沉默了一会儿,自嘲地说:"你说得对,你穿什么和我都没关系,我都没有资格去管。随你便,潘小夏。"

"沈若飞,你生气了?"

"没有。"沈若飞显然是极力控制着自己的情绪,"走吧。"

"我不和你一起去了,我自己逛。"

这样的争吵让潘小夏有些不舒服。她从沈若飞身边走过,一个人在街上漫无目的地闲逛,心情也很糟糕。

大街上,无论是贩卖民族饰品的小贩,还是充斥着咖啡香味的古楼,都激不起她的兴趣。她在青石铺成的街道上没有目的地走着,不知道自己走了多久,也不知道自己到底要去哪里。

她想,汪洋成功地破坏了她一直以来的好心情。她望着天上的圆月,忍不住想起了那个在月光下惴惴不安,却又甜蜜非常的初吻。

那时候,她真的太年轻了……

"潘小夏?你怎么在这里?"

潘小夏信步走进一间酒吧,点了几瓶啤酒正闭着眼睛欣赏音乐,肩膀突然被人重重一拍。她愕然地回过头去,却见陈薇正拿着酒杯笑眯眯地看着她。她惊喜至极,一把抱住陈薇,"陈薇,你怎么来了?"

"来看你啊。命运安排了我们的相遇……"

"去你的!说真的,怎么那么巧?"

"我也不知道啊。我前两天突然决定出来旅游,没想到居然会遇到你,这个世界还真小。"

"你不用上班吗?"

"请假了。我和老板说,不让我请假的话我就辞职,他去哪里找像我这样能干的员工?"

"你请假?你这个工作狂会请假?陈薇你是不是出什么事,受什么打击了?"

潘小夏记忆中的陈薇是一个工作至上、恋爱第二的女强人,她真不知道什么事居然会让陈薇当起了逃兵,一个人跑到千里之外的阳朔来。陈薇揉着太阳穴,说:"别问了,你还真是八卦到挂啊……你怎么会来?"

"我和沈若飞来旅游的。"

"哟,进展不错嘛。"陈薇暧昧地捅了一下潘小夏。

"别胡说!"

"潘小夏,你们是不是……"

"陈薇,你不要胡说!再乱说我不理你了!"

潘小夏气愤地瞪了陈薇一眼,陈薇不屑地一笑,眼见潘小夏就要来挠她痒痒,急忙笑嘻嘻地求饶。于是,两个各怀心事的女人就这样开始喝酒,喝到后来,都有些意识不清了。

"好像喝多了……"

潘小夏只觉得头痛欲裂,而陈薇看起来比她醉得更为厉害。陈薇在酒吧里摇摇晃晃地走着,企图抢过那个年轻漂亮的小主唱手中的话筒唱歌,被潘小夏死命抱住。潘小夏暗恨自己居然让陈薇喝酒,只能劝她说:"陈薇,很晚了,我们回去吧。"

"不要,再喝一会儿嘛!"

"听话。"

"小夏,我难过啊……那个混蛋!"

陈薇说着,突然把酒瓶恶狠狠地摔在地上,抱着潘小夏哭了起来。潘小夏手足无措,尴尬万分,觉得酒吧里所有的目光瞬间朝她扫来。潘小夏手忙脚乱地安慰着陈薇,想把她抱走又抱不动,无奈之下,只好打电话给沈若飞。

"沈若飞……"

"潘小夏,你在哪里,怎么那么吵?"

"我在酒吧……你能不能过来下?"

"你出什么事了?"

"不是我……是……"

"酒吧叫什么名字?你等着,我来。"沈若飞打断了潘小夏的话。

大约十分钟后,沈若飞果然来了。他很无语地看着像考拉一样趴在潘小夏身上大吵大闹的陈薇,不假思索地对准陈薇的后颈一敲,陈薇瞬间就安静了下来!潘小夏吓了一跳,觉得酒意全无,惊慌地话都说不出来了,"你你你对她做了什么?她怎么……"

"太吵了,让她安静下。"沈若飞平静地说。

"沈若飞!"

"放心,我是跆拳道黑带,她只是昏过去罢了,第二天就没事了,醒来的时候也不会记得。"

"可是……你这样也太……"

"那请问我该怎么把她弄回去?又或者你一个人来?"沈若飞反问。

"呵呵。"

潘小夏尴尬地笑,心中暗暗觉得对不住自己的好友,但也默许了沈若飞的举动。沈若飞白了潘小夏一眼,背着陈薇往旅店走去,把她放在潘小夏房间的床上,才长长舒了口气。

潘小夏心中内疚，见沈若飞的额头都有汗水，急忙拿纸巾给他擦汗。沈若飞瞥了她一眼，没好气地说："现在知道讨好我了？"

"嘿嘿……"

"说吧，你喝了多少？"

"好像是两瓶……放心，我没醉。"

"你那酒量我还不清楚？等着，我给你倒水。"

沈若飞微微一叹，走进自己的房间。他为潘小夏拿来一瓶矿泉水，却没想到潘小夏已经不见了踪影。

"小夏！该死的，又去哪里了？"

沈若飞微微思索，走到天台，发现潘小夏果然躺在天台的藤椅上。她呼吸均匀，眼睛紧闭，应该睡着了。他好笑地看着她猫儿一样的睡容，轻轻推她，"醒醒，去房里睡吧。"

"走开，别烦……"

"我抱你进去吧。"

沈若飞轻轻地抱起了潘小夏，动作是那么小心，好像抱着世界上最珍贵的东西。望着床上潘小夏熟睡的容颜，他觉得呼吸慢慢急促起来。

他的手轻轻触碰着潘小夏的面颊，然后火燎一般缩回。就在这时，潘小夏翻了个身，一把抓住他的手，迷迷糊糊地说："汪洋……"

汪洋？呵……

"你认错人了，潘小夏。"

沈若飞走到卫生间，静静看着自己的手掌，猛一拳挥向墙壁。他的手痛到麻木，对着镜子苦笑了起来。他望着镜子，一字一顿地说："沈若飞，你真没用，你是比潘小夏还傻的傻瓜。"

2

第二天，潘小夏醒来，过了很久也没想明白自己是怎么回的房间。她只记得晚上房里很闷，就去天台透气，没想到一边看星星一边睡着了。在朦胧中，她好像和谁说了几句话，那人是谁呢……

"小夏！"

就在潘小夏纠结之际，陈薇猛地推门进来，给了她一个熊抱。潘小夏觉得自己呼吸都开始困难了，急忙把她往外推。

"陈薇你做什么！"

"看到你激动嘛……"

现在的陈薇早就没有了昨天的无助和伤感。她妆容精致，活力非凡，终于让潘小夏松了一口气。

她们都聪明地回避了昨天的话题，只是叽叽喳喳地讨论一会儿要去哪里玩，越说越兴奋。末了，陈薇眼珠一转，说："昨天好像看见沈若飞了……小帅哥现在在哪里？"

"呀，你不说我都忘了他！那家伙去哪了？"

"潘小夏，你真是……"陈薇扶额。

"什么？"

"算了……你没大脑也不是一天两天的事情了……你等下，我去找小帅哥。"

陈薇说着就出了门，过了许久才和沈若飞说说笑笑地回来。潘小夏注意到沈若飞的手上有个创可贴，不由奇怪地问："沈若飞，你的手怎么了？"

"不小心受了点伤。"沈若飞轻描淡写地说。

"怎么那么不小心啊，我看看！"

潘小夏说着，一把抓住了沈若飞的手，透过创可贴什么也看不到。陈薇在一旁起哄，害得潘小夏急忙放下沈若飞的手，尴尬地问："你一早上去哪里了？"

"去预定了今天的行程。我们上午去看你们文艺女青年最喜欢的大榕树，下午去漂流，然后坐明天早上的飞机回去。"

"也好。陈薇，我们一起啊。"

"算了吧，当电灯泡会遭天谴的……你们好好玩。"

陈薇说什么也不愿意和他们一起出游，潘小夏无奈之余也只好遂了她的意。他们在旅馆租自行车，准备骑车去大榕树，可是旅店的主人笑嘻嘻地指着自行车说只剩一辆了，建议他们去别的旅馆租。潘小夏有点郁闷，打算去其他地方租，沈若飞却说："没事，我带你就好。"

"啊？"潘小夏张大了嘴巴。

"啧啧，真是恩爱的小情侣啊……租金我打八折！"老板说。

"我们不是……"

"谢谢老板。"沈若飞抢先一步说。

沈若飞骑着租来的单车，潘小夏坐在他的车后，两个人就这样游走在山间的小路上。微风拂过面颊，潘小夏眯起了眼睛，觉得阳光温暖得令人慵懒，好像回到了令人留恋的高中时光一样。

山里的道路不平，有几次潘小夏都险些摔下去，吓得她急忙抱住沈若飞的腰。沈若飞身体一僵，不自然地说："喂，你别趁机占我便宜。"

"有我这样的大美女投怀送抱你还不满意？真是美得你！"

"你还真是自恋……"

"我喜欢，我乐意！"

路边的稻田不断后退，潘小夏坐在自行车后座上搂着沈若飞的腰，任由发丝在风中飞舞。虽然开车出行比骑单车快速、便捷得多，但她是那么怀念那个白衣飘飘的年代。

"沈若飞,我还记得以前上学的时候,我们一起骑车上、下学,可现在我都好些年没碰过自行车了。看着大学里的孩子们,我就觉得自己老了。"

"你二十八了,是老了。"沈若飞插刀。

"是啊,比他们整整大十岁……你知道相差十岁意味着什么吗?我在走下坡路,而他们慢慢在盛开!这种感觉真是不好。"

"谁都会老的,你担心这个做什么?最近怎么伤春悲秋的?你例假要来了?"

"沈若飞,我在和你说正经的!不过,你是不会明白我的,也不会明白女人对于岁月的恐惧。再过十年,我就快四十了,身材走形,还会脾气暴躁,真是想想就可怕。"

潘小夏突然有了一种对于未来的恐惧感。她已经一只脚跨入了"三十"的门槛,但是终身大事还没有着落,看到朋友、同事一个个结婚,说不妒忌、羡慕那是假的。

她没有陈薇那么豁达,也没有二十八岁女人该有的觉悟。她嘴上虽然说随便找个条件相当的人凑合一下就好,但内心深处还是渴望爱情,不能接受没有情感的婚姻。所以,她就这样蹉跎了下去。

"高不成低不就"是她人生的最好写照,岁月也在她手中慢慢流逝。万一真命天子在她四十岁的时候出现……

她突然打了个寒战。

"我认识你,永远记得你。那时候你还年轻,人人都说你美。现在我是特地来告诉你,和你那时的面貌相比,我更爱你现在备受摧残的容颜。"沈若飞突然说。

"什么?"潘小夏没听清。

"是杜拉斯的《情人》。"

"我说怎么那么熟悉。沈若飞,你说真的有这样的男人吗?不喜欢女人的容貌，只喜欢她的内心？"

"男人都是视觉动物。"沈若飞说。

潘小夏愤愤不平，"我就知道！男人从二十岁到九十岁喜欢的都是年轻漂亮的女孩，某种程度而言也算是专情得可以！要是现在能娶三妻四妾，估计不知道多少人去大学里抢鲜嫩的小姑娘呢！"

"可是真正爱你的话，无论你是什么样子，在对方眼里都是最美的。"沈若飞轻声说道。

"你说什么？"

潘小夏正在心里咒骂着男人，没听清沈若飞的话，推了沈若飞一下，让他再说一遍。沈若飞却没有理会，只是说："没什么，快到了。"

沈若飞大约骑了五十分钟，终于到了据说有千年历史的榕树前。潘小夏下车，望着郁郁葱葱起码几个人才能抱住的大榕树，感慨道："好大啊……这榕树真的有一千年吗？"

"谁知道这个！也许是旅游局弄出来的卖点吧。"

"你这人真是没情调……咦，他们在做什么？"

大榕树周围，有不少游人把心愿写在小小的红带子上，然后把红带子系在榕树的枝丫上，闭着眼睛说些什么。

潘小夏很是好奇，而沈若飞看了一眼，说："估计是祈福之类的吧。"

"是吗？我也要！"

"你信这个？"沈若飞看起来很是不屑，"潘小夏，想不到一个人民教师居然也会相信这。"

"关你什么事！"

潘小夏脸一红，不再看沈若飞。就在她暗暗生气的时候，沈若飞叹口气，走向附近的商贩，然后面无表情地拿着一条红带子过来，说："给你。"

"干吗那么好心?"

"不要算了。"沈若飞作势要收回。

"既然买了就别浪费了嘛……"

潘小夏急忙抢过红带子,躲在一边认真地写下自己的心愿,然后把它小心地系在了树枝上。就在她系红带子的时候,发现沈若飞也在系,奇怪地问:"沈若飞,你做什么?你不是不相信吗?"

"既然来了,就入乡随俗。"

"切……你现在就不幼稚,就不可笑了?我看看你写了什么!"

"不行。"沈若飞很坚决。

"我的也让你看好了。"

"不行。"

"沈若飞,你造反了!我就要看!"

潘小夏说着就动手去抢,无奈沈若飞比她高,缎带在她头顶处,怎么跳也够不着。沈若飞好笑地看着潘小夏上蹿下跳的样子,拍拍她的头,说:"别白费力气了,你够不到的。"

"沈若飞你真混蛋!你没事长那么高干吗?"

此时的潘小夏真是分外怀念沈若飞比自己矮的时光。

那时候,他总是跟在她屁股后头,对她马首是瞻。记得有次,他眼巴巴地看着树上的枇杷,怎么跳也够不着。这时,潘小夏纵身一跳,很轻易地摘下一颗大枇杷,美美地塞到嘴里,把他气得小脸涨得通红。

可是,风水轮流转,现在终于到潘小夏要仰望他的时候了!这种感觉真是不好。

他长大了,有自己的秘密和隐私,终究会离开吧……

到时候,会寂寞啊……

"不给算了,谁稀罕!"

潘小夏突然伤感了起来,扭过头去不看沈若飞,一个人气鼓鼓地往前走，而沈若飞并没有追上来。

她悄悄回头看，只见沈若飞双手合十，闭着眼睛，竟是极其虔诚地在祈祷。

阳光透过树荫的缝隙照射在他的脸上，他的身上少了一分戏谑与玩世不恭，多了一分凝重与肃穆，让潘小夏都不忍心打破这份安静。

她看着沈若飞，努力回忆，还是记不起来这个男孩到底是什么时候变成一个需要她仰视的成熟稳重的男人。现在，虽然离得那么近，但他们之间的距离越来越远了……

他早就不需要她了。

当沈若飞祈祷完毕，向前走的时候，潘小夏还在傻傻地看着那棵枝繁叶茂的大榕树，心中满是晦涩难明。沈若飞回过头，看着潘小夏，奇怪地问："还不快走？不想漂流了？"

"沈若飞，你到底许了什么心愿？"

"愿望说出来的话就不灵验了。"

"这样啊……"潘小夏有些失望，"连我也不能说吗？"

"潘小夏，你真那么想知道？"沈若飞笑了。

"嗯！"潘小夏急忙点头。

"为什么？"

"因为我关心你啊！你的愿望就是我的愿望，说不定我能帮你实现呢！"

"这样啊……那你把耳朵贴过来。"

"嗯！"

潘小夏一喜，急忙踮起了脚尖，而沈若飞也微笑着低下了头，他的唇在潘小夏的耳边轻轻地说："我的愿望就是……你的号扩大一倍。"

"沈若飞！"

"呵呵……"

阳光下,沈若飞得意地对着潘小夏笑,笑容灿烂至极。

3

下午,气鼓鼓的潘小夏和心情明显不错的沈若飞在漓江上畅游。船夫慢悠悠地撑着竹筏前行,潘小夏看着四周的绿水青山,只觉得来到了世外桃源。

这里没有高楼大厦,没有因为生存而忙碌的上班族,有的只是最清新的空气和鸟语花香。江水两旁的陆地上,老农驱赶着耕牛,慢悠悠地耕地,时不时对游人们招手微笑,满脸的皱纹就像盛开的花朵。

潘小夏坐在竹筏的最前端,看着空旷而清澈的漓江水。随着竹筏的前行,她觉得自己好像在水上飞了起来一样。

"沈若飞,我真喜欢这里,在这里总觉得什么烦心事都没了,真好。"潘小夏望着清澈见底的漓江水,感慨地说。

"你还真是容易满足。不过,如果真的喜欢这里的话,可以考虑定居。"

"你胡说什么呢,我还要上班养家糊口啊。而且,买房子定居可不是一件容易的事情,你这家伙就是做事冲动,喜欢异想天开。"

"可有些事你不想的话,永远做不到。"沈若飞认真地说。

"是啊……"

潘小夏笑了。她伸出手揉乱沈若飞柔软的头发,笑吟吟地说:"你这小子从小就是想什么就去做的性子,但我还真是羡慕你啊……没学法律而是学了画画,你妈就没扒了你的皮?沈若飞,你为什么可以活得这么自由?"

"因为我从小就知道我要的是什么,潘小夏。"

沈若飞一把抓住潘小夏蹂躏他头发的手，掌心灼热，潘小夏的心突然猛一跳。

沈若飞的身上满是男子汉气息，让和他一起长大的潘小夏有点尴尬。夕阳的余晖中，沈若飞的睫毛也带着淡淡的金色，整个人漂亮得就好像一幅油画。

潘小夏傻傻地看着他，觉得呼吸都已经停滞。沈若飞的手心传来令人心颤的温度，她也不知怎么忘记把手抽出，只是呆呆地看着他俊美的容颜。就在这时，一架捕鱼的竹筏出现在他们不远处，激起了层层水花。

潘小夏如梦初醒，连忙把手抽出，转移话题，"沈若飞，快看，有人在捕鱼！"

不远处的竹筏上，几只鱼鹰正在孜孜不倦地捕鱼，乌黑的羽毛在夕阳的照射下发出淡淡的金光，也在水上留下道道涟漪。

微风中，潘小夏的发丝在飘扬，眼角弯弯，带着微笑。沈若飞看着她，看着夕阳在山间一点点地下沉，只觉得整个世界宁静得就只有他们两人。

潘小夏……

我的，潘小夏……

夕阳的余晖中，潘小夏的嘴唇是那样的水润诱人。沈若飞觉得自己的心跳越来越快，慢慢把头凑近，犹豫了一会儿，终于懒懒地靠在潘小夏的肩膀上。他闻着潘小夏发间的清香，说："潘小夏，你是个笨蛋。"

"怎么又说我笨？你才是笨蛋！"潘小夏不假思索地飞快回嘴。

"是啊……我是比你更笨的大笨蛋。"

沈若飞微微一笑，继续靠在潘小夏的肩头，潘小夏也并没有把他推开。望着面前的美景，再看着身边的这个男子，潘小夏突然希望时间能在此刻停留，也希望这美景能永远活在她的记忆里。

沈若飞……

若飞……

总有一天，你也会飞，也会离开我的吧。

我只希望这一天来得晚点，再晚点……

潘小夏默默地想着，觉得口中苦涩难言。

坐早班飞机回到 S 市后，潘小夏觉得身体就好像散了架一样，在房间里睡得昏天黑地，醒来的时候，已经是傍晚了。她揉揉眼睛，打着哈欠走出房门，习惯性地寻找沈若飞的身影，但沈若飞并不在。

"这家伙到哪去了？出去也不打招呼，真是的……"

潘小夏见沈若飞不在家，觉得心里空荡荡的。自从桂林回来后，她对沈若飞的感觉就有了一些改变，具体的变化她自己也不清楚，只知道当她见到沈若飞的时候，心跳加速的次数更多了。

她不敢想这一切到底是因为什么，只觉得心乱如麻。

该死的，怎么又在胡思乱想了？有这时间还是准备下功课吧。

再过几天就要开学了，潘小夏得准备教案，理清楚这一年的学习进度。她面对电脑，一会儿逛逛淘宝，一会儿看看天涯，觉得做什么都索然无味，心里空空的，少了点什么。

少了什么？是因为没有人和她抢电脑，没人在耳边絮絮叨叨吗？

以前沈若飞在家的时候她嫌他烦，但是沈若飞真的不在，为什么又会觉得寂寞，甚至心烦意乱？这到底是怎么回事？

"沈若飞到底去哪儿了？怎么出门也不打招呼？"

潘小夏站起身，舒展下身体。她走到客厅，正打算拿个苹果来吃，无意中看到楼下花园有一男一女正抱在一起。男的从身形、装扮看很像沈若飞，潘小夏心猛一惊，手中的苹果也滚落在地。

那人究竟是不是沈若飞？那个女人又是谁？沈若飞真的交女朋友了吗？

也许是察觉到了有人正朝这看,花园里的男人回头,而潘小夏急忙屏住呼吸,迅速藏在窗帘后。过了几分钟,她才像做贼一样继续往外看,但是花园里已经没有了人影。

她很失望,木然地捡起滚落在地的苹果,就在此时,门开了,沈若飞进了门。

潘小夏仔细看着沈若飞,看着他的衣服,估量着他的身高,基本可以确定楼下那个人就是沈若飞,心里突然有些不是滋味。沈若飞在鱼缸前喂鱼,一副没事儿人的样子,潘小夏故作漫不经心地问:"刚才去哪里了?"

"下楼一趟。"

"下楼做什么?"

"没做什么。"

"有没有见什么人?"潘小夏循循善诱。

"潘小夏,你到底想知道什么?"

沈若飞停下了手上的动作,看着潘小夏。潘小夏一时之间不知道该怎么回答。她觉得尴尬,也知道自己没立场干涉沈若飞的私事,支支吾吾地说:"没什么……"

"你在偷看?"

"你才偷看呢!说,那个女人是谁?你女朋友吗?"

"你吃醋?"沈若飞脸色微变,然后邪邪一笑。

"呸!鬼才吃醋!"

"你承认吃醋我就告诉你。"

"不说就算了,谁稀罕!"

潘小夏气恼地回过头去。她原以为沈若飞会来求饶,主动招认,没想到等了很久也不见沈若投降。她恶狠狠地啃着苹果,把苹果想象成沈若飞,才觉得心里畅快了很多。

这个该死的沈若飞到底有什么事瞒着她?潘小夏想,郁闷至极。

一连几天，沈若飞都是神出鬼没。

虽然他说去画室，但潘小夏的直觉告诉她事情没那么简单，沈若飞肯定是去和那个女人私会了。

潘小夏想知道那个女人到底是谁，工作都有点心不在焉。办公室里，她专心地猜测着那个女人的身份，主任和她说了很久她都没回答。主任终于火了，猛一拍桌子，"潘小夏，你到底有没有听我说？"

"啊？主任，您说什么？麻烦，麻烦再说一遍……"

"你啊……新生足球赛就要到了，你今年是英语系的班主任，我希望你打破英语系在足球赛中零进球的历史，掀开崭新的一幕！小潘，你有没有信心？"

"足球赛？主任你开玩笑吧！我们班一共十个男生，就算都上场，那也不够一支队伍啊！我们怎么可能赢？"

"正是因为这样，其他系的人才一直看不起英语系！他们还说可以让我们请一个外援，真是嚣张到了极点！小潘，你不会输的，对吗？"

"啊？"

潘小夏一直不明白几个男人抢一个球的比赛有什么好看的，更不明白主任为什么会把比赛提升到这样的高度。主任推推眼镜，严厉地说："不管怎么样，这次不能再输给计算机系，不然那个老王会更得意！"

"主任，您说的是王教授吗？他一心写程序，好像不关心这些吧……"

"他就是喜欢装清高，做表面文章！昨天当众嘲笑我们英语系没人，害得我成为大家的笑话！反正，这次我们只许胜，不许败，听到没有？"

"小潘，你可要加油啊。"

"是啊，我们都指望你翻身了。"

其他老师幸灾乐祸地调侃潘小夏，纷纷落井下石，潘小夏真是哭笑不得。她知道英语系和计算机系自从主任和王教授离婚后便有宿怨，但没想到他们居然把战火延伸到了足球上，这让潘小夏情何以堪！要知道，英语系赢计算机系的概率，是和中国足球取得世界杯冠军的概率一样！

"小潘，你听到没有？从今天起，对你的学生进行特训！我们的学生不光学习要好，体育也要好，我们要德智体全面发展！"主任说。

"啊？特训？谁来指导我们？"

"当然是你了！"

"啊？我？"潘小夏大吃一惊。

"不是说了可以找外援吗，小潘，你也可以找一些体育系的老师来啊……"

潘小夏沉默。

"总之，只许成功不许失败！"主任猛一拍桌子。

"是……"潘小夏头痛地答应。

4

为了主任的面子，为了英语系的荣誉，接下来的几天，潘小夏为足球赛的事情忙得焦头烂额。

她班上虽然有人踢过球，但都是半吊子水平，更别说那几个只知道读书，跑个一千米都险些晕过去的书呆子了。

她也想找体育系的老师来特训，但体育系的老师们也要为教师运动会做准备，哪里有时间为这些毛孩子训练。所以，万不得已之下，她只能硬着头皮，自己上场。

"老师，要跑到什么时候啊！好累啊……"

"弃权不行吗？"

绕着操场跑了五圈后，有些男生开始抱怨，潘小夏也苦恼无比。虽然这些大男孩们很配合，但她也只会训练他们跑步这类最基本的东西增强体力，战术这些东西她一概不懂。

她看看时间，想到一星期后的足球赛，头越来越痛。她看着跑得气喘吁吁的学生们，心一软，叹口气，说："好，今天就到这里吧。友谊第一，比赛第二，不管怎么说，能赢就好。"

"怎么能这么说？"

身后突然传来一个熟悉的声音，潘小夏愕然回头，只见沈若飞正站在不远处的看台上，不知道已经看了多久。他轻盈地翻过栏杆，稳稳着地，利落的动作引来在场女生的阵阵尖叫。他走到潘小夏面前，说："你这样训练不行。我来帮你。"

"你？别开玩笑了！"

"同学们，你们别听她的废话。什么'友谊第一，比赛第二'，都是失败者用来安慰自己的借口，赛场上就是胜者王，败者寇！看看这些女生，你们不想她们为了别的系的男生欢呼吧。记住，男人要展示自己魅力的战场就是足球场！想赢的都给我过来！"

说来也怪，沈若飞的话让刚才还病病怏怏的男生们像打了鸡血一样兴奋起来。

潘小夏目瞪口呆地看着沈若飞带领他们在足球场上练习，看着他在夕阳下被拉长的身影，终于笑了起来。她第一次觉得她也不是全能的，而沈若飞在某些时候，还是值得信赖。

"喝点水吧，今天真是辛苦你了。"

待特训结束，潘小夏很贴心地递给沈若飞纸巾，但沈若飞并没接，指指自己额头上的汗水，示意让潘小夏帮他擦，真是把潘小夏雷了一下。她无语地用力帮沈若飞擦汗，一边擦一边说："好，我欠你的，今天我就伺候你了，大爷！"

"那顺便帮我捶下肩吧。"

"沈若飞,你不要得寸进尺!"

"我就要。"

沈若飞指指自己的肩膀,眉毛一挑,命令的语气中带了一些撒娇的成分。潘小夏望着他亮晶晶的眼睛,心也软了。她用力给他捏肩膀,问:"大爷,满意了没有?"

"还凑合吧。"

"那小女子能不能请问沈大爷,你怎么会突然来学校看我?"

"你一连几天都心事重重的,做梦也在说什么足球,我再不来的话,真怕你神经衰弱。听说你们这能找一个外援,我加入,保证让你赢。"

沈若飞没有洗澡,身上有着淡淡的汗味,额前的头发也被汗水浸湿,但一双眼睛亮得让潘小夏的心莫名地猛烈跳动起来。

她没想到沈若飞的身材居然那么好,目光偷偷在他结实有力的肌肉上停留,然后急忙红着脸移开。过了很久,她才消化了沈若飞的话,后知后觉地说:"什么?你加入?"

"不行吗?"

"也不是不行……你有时间吗?"潘小夏酸酸地问。

"事情忙得差不多了,最近比较有空。"

"不用约会?"

"约什么会?"

"就是……算了,没什么。辛苦你了,沈若飞。"

"没关系,反正我也不是免费的。"沈若飞坏笑。

潘小夏吓了一跳,"啊,你还要收钱?你怎么有脸收我的钱?沈若飞,我还有房贷要还,我……"

"不是要钱。"沈若飞无语地阻止潘小夏继续控诉。

"啊?那你要什么?"

"到时候你就知道了。"

潘小夏抓狂地说:"喂,你到底要什么啊?你快说,不然我不安心!"

"呵呵……小夏,你们学校居然有萤火虫。"

"啊?"潘小夏一愣,然后看着沈若飞手指的方向尖叫,"天,真的有啊!好可爱!"

"想要吗?"

"嗯!"潘小夏拼命点头。

沈若飞把手一合,再小心地张开,潘小夏果然看见沈若飞手掌间飞舞的绿色小精灵。

潘小夏惊喜地叫了一声,看着灵动的小精灵,看着沈若飞柔和俊美的眉眼,想起以前一起上学、一起放学的时光,也不由得笑了起来。

那时候,他可真是一块小狗皮膏药。可是,现在他已经成为可以依靠的男人了呢……

5

潘小夏记得,在她上小学二年级的时候,沈若飞成为她的师弟。虽然一、二年级放学时间不同,但沈若飞都会一边在教室写作业一边等潘小夏,无论潘小夏怎么劝说都没用。

一来二去的,所有人都知道潘小夏在一年级有个"弟弟",二人感情极好,每天都同进同出。

有阵子,潘小夏班级的纪律不好,班主任大怒,让他们每天放学花一个小时在板凳上坐着"练纪律"。班主任就好像如来佛一样严肃地坐在讲台前,一会儿看报纸,一会儿看有没有学生讲话、做小动作,而活泼好动的潘小夏好像被判了死刑一样难熬。

她无意中向沈若飞抱怨了几句,后来沈若飞便会去潘小夏的教室门口等她。他不说话,只是拿着书本开始背课文,一副热爱学习的好学生模样。他清脆地背着拼音表,时不时背错,让教室里的人想笑又不敢笑,班主任也是哭笑不得。

后来,除了背书之外,他还在教室门口做作业、跳绳。班主任终于忍无可忍冲出去,想要说什么,却被他抢先一步,说妈妈让他和潘小夏一起回家,他在等小夏的时候要学习,绝对不能浪费学习时间。

望着不到自己胸口高且认真学习的小男孩,班主任也没了脾气,提早解除了惩罚。

事后,潘小夏开心又疑惑地问沈若飞是怎么做到的,沈若飞微微一笑,然后说:"我只是提醒你们老师,他自己也在浪费时间罢了。"

"啊?"潘小夏没懂。

"没什么……你戴红领巾了?"

"是啊!好看吧!"

"丑死了。"

"沈若飞!"

自从上次的"美女救英雄"事件后,潘小夏和沈若飞的友谊一天比一天深厚,二人"如胶似漆"。他们发现他俩的本质就是调皮爱闹,但一个用乖巧掩饰,另一个则是用冷漠稳重掩饰。

不知道多少个夜晚,沈若飞都在潘小夏的爸妈睡下后,去敲潘小夏的窗户。不一会儿,潘小夏会打开窗户,轻盈地跳到他的身边。

他们抓蛐蛐,抓萤火虫,还拿着手电在院子里传闻最多的荷花池边探险。他们把花园里的牡丹花摘光了一小半,在李司令家的小黑猫尾巴上系上蝴蝶结,还把张奶奶家的乌龟翻了个个儿……

当大人们怒气冲冲地把目光聚集在调皮孩子身上时,潘小夏正和沈若飞在院子里玩捉迷藏。潘小夏藏在树后,而沈若飞探出头,得意地说："别躲了,我找到你了。"

"啊,怎么又被找到了!真讨厌……"潘小夏嘟囔着嘴。

他们很喜欢玩捉迷藏,但是不知道为什么,无论潘小夏躲在哪里,沈若飞都能找到她。

那时候,他们坐在栏杆上,看着天上的星星,吹着夜晚的凉风,享受着最简单的快乐。沈若飞从口袋里拿出奶糖给潘小夏吃,潘小夏一边吃,一边含含糊糊地说:"沈若飞,你怎么身上会带糖,就好像女孩子一样啊!"

"不吃算了!"沈若飞作势要收走。

"不要白不要!沈若飞,我教你看星星吧……你吃饭了吗?"

潘小夏想教沈若飞找自然老师上课时说的星座,但是看了半天,头都晕了,又不好承认不懂,只好转移话题。她看着沈若飞,问:"沈若飞,你什么时候戴红领巾?"

"老师说下学期就给我戴。"

"啊?不是说一年级的小朋友不能戴红领巾吗?"

"可我是年级第一名。"沈若飞淡定地说。

"年纪第一了不起啊!为什么我一年级的时候也考了第一,但老师没让我戴?"潘小夏生气了。

所有的小学生都极其渴望红领巾,潘小夏和沈若飞也不例外。潘小夏想到自己因为上课讲话而没有第一批入少先队就有点不开心。她看着沈若飞,问:"沈若飞,老师说过,红领巾的颜色是用烈士的鲜血染成的。你说全中国有那么多的少先队员,多少血才能染红那么多的红领巾啊!"

"我怎么知道!"沈若飞一愣,然后说。

"唉,听妈妈说等我上初中就能入团了,比当少先队员还光荣,我表现好的话以后还能成为共产党员。你呢?你有什么理想?"

年少的他们总是把"理想"挂在嘴边,似乎说出来便能实现。

沈若飞看了潘小夏一眼，没有回答潘小夏的问题，突然把手心一合，然后缓缓张开。潘小夏见到沈若飞手中散发着绿色荧光的小精灵，惊喜地叫出了声。

她低着头，和沈若飞一起看萤火虫在他的掌心飞舞，忘记了追问沈若飞的问题。

"好可爱，我也要玩！"

"你小心点，别把它弄死了……"

一转眼，那么多年过去了。

曾经洁净的星空变得雾蒙蒙，萤火虫也越来越难见，而他们还能坐在一起，还是最好的朋友，还能一起看星星，这样真好。

"沈若飞，我喜欢萤火虫。虽然只是微弱的光，但是能照亮人们的梦想。只是，现在真是很难见到了。"

"很多东西都很容易消失，很容易不见。"

"是啊……沈若飞，有你真好。"潘小夏把头轻轻靠在沈若飞的肩膀，"就算你有女朋友也不要忘了我，知道吗？"

"女朋友？"

"就是在花园和你抱在一起的那个啊。有机会的话带上门，大家一起吃个饭，我也给你把把关。"潘小夏说着，心里有点酸酸的。

"谢谢，但是不需要。"沈若飞坚决地说。

潘小夏生气了，"啊，为什么？你看不起我吗？"

"就是看不起你，怎么样？"

"沈若飞！"

潘小夏抬起脚就朝沈若飞踢去，但被早有准备的沈若飞灵活避开。他们又开始打闹，而不远处，正在放着朴树的《生如夏花》。悠扬的旋律在校园中久久回荡，余音绕梁。

第四章 运动会上的那个少年

她暗恋他十五年,可他爱她已经二十年了……她怎么知道他不懂?

1

一个星期后,足球赛终于开始了。

潘小夏身穿黑色运动服,和青春活力的大学生们一起站在看台上,为自己的队伍呐喊助威。潘小夏发现,除了一年级的新生外,还有许多高年级的女生前来加油,个个打扮得花枝招展。她们的目光无一例外地停在了场中央穿着白色队服的11号球员身上,不住地谈论起这个英俊的外援。

"哇!11号加油!"

当沈若飞进球后,除了英语系外,计算机系的女生也开始鼓掌尖叫,男生们的表情都很无语。潘小夏正在暗自偷笑,有人问她:"老师,那个11号是你请来的吗?你们认识吗?"

"认识啊。"潘小夏说。

"那他有没有……有没有女朋友?"

"应该有吧。"潘小夏不确定地说,心情突然有点烦躁。

"啊,不会吧!太伤心了!"女生郁闷地捂着脸。

"这样的帅哥有女朋友也是正常啊！唉，我们真是出现得太晚了！"

"老师，你和他是什么关系？你喜欢他吗？"

女生一个接一个的问题让潘小夏几乎招架不住，她干笑，"我喜欢他？怎么可能！怎么，可能……"

潘小夏看着球场上挥汗如雨的沈若飞，声音越来越低，也越来越烦躁。她也不知道为什么，在知道沈若飞有女朋友后会这样介意，总觉得属于自己的东西被抢走了一样。

她这是怎么了？

沈若飞交女朋友是她一直以来的心愿，为什么会觉得心里有点酸酸的，好像属于自己的东西被抢走了，这到底是为什么？

她看着沈若飞，心绪复杂，而就在这时，场上突然乱了起来。潘小夏发现，许多人朝赛场跑去，球员们也都不再踢球，似乎发生了什么大事。

潘小夏定睛一看，只见沈若飞倒在地上，痛苦地捂住自己的脚踝。她脑中一片空白，身体发软，眼睛也开始发酸，急忙冲到足球场，挤入人群，大声问："沈若飞，你有没有事？"

"你来了……"

沈若飞虚弱地对潘小夏笑笑，唇色苍白，看得潘小夏几乎落下泪来。犯事的男生不断地道歉，急得就快哭了，但潘小夏此时并没有安慰他的心情。她瞪了他一眼，大声喊在场的男生帮忙，扶沈若飞到医院去，比赛也就这样无疾而终。

"医生，他……是你？"

在医院的外科，潘小夏与汪洋不期而遇，脑中一片空白。汪洋一愣，看了沈若飞一眼，再看看潘小夏，问："小夏，这是怎么回事？"

"他受伤了。"潘小夏脸色难看地说。

"放心，我会给他治疗。"

汪洋说着，轻轻捏着沈若飞受伤的脚踝，但沈若飞猛一缩，一脸鄙夷，似乎对他的接触极为厌恶。

潘小夏虽然也不想见到汪洋，但是现在有求于人，不得不硬着头皮说："他受伤了心情不好，你别介意。"

"不会。看他很有活力的样子应该没有骨折，但是安全起见还是去拍个片子吧。"

"潘小夏，换家医院，我不要在这里。"沈若飞看着汪洋，冷冷地说。

"沈若飞，你别任性了！你受伤了就不能乖点吗？"

"可是看到某人我会觉得恶心。"

"沈若飞，拜托你别任性了好不好？你就这样不在乎自己的身体？"

"那你在乎吗？"沈若飞望着潘小夏，突然笑了。

"当然在乎了！"潘小夏大声说。

"呵呵……好，听你的。"

沈若飞摸摸潘小夏的头，对她温柔一笑，居然听话了。他坐在轮椅上，由潘小夏推着去 X 光室拍片子，而汪洋看着他们离去的背影，神色不明。

他们回来后，汪洋看着片子说："没有骨折、骨裂的迹象，只是有些软组织损伤的症状，休息几天就没事了。在休息期间，要按时换药，最好不要四处走动。"

"谢谢你，汪医生。"潘小夏说。

这声"汪医生"让汪洋的心中一痛。他放下笔，望着自己曾经深爱的女人，过了许久才说："不客气。有什么需要帮忙的，你可以打我电话。"

"好了没？小夏，我们回去了！"沈若飞不耐烦地说。

"好好……走吧。"

沈若飞拒绝了那几个男生的搀扶，把身体的重量都压在了潘小夏的身上，压得她险些跌倒。

潘小夏瞪了沈若飞一眼，唠唠叨叨地说不该把沈若飞养得那么壮，而沈若飞的脸上一直带着微笑，似乎对自己的伤势一点都不担心。离开时，潘小夏一心搀扶着沈若飞，而沈若飞回过头，用口型对汪洋说："她是我的。"

她是你的……沈若飞……汪洋折断了手中的笔。

早在和潘小夏交往的初期，她向他介绍这个"弟弟"的时候，他就知道只是高中生的沈若飞看自己女友的眼神并不是那么单纯。那么多年过去了，他是死心不改，还是想乘虚而入？可是，他的存在更引起了汪洋对潘小夏的征服感和占有欲。

"你不会赢的，沈若飞。她以前是我的，将来也还会是我的。你赢不了我。"汪洋把破碎的笔扔到垃圾桶，平静地说道。

2

"好累啊……我要死了……"

回到家中，潘小夏气喘吁吁地把沈若飞扶到床上，急忙喝了几口水，呼吸慢慢平缓下来。

如果她不让沈若飞帮忙训练，不让沈若飞做外援，沈若飞就不会受伤，所以她对于沈若飞的受伤极为内疚。她擦擦额头的汗珠，问沈若飞："现在怎么样，还疼吗？"

"疼。"沈若飞皱着眉。

"啊？要不要吃点止痛药？我记得配了止痛药，在哪里在哪里……"

潘小夏好像没头苍蝇一样去找止痛药，但沈若飞一把抓住了她的手。他指指自己身上的衣服，厌恶地说："好脏。我要洗澡。"

"好，我扶你去。"

潘小夏叹气，认命地扶着沈若飞朝浴室走去，没有看见沈若飞唇角的微笑。

当浴室里传来淅淅沥沥的水声时，潘小夏上网查找关于扭伤后如何治疗的资料，头痛欲裂。

沈若飞洗好后敲了敲浴室的门，她屁颠屁颠地跑了出去，特殷勤地把他扶到床上，为他老人家倒了一杯水，问："若飞弟弟，想吃点什么吗？"

"潘小夏，你好好说话！"沈若飞被雷了一下。

"吃草莓怎么样？"

"哦。"

"你等着，我给你去洗。"

潘小夏从冰箱拿出草莓，洗干净放在玻璃碗中，端到沈若飞大爷的面前。她不敢看沈若飞红肿的脚踝，又忍不住要看，心里很纠结。沈若飞看出了她的心思，恃宠而骄地问："你做什么呢？还不喂我吃？"

"喂你吃？你多大了？"

"可是我受伤了啊。"沈若飞无辜地说。

"你伤的是脚，不是手！"

"可这样你会觉得好受点，不是吗？"

"我才没……唉，真是输给你了。"

潘小夏认命地叹气，拿起一个草莓塞到沈若飞的嘴巴里，看着沈若飞嘴角得意的笑容也忍不住笑了。她戳戳沈若飞的额头，无奈地说："都这么大的人了，还真像个孩子一样……你的脚有旧伤，还是要小心调理。"

"你还记得？"

"怎么不记得？你初中运动会跑三千米那次我还去给你加油

呢！结果，你跑着跑着就跌倒了，当时真是没把我吓死！"

"是啊……真是丢人。"沈若飞淡淡地说。

望着沈若飞受伤的脚踝，潘小夏不由得想起了沈若飞上初三时的那次运动会。

那时，她已经升入了一中的高中部，远离了噩梦般的初三，也终于松了一口气。

开学一个月后，照例是一中初中、高中部的运动会，许多校园的风云人物也会在运动会上产生。担任班长的潘小夏虽然没参加什么项目，但是负责统计报名名单，领导同学们为本班加油，也算是责任重大。

"有人报三千米吗？还有人报吗？"

潘小夏手里的单子除了男子三千米外，其他项目都已经OK了。她拿着单子鼓动男生报名，但班里寂静无声，似乎没人对这个项目感兴趣。

其实，这很正常。运动会上，跑步、接力等项目总是比铅球、跳远类的报名要多，因为大家都喜欢冲向终点时的快乐和同学们的欢呼声。

在跑步项目中，接力赛和一百米报名的人最多，而往年三千米项目，全校报名的人全部加起来也没有二十个。先不说跑完三千米有多疲惫和无趣，就算是看台上的同学们也没那么大的耐性等人跑完，所以这个项目真可谓是吃力不讨好。

潘小夏"新官上任"，很想在运动会上拿到名次，让别的班级刮目相看，所以见三千米没人报名有些失望。她不厌其烦地一一询问男同学，但得到的都是婉拒的微笑。

"小夏，我也很想跑，但是我已经报了接力，时间有冲突啊。"有人用事实拒绝。

"我的耐力不好，恐怕报名了也不能为班级增光。"有人用自我批评拒绝。

"我学习都来不及,运动会我是不会参加的。"有人用学习拒绝。

潘小夏都快问遍了班里的男生,还是没有一个人报名,失望极了。她回到座位上准备做作业,同桌陈薇捅捅她,指着坐在窗边的汪洋说:"你还没问汪洋呢。"

"他肯定不会参加的……他要代表学校参加奥数比赛,老师都特许他不做早操了,他怎么会参加这样的运动会?"

"你不问怎么知道?"

"我,我不想去……"潘小夏小声说。

"全班那么多男生你都问了,独独没问汪洋。你们以前还是一个初中的呢,难道你对他……"

"你别胡说!"

潘小夏脸一红,尖叫一声,急忙捂住了陈薇的嘴。陈薇挣扎着喘气,不解地问:"你反应那么大做什么啊!我话没说完呢!难道你们有仇,你对他没好感?"

"啊?也不是……"

"那你快去问啊!不然我可会误会你喜欢他!"陈薇狞笑。

"你别胡说!"

"那你去啊!"

"去就去!"

潘小夏瞪了陈薇一眼,怀着视死如归的心情慢慢朝汪洋走去。

"汪洋……"

"嗯?"

正在用心做奥数题的汪洋此时才发现潘小夏走来,放下笔,对她微微一笑。汪洋是一个很清秀的男孩,总是穿着整洁的格子衬衫,戴着黑边眼镜,也是她从初中开始暗恋的人。

潘小夏没想到汪洋居然会对她微笑,紧张得话都要说不清楚了,

"那个,你报不报三千米?"

"三千米?"

"是啊,没,没人报,你能不能……当然,你不报也没关系……"

潘小夏越说越结巴,都不知道自己在说些什么,恨不得拔腿就跑。她因为喜欢而想接近,因为喜欢而害怕接近,看着汪洋,简直有一种见到洪水猛兽的感觉,在汪洋面前的每一秒都那么难熬。就在潘小夏落荒而逃的时候,汪洋歪着头想了一会儿,说:"我报名。"

"啊?"

"我报三千米。"

"真的吗?谢谢,谢谢……"潘小夏激动得说不出话来。

"不客气。"汪洋笑了,露出整齐的牙齿。

放学后,潘小夏和陈薇留下来做值日。陈薇破天荒没让她的追求者们帮她做值日,一边扫地一边朝她挤眉弄眼,"小夏,明天汪洋可是要跑三千米,你要不要表示一下?"

"表示什么?"

"比如送瓶水,送束花或者送个吻……"

"你胡说什么啊!他跑不跑和我有什么关系!你的思想怎么那么不健康?"

潘小夏只觉得脚步踉跄了一下,脸一下子涨得通红。教室没人,所以她也不顾及形象,挥着扫把就朝陈薇打去。

陈薇笑嘻嘻地闪躲,时不时还手,教室里就这样乱成了一团。就在潘小夏高举着扫把,打算"一扫定胜负"的时候,教室的门突然开了。一个身穿白色运动服的男孩靠在门上,神情很不耐烦,"潘小夏,你到底好了没有?我等你半个小时了!"

来人正是沈若飞。

上初三的沈若飞比以前高了不少,头发毛茸茸的,嘴唇上有着淡淡的胡须,但已经是一个眉清目秀的大男孩了。

初三有着升学压力，学业紧张，放学比高一还晚，所以潘小夏已经很久没和他一起回家了。

"啊？你等我？我不是和你说了以后我们不用互相等了吗？"

"烦死了！我今天提早下课！你到底走不走！"

"等一下……"

她抱歉地朝陈薇笑笑，假装看不到陈薇戏谑的眼神，迅速做好值日就和沈若飞一起回家。他们的自行车保持着相同的速度，一起朝着家骑去。一路上潘小夏都说着班级趣事，沈若飞却没有说话。

潘小夏隐约觉得有点不对劲，快到家门的时候停住了车子，问："沈若飞，你是不是不开心？"

"有吗？"沈若飞面无表情地反问。

"你找我到底有什么事？"

"我要报三千米，你记得给我加油。"

"什么？你报三千米？干吗不报别的？"潘小夏大惊。

"我喜欢。"

"可我前几天明明听你爸说你报了短跑啊。你的耐力不好，为什么要报长跑？"

"你怎么知道我的耐力不好？你听着，我去跑三千米，而且一定会赢。"沈若飞强势地说。

"沈若飞……"

"记得给我加油，你不来就死定了。"

沈若飞瞪了潘小夏一眼，然后回了家。潘小夏看着他离去的背影，叹一口气回家做功课，觉得沈若飞的脾气越来越古怪了。

也许，他正在青春期的关系吧……潘小夏想着，觉得她小小年纪，就开始像老妈子一样爱操心。

3

三天后,运动会开始了。

本次三千米比赛,初中、高中部加起来就只有八个人报名,所以校领导决定让大家一起比赛,然后分别算成绩和名次。在进行三千米比赛的同时,往年人气很高的跳高比赛也在进行,但奇怪的是,所有人都围着操场看三千米比赛,没几个人关注跳高。

"哇,这次跑三千米的都好帅啊!除了汪洋王子外,居然还有初中部的小帅哥!"

"真是好正太!那脸嫩得让人看了就想捏!"

"拽拽的样子也很可爱啊!"

"可我还是比较喜欢成熟温柔类型的……"

潘小夏班级的女生都在谈论站在三千米起跑线上的选手们,这时潘小夏已经是满脸黑线。

她悄悄打量着一身运动装扮,越发显得青春帅气的汪洋,没想到在不经意间和汪洋的视线撞个正着,急忙扭过头,假装看着远方,但脸已经红得就快烧起来了。就在这时,一件衣服朝她甩来,正好砸在她的头上。

"潘小夏,帮我看好衣服,一会儿记得给我加油。"

沈若飞把运动服扔在潘小夏头上,穿着短袖上场,走的时候还瞪了潘小夏一眼,不知道又在闹什么别扭。一些不了解情况的女生都尖叫起来,纷纷围住潘小夏问东问西,而在一中上初中的人则见怪不怪地说:"你们羡慕也没用,人家可是潘小夏的弟弟!有本事让你妈也生一个那么帅的弟弟来啊!"

"亲弟弟吗?可你们长得不像啊!"

"呵呵，呵呵。"

潘小夏不知道该如何解释，只好尴尬地笑，此时才把目光转移到沈若飞身上。

上初三的沈若飞已经和她一样高了，干净、漂亮，也不像以前那样瘦弱。她经班里的女生提醒才发现，初中部许多女生的目光都一直停留在沈若飞的身上，就如同高中女生都把汪洋当作白马王子一样。

可是，到底是什么时候开始，这个矮她一头的小男孩和她一样高了？

这感觉还真是奇怪……

"嘭！"

"加油！"

发令枪的响起打断了潘小夏的思绪，她看到汪洋和沈若飞几乎同时冲出了起点，急忙和大家一起欢呼了起来。

三千米是很磨炼人的项目，需要战术，一开始跑在第一的人并不占便宜。她不知道沈若飞这小子哪根筋搭错了，居然用尽全力奔跑，一直保持在领先的位置。

一圈，两圈，三圈……

有几个人支持不住退赛了，沈若飞还是坚持了下来。现在，全场就只剩下四名选手了，沈若飞暂时位列第一，汪洋第二。

"汪洋加油！汪洋加油！"

在三千米还剩最后一圈的时候，一直保存着实力的汪洋突然开始冲刺，轻而易举地超过了沈若飞，赢得在场所有高中部女生的欢呼！望着这样耀眼的汪洋，潘小夏情不自禁地欢呼起来，用力鼓掌！

她兴奋得满脸通红，就在这时，不知道是不是错觉，沈若飞好像朝她的方向看了一眼。

屈居第二的沈若飞脸色难看，突然铆足了劲儿向前冲。他经过潘小夏身边的时候,潘小夏看着他苍白的脸色,听到了他沉重的呼吸声,心中突然有一种不好的预感!可是,她只能眼睁睁地看着沈若飞朝着终点跑去,用尽他所有的力气。

"咦,怎么回事?小帅哥怎么摔倒了?"

"好像受伤了!"

当沈若飞距离终点只差一百米的时候,他倒在了地上,许多人朝他冲了过去。此时的潘小夏没有看夺冠的汪洋,关心的只是受伤的沈若飞!她挤入人群,冲到沈若飞身边,焦急地问:"有没有事?"

"没事……"沈若飞皱着眉,一看就是忍着极大的痛苦。

"你怎么那么不小心!初中部只有你参加,你跑最后都是年级第一,你拼什么命?就要体育中考了,我看你怎么办!"

"潘小夏,你还真是凶啊……有空骂我不如扶我去医务室……"沈若飞脸色苍白地说。

"我恨死你了,沈若飞!"

"我也恨你,笨蛋潘小夏。"

突如其来地想起当时自己生气、着急的心情,一切好像发生在昨天一样。

潘小夏看着沈若飞苍白的脸,微微一叹,说:"你就是爱逞强……那时你的脚扭了,还是我帮你带了一个礼拜的笔记,你也险些被你妈打死!唉,你说你怎么就那么容易受伤?"

"请你不要把我说得那么脆弱成吗?我脚不好使,但手还行。要不要试试看?"

沈若飞说着,坏笑了起来,让潘小夏觉得有些不对劲。在她没有反应过来之前,沈若飞伸出手紧紧地抱住了她。他那么用力地搂着她,潘小夏觉得自己的骨头都要被他捏碎了!

耳边传来的是强有力的心跳声,鼻翼间是男子的危险气息,潘小夏觉得整个人都要魂飞魄散！她大惊失色，下意识地拼命挣扎，但现在的沈若飞是一个成年男人，力气怎么可能跟小时候一样。

"沈若飞，你放手！"

"不放！"沈若飞说。

"沈若飞，你这是做什么！"

"你现在还觉得我虚弱吗？"

"你一点都不虚弱，你强得天上有地上没宇宙第一……可以放开我了吗？"

"不要。"

"沈若飞！"潘小夏火了。

"潘小夏，回答我几个问题。"

"你先放手。"

"你先回答。"沈若飞坚持。

"我……好吧！快问！"

"看到我受伤，担心不担心？"

"当然担心了，你这是什么废话！"

"那你再次看到汪洋有什么感觉？"沈若飞眯起了眼睛。

"我为什么告诉你？"

"那我不介意抱着你睡。"沈若飞无赖地说。

"你这个混蛋……好吧，我见他第一眼的时候是很紧张、很恨，然后……"

"不问你之前见到他。我受伤后，你在医院见到他有什么感觉？"

潘小夏疑惑地问："会有什么感觉？你都受伤了，我哪有时间想那些有的没的？"

"所以说，在你心里我比他重要？"沈若飞的唇边渐渐浮现出微笑。

"啊？"

潘小夏张大了嘴巴。她总觉得沈若飞企图带动她的思维，好达到不为人知的目的，但是沈若飞说的话句句在理，她也无从反驳。

"是不是？"

"也可以这样说吧……他只是我的前男友罢了，可你是我弟弟，是我最好的朋友啊。两个人当然不一样。"

"只是……弟弟和朋友吗？"

沈若飞的头微微低垂，距离潘小夏很近，潘小夏都能看到他长长的睫毛了。他的怀抱是那样的霸道，令人慌张，她的脑中一片空白，到现在都没想明白这一切到底是怎么回事。

所以，她只能瞪大眼睛，看着沈若飞慢慢接近，越来越近，声音低沉地说："我不是你的弟弟，从来就不是。你到底什么时候能用看男人的眼光来看我？我为你比赛，现在我要奖励。你不会食言的，对吗？"

沈若飞说着捧起潘小夏的脸颊，吻住了潘小夏的唇。潘小夏觉得自己浑身好像被电击了一般，忍不住颤抖，浑身酥软，一点力气都没有。

她用尽力气去推沈若飞，但是沈若飞的手臂就好像铁铸成的一样，怎么也挣脱不了。她气极用力一咬，一口咬在沈若飞的嘴唇。

她用力极大，沈若飞的嘴唇迅速红肿，隐约可见血痕，她的口中也有些腥味。可是，就算如此，沈若飞还是没有松手。他紧紧抱住潘小夏，坚定地说："我错过一次，不会再错第二次了。小夏，我……"

她暗恋他十五年，可他爱她已经二十年了……她怎么知道他不懂？

"你疯了！"

潘小夏大怒，用力扇了沈若飞一个耳光，泪流满面。望着潘小夏的泪水，沈若飞觉得心底被人用刀子划过，疼得钻心，不由得放了手。

潘小夏望着自己发麻的手掌，再看看沈若飞白皙的脸上鲜红的掌印和红肿的嘴唇，说不出的疲惫。她闭上眼，说："对不起……我就当你今天吃错了药。"

"我没吃错药。我爱你，潘小夏。"

"你明白什么是爱？"

"你怎么知道我不明白？"沈若飞含怒看着她。

"你别说了！我……我很乱，我会当作什么都没发生的。你好好休息。"

沈若飞迟迟不说话，而潘小夏猛地推开房门离去。躺在床上，看着窗外没有星光的夜空，她脑中一片混乱。她的弟弟，那个一直陪在她身边的弟弟居然强吻了她……

天空中没有星星，只有怯生生的新月。月光小心地照在潘小夏的身上，她的皮肤在月光下如白瓷一般散发光泽。她烦躁地翻个身，口中呢喃："沈若飞……为什么会这样？"

入睡前，潘小夏心绪复杂地念着这个名字，觉得一瞬间天翻地覆。

4

第二天，当太阳透过窗帘折射进屋子时，潘小夏缓缓睁开了眼睛。

手机上显示的时间是上午十点，而她已经没有了睡意。

嘴唇上似乎还残留着沈若飞的温度，她想起昨晚那个令人倍感羞辱的吻，心乱如麻。她不知道该怎么面对沈若飞，是义正辞严地指责他，还是装作什么都没发生？

神啊，这到底是怎么回事？

潘小夏在房中发了足有半个小时的呆，才鼓足勇气走出房门。她的脑子实在太乱，有太多东西需要消化、处理，所以她去找了陈薇。

"什么？那个沈若飞吻你了？他行啊！忍了那么久终于下手了！我还真以为他就打算一辈子瞒下去呢！"

茶室里，潘小夏犹豫很久，半遮半掩地把昨天发生的事情说成"一个朋友的故事"，没想到陈薇眼毒心狠，一下子戳穿了潘小夏的话。

潘小夏哭笑不得，恨不得用手去捂陈薇的嘴，讨饶地说："陈薇，拜托你说话声音小点好不好！还有，你为什么说是沈若飞？不是他！"

"你骗鬼啊！谁不知道他喜欢你？"

"你别胡说。"

陈薇不屑地说："看一个男人喜不喜欢一个女人，看眼神就知道了。虽然你神女无心，但人家襄王有梦那么多年了！他喜欢你连我这个外人都看出来了，你这白痴居然还不知道？"

"别胡说！再胡说我翻脸了！"潘小夏脸色一沉，心乱如麻。

"好，不说就是啦。"

眼见潘小夏神色不佳，陈薇很识趣地闭嘴。她喝着玫瑰花茶，问："那你打算怎么办？"

"什么怎么办？"

"沈若飞的事情啊！"

"就算我妈骂死我，我也绝对不能和他一起住了。男孩子年纪大了，想交女朋友是正常的，再和我住一起对谁都不好。我会努力忘记昨天的事情，当作什么都没发生。"

"潘小夏，你真是笨蛋。沈若飞哪里不好？"陈薇疑惑地问。

"不是哪里不好……"潘小夏头痛地说，"他是我看着长大的弟弟！昨天只是一场意外！你怎么就听不明白？"

"你们没有血缘关系，他哪里是你弟弟？"

"可是，我一直把他当作弟弟。这样的感情我接受不了。好吧，退一万步说，就算现在的他是一个让我没有负罪感的陌生人，我也不会和他交往的。我二十八，人老珠黄，而他才二十五，风华正茂。女人比男人老得快，我一向喜欢成熟稳重的男人，享受被呵护的感觉。我可不想做一个老妈子，伺候一个水葱般鲜嫩的小男生，然后等他成熟后被抛弃，一个人孤独终老。"

"潘小夏，你们才相差三岁！而且姐弟恋哪有那么可怕？你是不是想得太夸张了？"

"我大学室友就是谈的姐弟恋……我眼睁睁地看着她帮那个男生洗衣服，做功课，工作以后还给他生活费，简直是一个二十四孝女朋友。当时，我们所有人都以为他们会结婚，可是男的毕业后一直说什么'工作不稳定，暂时不能结婚'，我的室友也就这样傻傻地等了下去。前年，男的终于升职，买得起房子，却和她说分手，用了一个再烂不过的借口——'我们不适合'。既然不适合他早干吗去了？被照顾那么多年就没发现他们不适合，等自己翅膀硬了才突然开窍了？和他后来闪婚的那个大学生是他最适合的？"

"这男人真是贱。"陈薇也愤愤地说。

"所以说，千万不要找比自己小的男人，为别人养老公真的是一件最傻的事情。姐弟恋很累，太累了。我想找的是结婚对象，只要条件符合，彼此有感觉，有没有太多的爱情都没关系。我只是想结婚，让我爸妈安心罢了。如果和沈若飞在一起……就算是双方家长都同意，没觉得我拐卖儿童，不在意我们之间的年龄、阅历差距，但这也会是一场悲剧。就算是沈若飞真的爱我，但我们之间总会有矛盾，这些矛盾也会影响两家的关系，有可能到头来，连朋友都做不成，得不偿失。所以，无论从哪方面来说，和他在一起是绝对不可能的。"

"潘小夏，你怎么变成这样了？感情的事情是分析才能得到答案的吗？你怎么这么畏首畏尾？"

"怕了吧……汪洋的事情让我害怕了。我要的只是婚姻，而不是爱情。"

陈薇叹息，"唉……汪洋这个王八蛋。其实你说得对，我们也都老大不小的了。二十岁失恋痛哭会有朋友安慰你，但是二十八岁失恋痛哭只能代表你不会识人，智商有问题。在婚姻中，条件第一，感情才是第二。只是因为爱就盲目结婚的婚姻，是不会有好下场的。所以我这辈子不会结婚。"

陈薇说着，脸色黯淡，应该也是想到了自己的一些伤心事。过了许久，陈薇才拍拍潘小夏的肩膀，强颜欢笑，"你放心，我们可是新世纪女性！我们上得了厅堂，下得了厨房，写得了代码，查得出异常，杀得了木马，翻得了围墙，开得起好车，买得起新房，斗得过二奶，打得过流氓！你觉得我们会不幸福吗？"

"那你去哪里找一个睡得了地板，住得了走廊，跪得起主板，补得了衣裳，吃得下剩饭，付得起药方，带得了孩子，养得起姑娘，耐得住寂寞，争做灰太狼的绝世男人？"潘小夏伶牙俐齿地反问。

"讨厌！就会打击人家的自信心！"

"呵呵……陈薇，我住你家怎么样？"

"啊？"

"我暂时不知道该怎么面对他……"

"所以你就想逃避？"

"不是想逃避，是想暂时冷静一下。喂，你不会那么没义气吧。你别忘了，你那年失恋……"潘小夏开始威胁她。

"停，停！我让你住还不成吗？不带这样往人家伤口上撒盐的！"

"谢谢。"潘小夏笑着说。

"那沈若飞怎么办？他不是受伤了吗？"

"伤势不重，生活基本可以自理。"潘小夏没好气地说，"都有本事……我相信他饿不死的，最多找个钟点工照顾他就是了。"

"啧啧，能把心太软的潘小夏同学逼到这境界，看来这小子确实有一套……喏，这是我家钥匙，你去配一把，就先在我家住下吧。我话说在前头，你住我家可以，但是要帮我整理房间！"

"知道啦！不过做饭就别指望我了……"

5

和陈薇聊了一会儿后，潘小夏的心情好了许多。二人分开后，她独自一人在超市里逛，买了一些据说有利于伤口愈合的肉骨头。

付完账走出超市，她习惯性地要把购物袋甩到身后，可是过了很久都没人接过这个沉重的袋子，才想起沈若飞正在家养伤，行动不便，不由得苦笑了起来。

这是怎么了，到现在，她居然还以为沈若飞在身边？可她为什么会有这样的错觉？

潘小夏想着，猛然发现不知何时起，她已经习惯了沈若飞在她的身边，这种习惯真是让她恐惧万分！细细想来，他们相处的时候，她对他的态度是有点不避嫌……

难道是她没有把握好两个人之间的距离，才会让沈若飞有所误解，才会做出这样荒唐的事情来？难道……一切都是她的错？

"唉，到底怎么办才好？沈若飞……"潘小夏喃喃自语。

潘小夏给沈若飞发了一条短信，对昨晚发生的事情只字不提，只说去陈薇家住几天。她紧张地等待沈若飞的回复，过了很久，沈若飞才回来一个简单的字：好。

看到手机屏幕上的简讯,潘小夏真是哭笑不得。她上网去查家政公司的电话号码,一一打电话询问,亲自挑选了一个四十来岁的阿姨。

潘小夏把沈若飞的饮食习惯和注意事项都告诉了阿姨,多给了她两百块,让她每天熬汤给沈若飞喝。阿姨笑眯眯地答应了,一直说:"小姐,你对你男朋友真好。"

"他是我弟弟。"潘小夏一愣,有些无奈地说,眼神也有些迷离。

接下来的几天,她都没回家。

住在陈薇乱糟糟的屋子里,看着白天光鲜亮丽,晚上就不顾形象的陈薇,潘小夏是那么怀念她以前的生活。她每天都会和阿姨联系,欣慰地知道沈若飞吃得好睡得好,已经可以下地行走,应该是没什么大碍了。

陈薇家的床很大、很软,但潘小夏还是更加想念自己九十平方米的小窝,也有些想念那个让她不知道如何面对的年轻男子。

沈若飞这家伙不知道有没有按时吃饭,有没有因为心情不好而向阿姨发脾气?她这样一走了之,真是很不负责任吧。可是,她真的不知该怎么面对这个吻了她的孩子啊……

他们是姐弟,不是吗?明明一开始就只是姐弟关系罢了……

后来,潘小夏终于厘清了思绪决定回家,开诚布公地和沈若飞谈一谈。她鼓足勇气,把要说的话都练习了一遍然后推开房门,却意外发现沈若飞已经不在家中,顿时有种一拳打空的失落感。

沈若飞这家伙到底去哪了?

潘小夏愤愤地想,突然发现客厅餐桌的花瓶下压着一张纸条。她把纸条拿起,上面是她熟悉的字迹:小夏,那天发生的事情我不会说对不起,因为这是我一直以来最想做的。你不必躲我,这是你家,要走也是我走。可是,我绝对不会放手。我的脚伤已经好了,去西藏采风,你等我回来。

纸条的署名处是一只展翅翱翔的小鸟，潘小夏看着这孩子气十足的字条，苦笑了起来。

"他总会想明白的。不要再多想了，潘小夏……"潘小夏喃喃自语。

沈若飞离开后，潘小夏觉得时间过得缓慢至极。沈若飞明明才离开一个月，但她居然有一种失去他，他再也不会回来的错觉。

沈若飞离开后，他就没有和潘小夏联系过，潘小夏自然也不会找他。她的日子过得波澜不惊，生活也恢复了正常，但心里总觉得空空的，做什么都没有兴致。

她又见了几个条件不错的男士，但不是对对方没感觉，就是对方没看上她，属于她的缘分就好像中国的股市一样让人扑朔迷离。

每当她耐着性子和那些聪明绝顶或是脸上可以开采石油的男人们交谈的时候，她的思绪会下意识地游离，也会在不经意间想起那个面容干净、笑容勾人的他。

如果到了三十岁，那家伙会变成什么样呢？他的头发那么多，应该不会秃顶，他爱运动，身材应该也不会太差吧……

不，怎么又想起他来了？这到底是怎么了？

潘小夏对自己不受控制的思绪和唇角莫名的微笑很惊慌，急忙收回思绪，但心跳的频率很难欺骗自己。这时，坐在沙发另一边的相亲对象还在滔滔不绝地介绍着自己的股票，唾沫横飞。

潘小夏第N次掏出手机，看看时间，失望地对着屏幕喃喃自语："沈若飞，失踪了一个月，一点消息都没，算你狠。等你回来的时候，我说不定就能找到未来的老公了。哼。"

"潘老师，你说什么？在和我说话吗？"

"啊？哈哈……"潘小夏讪笑。

又是百无聊赖的一天。

课程结束，潘小夏收拾教案准备回家，心情却不太好。她突然喜欢上了上班，因为这样就可以不用一个人直面冰冷的房间，也不用连个斗嘴的人都没有，一天到晚胡思乱想。

她疲倦地朝停车场走去，就在这时，有个学生急匆匆地朝她跑来，"老师，有人在凉亭等你！你快去看看吧！"

"谁等我？"潘小夏一愣。

"他没说是谁。老师，快去看看吧，他好像等你很久了！"

小丫头说着，拉着潘小夏的手就朝凉亭走去，穿着高跟鞋的潘小夏被迫走得飞快，险些滑了一跤。

会是谁来找她？陈薇？她来之前都会打电话啊。沈若飞？难道真是这孩子回来了？看她怎么收拾他！

潘小夏恨恨地想着，一心想的都是怎么整治沈若飞，没有注意到自己嘴角那若有似无的微笑。

在一堆叽叽喳喳的女孩中，潘小夏看到了那个熟悉的身影，觉得呼吸都有些困难了，笑容也顿时凝固。她看着不远处那个清秀、文雅，双手插在口袋里，神情平静地看着远处教学楼的男子，再一次感慨生活。

潘小夏没想到他会来。

他刚离开的那段时间，潘小夏曾经彻夜难眠，心中幻想他们的相遇，总觉得在下一个转角，他还是会抱着篮球等她，带着温暖至极的笑容。

她是多么希望他临走前对她说的话，他们之间的分离只是一场梦，但是迎来的只是一次又一次的失望。

后来，失望的次数多了，就会绝望。

随着一次次的伤心，她终于接受了他已经离开的事实，心静如水。

仇恨是会变淡的。

爱情也是如此。

五年过去了……

五年了……

汪洋，你回来做什么？

"潘老师，就是他在等你。你不过去吗？"

"我不去了。我不认识他。"

潘小夏冷淡地说着，冲那个小姑娘微微一笑，不顾她惊讶、失望的表情，转身就走。

年轻真好，年轻人总是把什么思绪都写在脸上，那样好懂，透明得让人简直不忍心伤害。她不想让这个热心的小姑娘失望，但更不想遇到他。

"老师，你要走吗？潘老师！"

小姑娘在潘小夏身后大叫，潘小夏心中暗暗叫苦，只得加快了步伐。可是，就因为这句话，汪洋已经注意到了她。

他眯起眼睛看着那个匆匆离去的身影，立马快步追上。他一把抓住潘小夏的手，声音低沉，"就这么不想看到我？"

"请放手。"

"小夏……"

"汪洋，你有什么资格和我说这些话？我们很熟吗？放手！"

潘小夏气极，用力挣脱出汪洋的手掌，快步朝着停车场走去，怎么都发动不了车子。她气愤地在驾驶盘上重重一拍，手掌一阵生疼。她最引以为傲的理智仿佛在瞬间消失不见，她满脑子想的都是离开这个鬼地方，离开这个会带给她噩梦一般的男人。

泪水不受控制地弥漫在眼眶，眼前也是一片模糊。她狠狠擦去眼泪，用两分钟的时间深呼吸，终于平静了下来。回到家后，她洗完澡，躺在柔软的沙发里，一边用毛巾擦拭着湿漉漉的头发，一边把自己埋在毛毯里，才觉得整个人温暖了起来。

电视里放着狗血肥皂剧，潘小夏也懒得换台，静静地坐在沙发上，静静地看着，但是思绪已经开始游离。

汪洋……

五年前他离她而去，五年后又回来做什么？想在她的心上再深深割上一刀吗？

可她绝对不会再给他任何伤害自己的机会。

绝对不会。

6

天色越来越暗了。

潘小夏看电视看到无趣，去厨房找些吃的，无意间往楼下一看，看到一个男子正站在楼下。她住在五楼，又有些近视，但即使如此，她还是认出在自家楼下的那个人。

现在正是下班时间，小区楼下人来人往，许多人都诧异地看着这个雕像一样的男人。潘小夏看着汪洋，周身的血液都涌上头来。

汪洋！你到底又要搞什么鬼？想逼她就范吗？

她的心不会那么软！

潘小夏愤愤地回到客厅，把电视声音开得极大，这样可以让人无视心中的烦躁。

电视里播放的是女主角梨花带雨地问男主到底是不是不爱她了，换个频道，烫着离子烫的古装女主角从树上摔下，男主角一把抱住她，然后两个人开始转圈圈，慢慢落地。

有没有搞错！难道除了情情爱爱就没有别的节目了吗？难道人生的唯一目的就是谈恋爱吗？她偏不信邪！

潘小夏心烦气躁地不停换频道，终于换到了新闻频道，但那个美丽的主持人正在神情严肃地讲着本市的一起情杀案。此情此景终于让潘小夏彻底崩溃，她把遥控器一摔，躺在沙发上发起呆来。

他……到底走了没有？不会还在楼下吧？

时间不知道过了多久，最终潘小夏还是忍不住往窗外看去。她弯着腰，用窗帘掩饰着自己的身形，好像做贼一样透过窗帘的一角望着楼下，却不见汪洋的身影，说不出是喜是悲。

若汪洋继续站在外面，她会生气，但当他真的离去，心中那种怅然若失的感觉是怎么回事？

潘小夏，你到底想怎么样？

潘小夏心乱如麻，拿着换洗衣服去浴室洗澡，只希望洗完澡后没有那么多烦心事好想。也许是心事重重的关系，她走出淋浴房的时候脚一滑，摔倒在地，只觉得浑身都疼，手肘处更是痛彻心扉。

她坐在冰凉的地砖上，努力了几次都没起来，又气又急，眼泪也在眼眶里打转。

她想起了报纸上说的"单身女人死在家十天无人发现"的新闻，越想越悲凉，忍不住落下泪来。

好疼……

要是在家里的话，妈妈早就扶她起来了，顺便骂她两句，就算是沈若飞在家，也不会让她一个人孤苦伶仃的！沈若飞，臭小子，关键时刻他到哪里去了？等他回来看她的时候，恐怕她早就香消玉殒了！

果然是不可信任的臭小子！

客厅里的手机不停地响，也不知道是谁在打电话给她。潘小夏再次努力站起，踉跄着走到客厅，发现自己的手肘蹭破了皮，红肿了一大片，稍一活动就疼得揪心。她正在纠结要不要去医院，思绪纷乱，这时门铃响了。

"叮咚。"

潘小夏很少有客人，见有人来访心中一愣。她托着手臂走到门前，从猫眼往外看去，是偶尔会招呼她过去吃饭的邻居李阿婆。她急忙用没受伤的左手开门,却看到了李阿婆身后那个她最不想见的人。

"汪洋!"

她很想就此把门关上,但李阿婆一向对她不薄,让她老人家误会不太好。她深吸一口气,没有让他们进门,而是强迫自己微笑,"李阿婆,有事吗?"

"潘老师,这个小伙子要找你,可是走错门了。幸好你在家,不然这孩子可真白走一趟!"

"谢谢李阿婆。阿婆,要不要到小夏这里坐坐,喝杯茶?"汪洋说。

"不用不用,你们年轻人的事情我老太婆就不掺和了,免得遭人嫌!潘老师,有空来吃饭啊!"

"一定,一定。"潘小夏笑眯眯地敷衍。

当李阿婆回到自己的屋子后,潘小夏的脸瞬间沉了下来。她一言不发地就要关门,可汪洋抢先一步,推门而入。潘小夏气急,低声威胁:"你再不走我就报警了。"

"小夏,你到底怎么回事?你出什么事了?"汪洋皱眉问。

"我没事啊。"

"还说没事!你的手怎么了?"

汪洋目光如炬,一下子看到潘小夏隐藏在身后的右手。潘小夏不愿与他多做纠缠,冷淡地说:"和你没关系。"

"给我看,我是医生。"汪洋坚决地说。他的坚持终于让潘小夏败下阵来,她把手臂举到汪洋面前,汪洋轻轻一捏,痛得她几乎哭出声来。

汪洋皱着眉看着她,说:"红肿很严重,你需要去医院拍片检查一下。"

"我觉得没事,不需要去医院。"

"潘小夏,我是以医生的身份劝告你,而不是以前男友的身份。我是医生,我必须对病人负责,所以你必须和我去医院。有些伤当时没有太明显的症状,但是会对身体造成很大的伤害,等症状明显的时候再去医治已经晚了。你弟弟受伤的时候你知道把他送医院,怎么轮到自己就这样马虎大意?还是说,你一直想着我,为了不看到我甚至不惜伤害自己的身体?"

"汪医生,你把自己看得太重了吧!"

"既然不是这样,就和我去医院。"

潘小夏瞪了汪洋一眼,心中很清楚方才的争执不过是汪洋逼她去医院的激将法,但手臂越来越痛,似乎也没必要和他赌气。她瞪了汪洋一眼,随汪洋下了楼,走到一辆黑色轿车前。

汪洋为她打开副驾驶处的车门,她却坚持坐在后座,汪洋只好笑着容忍她的小脾气。

车子飞快向医院开去。坐在柔软的真皮座椅上,潘小夏突然有些不待见自己的车了,心里也有些小小的妒忌和不平。她看着汪洋的新车,暗想他毕业也没多久,居然开上了这么好的车,可自己还是靠家里的资金买的车,还真是人比人,气死人。

她望着窗外,没忍住,讥讽地说:"汪医生混得不错,都开上这么好的车了。看来,海归和我们这些平民百姓就是不能比啊。"

"小夏,你说什么?"汪洋的脸色微微一变。

"我在赞美你,你听不懂吗?你以前说过,你的梦想就是开好车,现在实现了,恭喜你。"

"谢谢……可我更怀念骑着单车带着你的日子。"

潘小夏沉默了。

她想起上大学时,汪洋还是一个穷学生,骑的也是一辆二手自行车,除了铃不响之外其他都响,但这样也不能影响他们之间的爱情。

潘小夏最喜欢坐在汪洋的后座，抱着他的腰，让他载她去上课，去操场。他们在路边吃两块钱一碗的炒面，每个人都吃不了多少，但是都说自己吃饱了，想方设法让对方多吃一点。

那时的汪洋穿着干净的衬衫，骑着车，对后座的潘小夏说："小夏，等我工作了就去学车，我想买奥迪。"

"奥迪？为什么不买奔驰宝马？"潘小夏晃着脚，奇怪地问。

"我以后是医生，奔驰、宝马太时尚，不是很稳重，还是奥迪比较适合。"

"你想得真多。"

"当然。我总要好好工作才养得起你这个小胖猪啊。"

"喂，你说谁是小胖猪？我一点都不胖！"

"呵呵……"

潘小夏去拧汪洋的耳朵，汪洋好脾气地笑笑，自行车的车轮向前滚过，压过了回忆，碾平了青春。

现在，汪洋终于如愿以偿地实现了他的梦想，但是，她已经不是当初那个单纯的女孩了……

他们都长大了，不是吗？

第五章　旧爱来袭

潘小夏还在回味汪洋温暖的笑容，突然发现不远处的花园里似乎站着一个人。那人站在树下，就算是大雨倾盆也一动不动，就好像泥塑一样。

1

到了医院，汪洋帮潘小夏挂了号，带她照了片子。潘小夏忐忑不安地等着医生，却见身穿白大褂的汪洋走了进来，吓了一跳。她惊恐地问：“你给我看病？”

"是啊，今天我值班。有什么问题吗？"

"没有。"潘小夏闷闷地说，突然有种被算计的感觉。

"你是怎么摔跤的？"

"在浴室滑的。"

"你有骨裂的迹象，需要打石膏。"

"打石膏？开什么玩笑！有这么严重吗？"潘小夏大惊，很不信任地看着汪洋。

"你要是不信我，可以找别的医生或者去别的医院问诊。"汪洋推推眼镜，面无表情地说。

汪洋一向是一个认真谨慎、不会信口开河的人，再加上他身上的白大褂让人感到很专业，潘小夏无法反驳。潘小夏叹口气，头痛地说："我还要上课，这样临时请假真是……"

"记住，身体永远比工作重要。"

"唉……还真是倒霉。一个月前沈若飞受伤，现在轮到我受伤，我们真该去寺庙烧香了。"潘小夏郁闷地说。

"怎么，还有封建迷信思想？你受伤是因为自己粗心，怪得了谁？和沈若飞又有什么关系！"

汪洋的语气酸酸的，听起来让人极为不爽，但潘小夏现在有求于他，不好翻脸，只好忍气把自己的不满咽下。

她忍气吞声的样子就好像一个包子，汪洋的笑意隐藏在眼镜后，敏锐地察觉到这是改变他们关系的最好契机。他很清楚潘小夏的伤势并不需要石膏，但是……这样，能离她更近一些吧。

一个小时后，潘小夏的手臂多了一个白白胖胖的石膏，她望着石膏，苦笑起来。她不知道沈若飞伤势那么重怎么才静养两周，她没太大感觉的伤势居然要打石膏，她现在的造型真是"美"呆了！她可没有在石膏上签名画画的浪漫情怀，只要看着手臂上的石膏，就有种想哭的冲动。

"我送你回家吧。"

汪洋见潘小夏离开医院，慌忙赶上。潘小夏回过头问："你不用值夜班吗？"

"我和同事换了班。"

"可你已经上了一半的夜班。"

"我觉得送你回家更为重要。"

汪洋的神色是那么真挚，潘小夏看着空荡荡的马路，犹豫了一下，还是上了车，却与汪洋没有任何交谈。

静谧的环境中，也许是觉得尴尬，汪洋打开电台，电台里正在播放陈奕迅的《十年》。忧伤的曲调，略带沙哑的嗓音回荡在空气中，那么的令人感伤。

汪洋静静地开着车，潘小夏静静地听着歌，觉得无尽的伤感几乎把她吞没。

她与汪洋的纠缠何止十年，但还是沦为两个字"朋友"或者说根本算不上朋友，只是比朋友更为尴尬的关系罢了。

"你放心，你的伤不重，只要耐心调理，不会留下什么后遗症。你一个人在家不方便，要不要我……"

"不用，我有钟点工。"潘小夏拒绝。

"钟点工没有医生懂得多。"

"是啊，可医生并没有贴身照顾病患的责任吧。还是说，你对我这个前女友有什么非分之想？"

潘小夏冷笑着望着汪洋，话太过犀利，而汪洋的脸色风云变幻，最终转为死水一般的静谧。他的手在方向盘上重重一拍，说："小夏，我知道你恨我。"

"恨？汪医生是不是太看得起自己了？你是谁，和我什么关系，我为什么要恨你？"

"不管怎么说，你在S市没有家人。我既然知道你受伤，就一定要来照顾你。"

"不需要。"

"就这么说定了。如果你不愿意，我就站在楼下等你。李阿婆也许会请我喝茶，顺便聊聊她的关节炎，以后你们小区的其他人也会对我感兴趣。"

"你在威胁我？"潘小夏怒了。

"不是威胁，只是想见你罢了。"

汪洋平静地说，静静地看着她，而潘小夏愣住了。过去的美好时光在她脑海中如电影般回放，记忆也好像洪水一样冲破了理智的大坝。

忧伤的音乐中，一个人在异乡的孤寂，突然压得她透不过气来。她习惯什么事都自己扛，几乎忘记她也是个女人，也渴望爱情，也是会累的。

"随你吧。"

也许是太多的不顺心让潘小夏身心俱疲，也许是夜晚会让人松懈，潘小夏默认了汪洋的话。她甚至恶毒地想，既然汪洋那么想照顾她赎罪，她也不介意就此好好整治这个男人一番。

汪洋当然不知道潘小夏的所思所想，心中一喜，但还是淡淡地说："谢谢。"

潘小夏没有说话。

此后的几天，除了阿姨照顾外，汪洋果然一下班就往这里跑。只要一见到这个男人，潘小夏就觉得心烦意乱，仗着自己是病人，经常提一些无理的要求。

潘小夏说："汪医生，我想吃西瓜，你去楼下给我买吧。"

汪洋皱眉，"小夏，你刚才不是想吃苹果吗？"

"我改主意了。"

汪洋好脾气地说："好，我去给你买。"

"最好一次买十个上来。还有，我不喜欢外人的手碰我心爱的西瓜。"

汪洋无语。

西瓜买回来后，潘小夏又出了幺蛾子，"汪医生，我想游泳。"

汪洋无奈地说："你打着石膏怎么去？"

潘小夏说："不如你穿泳裤，让我感受一下海边风情？"

潘小夏竭尽所能地给汪洋出难题，但汪洋都是好脾气地笑笑，一点都没有动怒。潘小夏本来就不是那种刁蛮任性的女子，汪洋的温柔渐渐让她软化，也不好意思再提什么非分要求。

阿姨见汪洋性子好，也私下和潘小夏说："潘小姐，这个男的脾气真好啊，潘小姐真有福气。"

"他和我什么关系都没有。"

"是吗？可我看他……"

"不要乱说。"潘小夏变了脸色。

2

汪洋没有再提以前的事，只是很细心地指导阿姨应该怎么给潘小夏做饭，让她吃一些清淡又有营养的食物。

他望着阿姨做的香喷喷的骨头汤，皱起了眉，"不要给小夏吃这么油腻的食物。民间是有吃啥补啥的说法，但是骨伤的人不适合吃这些。骨裂早期要消肿散瘀，饮食原则上以清淡为主。多吃些如蔬菜、豆制品、水果、鱼汤，不能吃酸辣油腻的东西，早期尤其不能喝骨头汤这类高热量的食物。否则，瘀血积滞，对病情反而不利。阿姨，你做些清淡的饭就好。"

"啊？还有这说法？"阿姨愣了。

"我是外科医生，请相信我。我会好好照顾小夏的。"

汪洋说着温柔地看着潘小夏。潘小夏看着他，觉得心猛一跳，急忙借故走开。

走到房间，她摸着自己的心脏，开始苦笑，"潘小夏，不是打算借他照顾你的时候好好折磨他的吗？怎么，心软了？你从来就玩不过他，会上第二次当吗？心，真的不能软啊……沈若飞，在我最需要你的时候，你到哪里去了？你到底什么时候回来啊……"

在汪洋的精心护理下，潘小夏的伤好得很快，很快就拆了石膏，活动自如。

这天，汪洋又来潘小夏家看她，潘小夏却半靠着门，似笑非笑地说："汪医生，我的伤已经好了，不知道你还来我家是为了什么?"

"我把充电器忘这了。"

"充电器?"

潘小夏很迷茫,这时汪洋已经神情自若地走到客厅,拿起沙发上的充电器。潘小夏暗骂又被这人钻了空子,冷冷地说:"找到充电器了,怎么还不走?"

"小夏,我不会再离开你了。"

"汪洋,这个笑话并不好笑。"潘小夏冷笑,"快走吧,闹大了大家不好看。"

"小夏,我很渴,能不能给我喝杯水?"汪洋坚持留下。

"汪洋,你到底想做什么?你想喝水的话自己去超市买!"

"汪洋……这回不再是汪医生?五年了……已经五年没听到你叫我的名字了。呵呵。"

汪洋自嘲地笑着,而潘小夏愣住了,一股极酸楚的感觉涌上心头,她的手指甲死死插入掌心,也只有用疼痛来战胜心中的疼痛。她望着窗外,而汪洋看着她,艰难地开口:"小夏,你……这些年过得还好吗?"

"什么叫好,什么又叫不好?"潘小夏冷笑。

"我……当初,是我对不起你。"

"没什么大不了的,你不必自责。一切的一切,只不过是在我一心想嫁你,一心为你打算,甚至愿意和你一起出国打拼的时候,你对我说分手罢了。我也只不过是分手后喝酒喝到发疯,去你宿舍楼下大闹,被人嘲笑,不敢留校任教,只好拜托爸爸为我转校罢了。我也只不过瞎了眼,爱一个贱人十年罢了。"

"小夏,是我对不起你。以前的事情……就让它过去不好吗?"

汪洋艰难地说,似乎说出这句话用尽了他所有的力气。他满怀希望地看着潘小夏,忐忑不安地等待着潘小夏的回答,可潘小夏看了他一眼，笑了。

"好。"潘小夏简短地答应，拿着花瓶去换水。

在她低头的时候，一缕发丝在不经意间散落，模样是那样的娇俏。汪洋看着她，习惯性地伸出手，想把她额前的发丝归顺。可是，就在他的手触碰到潘小夏额头的瞬间，潘小夏猛然抬起头，迅速后退，动作幅度大到把手中的花瓶都摔在了地上。

随着咣当一声脆响，汪洋愣愣看着潘小夏还来不及收回的厌恶神情，手也尴尬地停留在了半空。

潘小夏意识到自己反应过度，那句对不起却是怎么也说不出，只是拿来抹布，一点点收拾着残局。汪洋想帮忙收拾，但她只是淡淡地说："你是客人，没有让客人动手的道理。"

"小夏，你非要这样吗？我承认当初是我对不起你，但是那时的我怎么能给你想要的生活？你是受尽万千宠爱的娇小姐，而我，爸妈下岗，只是一个穷学生……我能靠的只有自己。虽然你父亲说能把我介绍到医院实习，但我不希望你家人戴着有色眼镜看我。我对自己说，赌一把。如果我赢了，我就能得到你；如果我输了，我就放手，让你得到属于你的幸福。"

"想不到你这么伟大。"潘小夏心中一痛，但仍然用讽刺的语气说。

夜幕降临，整个城市没有了白天的喧嚣和闷热，有的只是属于夜晚的安宁。小区路灯的光束透过窗帘射进潘小夏的房间，他们两个人站得很近，影子被拉得很长，但他们的心隔了一个太平洋。

汪洋望着潘小夏，犹豫了一会儿，还是用平静的语气说："小夏，我一直很想你……可我不配和你联系。在美国，家境不好的中国留学生做得最多的工作就是去快餐店打工。我就算是努力学习，争取奖学金，但还是要靠打工来赚生活费。那时候，我最庆幸的就是你不在我身边，不必和我一起吃这些苦。白天上课，晚上上班，我的生活被安排得满满的，我用忙碌强迫自己忘记你。可是，走在路上，在校园里，在打工的地方……我总会想起你来。很多次，我都想要打电话给你，但我只能忍住。我告诉自己，不学成归来，绝对不见你。潘小夏，你会想我，那你以为我不会想你吗？你以为我这些年就过得很好？"

潘小夏有些愕然地低着头，一句话都说不出来。

"小夏，我回来了。虽然晚了点，但我还是希望你能接受我！我已经可以担负起我们的未来，我们为什么不能重新开始？你明明也是对我有感觉的，对吗？"

"你不要胡说！"

"如果你一点都不爱我，何必这样躲着我？你是在自欺欺人吗，潘小夏？还是说，你真的能忘记一切？"

汪洋的脸涨得通红，而潘小夏还是第一次看到温文尔雅的他恼怒的样子。汪洋用力握住潘小夏肩膀，潘小夏下意识去推，但汪洋怎么也不松手。

"汪洋，你放手！"

"我不会再放了！"

"你……"

"你们在做什么！"

房门不知道什么时候开了。

沈若飞站在门口，把包摔在地上，神色难看地看着他们二人，目光中闪着危险的光芒。

潘小夏心中暗叫不妙，望着沈若飞，忐忑地说："你……回来了？怎么不多待会儿？"

这句话似乎说得更不妙。

在汪洋看来，这话似乎坐实了潘小夏和沈若飞"同居"一事，而在沈若飞看来，这是潘小夏不欢迎他的到来。

所以，两个男人的脸色顿时都有点不太好，迟钝的潘小夏也察觉到了一丝危险。她望着汪洋，迟疑地说："你走吧，有事以后再说。"

"除非你答应，不然我不走。"

"答应什么？"沈若飞冷笑。

"和你无关。沈若飞，我知道你是潘小夏的弟弟，但是这是你姐姐的私事，你不要插手为好。"

"谁是她弟弟？"

沈若飞气极，揪起汪洋的领口，对准他的脸就是一拳。汪洋的眼镜被打落在地，摔个粉碎！他的脸上青了一块，鼻血缓缓流下，看得潘小夏心惊肉跳。

她急忙找纸巾为汪洋擦血，不住道歉："对不起，沈若飞这孩子就是冲动了点，汪洋你没事吧？"

"没事。"汪洋脸色不好，但仍对潘小夏淡淡一笑。

"沈若飞，过来和汪洋道歉！"

"不可能。"沈若飞冷冷地说。

"过来道歉！"潘小夏觉得自己就要被气爆了。

"我说过，不可能。这个人渣不配。"

"你……"

潘小夏被沈若飞气得满脸通红，一句话都说不出来。沈若飞看了她一眼，在她发脾气前自己摔门先走了，好像比她更为生气。

潘小夏头痛地望着汪洋，放弃自尊赔小心，收拾残局，"汪洋，沈若飞还是个小孩子，刚才的事情你不要放在心上……医药费我会出的，真是非常、非常抱歉！"

除了道歉之外，潘小夏已经不知道还应该说些什么，暗恨沈若飞的冲动给她带来了这么大的麻烦。她让汪洋仰起头，很熟练地拿冰袋给汪洋止血。汪洋接受了她的好意，然后笑着说："小夏，你似乎忘记我是医生。"

"啊，是啊……对不起，习惯了。"

"习惯？"

"是啊。沈若飞那小子上高中的时候经常和人打架受伤，又不敢让家长知道，经常在我家处理好伤口才回家。所以，我处理伤口的技术应该也是专业级的了吧。"

"原来是这样……我以前都不知道。"汪洋看着潘小夏，有些感慨地说。

他的脑中想象出潘小夏为沈若飞包扎的场景，觉得心中一酸，很不是滋味。他一手扶着冰袋，一边开玩笑地说："你怎么从来没这么照顾过我？"

"因为你从来没有受伤过啊。你总是很细心、很谨慎，而且又是学医的，哪里用得着我。"

"你怎么知道我用不着？"汪洋轻声说，突然抱住了潘小夏。

熟悉又陌生的男子气息袭来，潘小夏身体一僵，觉得浑身血液都凝固了。汪洋小心地抱着她，好像抱着世界上最珍贵的东西。

他的吻落在潘小夏的额头，声音也有了一些颤抖，"是在做梦吗……小夏，告诉我，这不是一场梦！"

"汪洋，你放手！"

潘小夏虚弱地挣扎，早已经泪流满面。她与汪洋那么多年的感情不可能说忘就忘，而憎恨和逃避归根到底也是因为曾经深爱过罢了。她的理智告诉她要和这个男人划清界限，但是她的身体又在说："一会儿，只要在他的怀里一会儿就好……"

她不知道未来会如何。至少，此时的她，是多么贪恋这个怀抱的温度。

"小夏，我们重新开始好吗？我……在湖边买了房子，是你喜欢的那种跃层式。房子很大，一个房间做书房，一个做卧室，一个做小孩子的玩具房……房间的墙壁漆成苹果绿，要有水晶帘，还要有荷叶形状的洗手池……"

"汪洋，你不要说了！"

为什么他会把这些事情记得那么清楚？有些话，明明她自己都忘了！为什么要在她深爱的时候离开她，又为什么在她已经绝望的时候回来？汪洋，你到底想做什么？

"小夏，当初……你父亲找过我。"

"爸爸找过你？"潘小夏愕然，"我怎么不知道？他和你说什么了？"

"他和我说，男人要自立，如果真的爱你的话就要给你更好的未来。现在，我已经可以站在你的家人面前履行我的承诺，我的新房也只差一个女主人了。小夏，回来吧，好不好？"

汪洋说着，从口袋里掏出一个蓝丝绒盒子，盒子里面静静地躺着一颗璀璨的钻戒。潘小夏吓了一跳，脑中一片空白，眼睁睁地看着汪洋把戒指套入自己的无名指。

戒指的尺寸分毫不差，她看着钻戒，突然再次落下泪来。汪洋看着她，有些羞涩地说："钻石只有三十分，委屈你了。这是我大学四年的积蓄加上在美国打工的钱买的，已经陪了我三年。以前就想送你个戒指，但是……等我买了，你又不在身边了。小夏，回来吧，我爱你。"

"汪洋，你……"

蓝丝绒盒子看起来已经有些陈旧，钻石也不是大颗的，但是潘小夏感动得想哭。面前的，是她五年未见的对她一往情深的初恋情人，她还有什么理由拒绝？

汪洋当初是决绝了点，但是她家的责任恐怕也不少。她还奇怪父母为什么会对汪洋这么通情达理，原来一切都在他们的掌控之中……

他们关心女儿的心情她能理解，但这一关心，就让她和汪洋分别五年！怪不得提到汪洋的时候妈妈的表情会那么奇怪，怪不得会逼着她早日相亲结婚！

爸妈还是想拆散他们吧。

可她偏偏要和他在一起！这样，也能绝了沈若飞的念想，让一切步入正轨吧……

她已经二十八了，给汪洋一个机会，也是给自己一个机会。

所以，就这样吧……

"汪洋，五年不见，我有什么变化吗？"潘小夏望着手上的戒指，抬起头，轻声问。

"没怎么变，还是和以前一样可爱。"

"骗人。我的眼角都有细纹了，不化妆都不敢见人……你也老了。"

"有吗？"汪洋摸摸自己的脸颊，笑了。

"比以前瘦了一些，眼神也变了……"

"哦？"

"看起来有些老奸巨猾。"

"呵呵……在社会这么久，怎么会不变？倒是你，还是和以前一样，清澈见底。"

"我才不是什么清澈见底……汪洋，我们重新开始吧。"

"真的？"汪洋一愣，然后大喜过望。

"虽然很久不见，彼此感觉有些陌生，但我想还是可以尝试下……汪洋，这个戒指我现在还不能接受，要是我们交往顺利的话，我再收也不迟。"潘小夏轻声说。

"小夏，谢谢你！"

"不，是我代我父亲说一声对不起……"

潘小夏知道，与汪洋重修旧好是一个危险决定。

她不知道父母会如何反应，不知道旁观的人会如何评论，此时的她只想抓住这份久违的感动与温暖。她孤单了那么多年，小心谨慎了那么多年，也该放肆一回……

按照自己的意愿，放肆一回。

"小夏，没什么对不起，没有伯父的激励，我也不会提前毕业……我一定会让你重新爱上我的。"汪洋看着潘小夏，温柔地说。

"汪洋……"

3

当汪洋离开的时候，已经是深夜了。他们不知疲倦地讲着这些年来认识的人，发生的事情，好像要把所有的话在一夜讲完。

潘小夏无意间看了手机，发现已经快十二点了，而她居然一点困意都没有。

那么多年，他们都发生了很多事。他们也许遗失了当初的单纯与美好，但是在挫折中成长、强大也不失为一桩好事。潘小夏想起明天的早课，笑着和汪洋告别，而汪洋也笑道："怎么，不留我住下吗？或者去我家……"

"汪洋！你说什么呢！"潘小夏脸一红。

"没事，我会等你的。小夏，记住我爱你。"

汪洋的温柔表白让潘小夏的心中小鹿乱撞，等到他把门轻轻带上，离开她家时，她还是没有平静下来。她也不知道自己的选择是对还是错，但是直面问题总比逃避来得强。

父母是不喜欢汪洋，但现在汪洋已经是医生了，有房有车，他们还有什么拒绝的理由？爱情、物质居然有了双丰收，上天是不是真的对她那么厚爱？

总觉得一切就好像做梦一样……

夜晚的雨来得悄无声息，如果不是看到路灯下的水雾，潘小夏还不知道下了雨。她有点担心汪洋被雨淋湿，犹豫了一会儿，还是拿着伞走下楼，但已经不见汪洋的踪影。她对汪洋的小心连自己都觉得有些可笑，但心里暖暖的，很是充实。

孤寂、彷徨、忧伤都已经成了昨天，现在的她不再是一个大龄剩女，而是有人疼、有人爱的恋爱中的女人！都说覆水难收，失去的感情很难重新拥有，但她真的做到了。

汪洋……

潘小夏还在回味汪洋温暖的笑容，突然发现不远处的花园里似乎站着一个人。那人站在树下，就算是大雨倾盆也一动不动，就好像泥塑一样。

潘小夏撑着伞，神色复杂地看着那人，很想就此回去，什么也不管，什么也不顾，但还是于心不忍。她微微一叹，走到那人面前，踮起脚，为他挡雨，"沈若飞，你在做什么？不知道下雨了吗？"

沈若飞没说话。

沈若飞好像落汤鸡一样站在潘小夏面前，雨水顺着他的发丝滚落在地，脸色极为苍白，倒显得一双眼睛更加黑得看不到底。

他的衣服已经被水打湿得看不出原来的颜色，紧紧贴在身上，细细的锁骨上也满是水珠。他的头发软软地垂在额前，半敛眼眸，微微张着的薄唇也有些苍白。发间的水珠滚过他的面颊，他的脖子，最终与他湿润的衣衫融为一体。

潘小夏记得，沈若飞从小就是一个极为注重外表的孩子，这样狼狈的样子倒真是少见。

潘小夏的心猛一疼，走上前，恶狠狠地说："怎么把自己搞成这样？快和我回家去洗澡！"

"关你什么事？"沈若飞疲惫地看了她一眼。

"你……怎么在这？你待了多久？"

沈若飞不说话。他的嘴紧紧地抿着，似乎还在和潘小夏赌气。

"喂，你说话好不好！你是七点左右出门的，不会在这里真的站了五个小时吧！"

沈若飞没有反驳。

"你是笨蛋吗？就算是吵架、离家出走，你也找个旅馆或者是去朋友家，在这里傻站着做什么？你以为你是琼瑶剧的男主角？"

"你以为我想在这站着吗？"沈若飞也火了，"我的行李、钱包都在你家，我能去哪？"

"那你怎么不上来？"

"打扰你和汪洋的好事？"沈若飞冷笑。

"你这孩子胡说什么！我和他……"

潘小夏话说了一半，心中有愧，没有再说下去。她做贼心虚地看了一眼自家的窗帘拉得是不是严实，很怕刚才和汪洋的亲密举动被沈若飞看到，见从这个角度什么都看不到才松了一口气。

她自以为心事很隐秘，但是她的所思所想怎么逃得过沈若飞的眼睛。沈若飞觉得脑子嗡的一下，用尽了全身的力气才站住，而身体已经因为气愤微微颤抖了起来。

"怎么，继续说下去啊！你说你和他什么都没有，只是陌生人，你说啊！"

"沈若飞，你不要这样。"

"潘小夏，你是傻瓜吗？被一个男人甩一次还不够，还要被甩第二次？你的智商为零吗？你还和他……还和他……"

沈若飞说不下去了。潘小夏看着他苍白的脸，明白他为什么生气，但气成这样是不是有点太夸张？虽然残忍，但沈若飞对她的错恋也该结束了。

"是，我们在一起了。"潘小夏残忍地说，"他的离开是为了我，现在他回来，我们彼此又是单身，为什么不能破镜重圆？沈若飞，你该祝福我。"

"祝福你？祝福你又被那个男人骗了？"

沈若飞突然一把抓住潘小夏的手。他力气极大，潘小夏的手被抓得生疼。

她拽着沈若飞的手，怒气冲冲地说："别废话了，那么大的雨，就算有什么事情也等你洗完澡再说。要是你不愿意在我家住下去的话，我帮你找旅馆。"

"你真的希望我走？"沈若飞笑了，笑容很凄然。

"你这孩子到底会不会听话！这么大的雨，你不怕感冒我还怕呢，生病很好玩吗？快去洗澡吧！"

潘小夏说着，一把抓着沈若飞的手就朝楼下走去。沈若飞手掌冰冷，并未挣扎。

半小时后，洗好澡的沈若飞再次出现在潘小夏面前。他穿着宽大的白色T恤，身体似乎还冒着丝丝热气，有着潘小夏最喜欢的清淡味道。他微微低下头，坐在潘小夏的身边，面色苍白，好像等待着宣判的囚犯，又好像是被丢弃的小狗。

潘小夏心中不忍，但还是说："沈若飞，我帮你找了下房子，有个地段还不错，价钱也挺合适，你要不要去看下？"

"你是在赶我走吗，小夏？"沈若飞抬起头看着她。

"没有，只是觉得不太方便罢了。"

"因为汪洋？"

"不是……你也二十五岁了，和我毕竟没有血缘关系，我们住在一起也不方便。"

"以前怎么没觉得不方便？因为汪洋回来了，还是因为我吻了你？"

"沈若飞！"潘小夏的脸红了，"以前的事情不要提了，明天开始，我们就一起去看房子吧。"

"你真的要赶我走？"沈若飞定定地看着她。

看着沈若飞眼眸中的哀伤,潘小夏心中也很难过,但她只能强迫自己硬起心肠。她点头,说:"真的。你该知道,我决定的事情是不会改变的。你二十五了,我们孤男孤女地住一起也不方便,是我妈考虑不周。"

"潘小夏,你答应过永远不离开我,你不能食言。"

"我什么时候答应过?"潘小夏疑惑地问。

"呵呵,你当然忘记了……可我当了真。"沈若飞冷笑,走回房间。

4

夜晚,潘小夏一夜无眠。

虽然沈若飞后来还是答应出去租房子,但想起沈若飞哀伤的眼神,她就觉得心中疼痛难忍。她在床上翻来覆去怎么也睡不着,索性走出房间,去厨房倒杯冰水来喝。

她推开门,突然在沙发上看到黑乎乎的身影,不由得大惊。她捂住嘴,不让自己叫喊出声。此时,她看清了那个人的容颜。

沈若飞……潘小夏的心里不知道是什么感觉。

潘小夏还记得在她上初二的时候,院子里突然出了一件足够劲爆的大新闻。虽然大人们在她面前遮遮掩掩,但她还是知道一向看起来夫妻和睦的沈家夫妇居然闹起了离婚,而且还是男方提出的。从此,沈若飞不再和她一起上下学。

潘小夏想去找沈若飞,可是潘妈拦住了她,叹口气说:"小夏,沈家现在这么乱,你就不要去添乱了。飞飞这孩子也真是可怜……"

潘小夏对于离婚这种事虽然不太懂,但心里也清楚这是除了杀人放火以外,最丢人的事情了。她趁着爸妈外出,走到沈家大门前,轻轻推开门,发现那门没锁,房间里没有开灯,一片黑暗。

她走了进去,看到坐在客厅地板上,看着窗外星空的那个男孩,于是走过去坐在了他的身边。沈若飞比以前瘦了很多,神情很是落寞。他看了她一眼,问:"你来做什么?你爸妈不是让你不要和我一起玩了吗?"

"不是!你怎么会这样想?"潘小夏大惊。

"我爸走了……他终于走了。可笑的是,他口口声声说为了我才忍到今天,那为什么不会为了我不离婚?骗子,全都是骗子!你也滚,我不要见到你!"

沈若飞正处于变声期,声音嘶哑得好像公鸭,嘴唇上也有着细细的绒毛。他已经和潘小夏一样高了,力气也大,用力把潘小夏往外推。潘小夏一个踉跄险些摔倒,她恶狠狠地看着沈若飞,大叫:"好,我走!你不要再找我!"

"你走!"

"我就走!"

潘小夏气血上涌,果真朝前面走了几步,到底还是没忍住,回头看去。她看见沈若飞直直地站着,脸上满是泪痕,却不伸手去擦,好像这样就没人知道他哭泣似的。

自从他上小学以来,就算是在外面摔跤,摔到手险些骨折也没哭过,而他现在却……

"沈若飞,你真的要我走吗?"潘小夏问。

"是,你走!"

"可我偏不走!"

"你真是没皮没脸!"沈若飞一愣,不住摇头。

"臭小子,敢这样和姐姐说话?"

潘小夏用手在沈若飞额头上轻轻弹了个毛栗子,却没有再离开。他们走到操场上,沈若飞在打篮球,而潘小夏坐在栏杆上,晃着脚看着他。

沈若飞玩命一样地运球、投篮，身上满是汗水，终于累得躺在了操场上。潘小夏走到他身边，他好像自言自语一样地说："他们今天去办离婚。他们商量好了，我跟妈妈。"

"哦。"潘小夏不知道该说什么，只好点头。

"小夏……我一个人了……"

沈若飞的身体微微颤抖了起来，脸上满是对于未来的恐惧与迷茫，潘小夏也觉得心中难过。她伸出手，轻轻地握住了沈若飞冰冷的手掌，拍拍沈若飞的头，说："沈若飞，你还有我。我们永远是好朋友，我永远不会离开你。"

"永远吗？"沈若飞怔然地问。

"当然了！永远。"

"这可是你说的。"

"嗯。"

潘小夏点头，习惯性地摸摸沈若飞毛茸茸的头，而沈若飞皱着眉把头扭开。他气愤地看着潘小夏，怒吼："不许像摸小狗一样摸我的头。"

"呀，你长脾气了嘛！你以前怎么没那么大的脾气？"

"以前小，不懂事，被你欺负你还好意思说？"

"沈若飞你这个没良心的！我就摸，怎么样！"

"不许！"

潘小夏和沈若飞一个想摸对方的头，一个极力反抗，就这样再次扭打了起来。时隔几年，沈若飞的力气长了不少，居然能和她打个平手，所以谁也占不了谁的便宜。

潘小夏气喘吁吁地揪住沈若飞衣领，然后他们大笑起来。他们的笑声还回响在耳边，而潘小夏已经险些忘记了自己的誓言……

"沈若飞……"

潘小夏终于记起自己年少时的誓言，心中愧疚无比。沈若飞看了她一眼,只是淡淡地说:"怎么还不睡?"

"我睡不着。你也睡不着吗?"

"是啊……想起了很多小时候的事情。"

沈若飞的回答让潘小夏越发愧疚,"沈若飞,对不起,答应你的事情我自己都忘记了……"

"没关系,忘了就忘了吧。"

"我想和你谈谈。"

"嗯,你说吧。"

潘小夏开了灯。

黄色的灯光下,沈若飞坐在沙发上,身子微微前倾,看着潘小夏。看他这么平静,潘小夏觉得自己的好口才瞬间消失不见。可是,为了彼此的将来,她必须来做这个恶人。

"沈若飞,我们已经认识快二十五年了吧,我还记得你刚出生的样子,哈哈。"

潘小夏说完哈哈大笑,而沈若飞一言不发地看着她,仿佛能洞彻她的内心。潘小夏没由来地心虚了起来,尴尬地咳嗽了一声,说:"时间过得真快啊,我都快嫁人了,你也那么大了……你妈催我给你介绍女朋友,不知道你喜欢什么类型的?"

"喜欢你这样的。"沈若飞似笑非笑。

"臭小子,我和你说正经的!"

"我很正经。"

"这么说,你……喜欢年纪比你大的?你不喜欢年轻貌美的小姑娘吗?"

"我喜欢你这样的。"

"沈若飞……"

潘小夏觉得很无力。

虽然沈若飞总是一副玩世不恭的样子,又爱开玩笑,但他是认真还是在调侃，她总是分辨得出。

比起汪洋的温柔稳重来，沈若飞实在太耀眼、太火热，也太令人难以捉摸。他就好像是一道光，吸引着所有人的视线，却也热得能灼伤所有人的眼睛。喜欢他的女孩不少，但因为他的冷漠无情而哭泣的人也不少。在还没定性的男孩面前，一切的恋爱都与婚姻无关，只是孩子间的过家家罢了。

而她，早就赌不起了。

"潘小夏，我知道你想说什么。你想说我们并不合适，想说我不成熟，想说我对你的喜欢只是一种错爱，对吗？正如你所说，我已经二十五岁了，有自己的判断和见解，我清楚我想要的是什么。我爱你，一直爱着你。不是因为什么习惯，只是因为我爱你。我爱你，潘小夏。"

沈若飞的眼睛闪闪发光，看得潘小夏的心慌乱起来。她转过身，强迫自己语气冷漠，"可我不爱你。"

"小夏……"

"沈若飞，你听好了，我已经和汪洋复合了，我希望你能祝福我，而不是打乱我的生活。你是我的弟弟，永远是，我们之间的关系不会有任何改变。"

"永远吗？"

"是的，永远。"

潘小夏也知道自己残忍，但是要结束沈若飞不该有的念想的话，这是最简单、最有效的方法。沈若飞低着头，一直沉默，突然站起身便要走。潘小夏看着窗外的雨，大惊，"你要去哪里？"

"既然你赶我走，我走就是。"

"不要要小孩子脾气了好不好！这么大的雨，你去哪？要走，也明天走！"

潘小夏与沈若飞就这样起了争执。沈若飞平时是一个慵懒、随和的人，但这次铁了心要走，让潘小夏真是又气又急。

她去拉沈若飞的手，惊讶地发现沈若飞掌心极烫，不禁伸出手摸沈若飞的额头，惊呼一声："你发烧了？"

"没有。"

"等下，我给你拿体温计。"

"不用，我没事。"

"别任性了！你真的有事我怎么和你妈交代？听话！"

潘小夏急忙去房间找体温计，为沈若飞一量，发现他现在体温三十八度七。她要送沈若飞去医院，沈若飞执意不去，她也只能找退烧药给他。眼看沈若飞乖乖吃下药她才松了一口气，擦擦额头的汗水说："你还真是麻烦……好好睡觉，第二天就没事了。"

"小夏，为什么只有在我生病的时候你才对我这么温柔？我真恨不得天天生病。"

"别说傻话！生病这种事能瞎说吗？"潘小夏吓了一跳。

"呵呵。"沈若飞淡淡一笑，过了许久，幽幽地问，"你为什么又见汪洋？"

"什么？"

"你不是说不爱他，不见他吗？为什么又见他？"

"因为……因为我的手受伤了啊，他是医生。"

"你受伤了？我怎么不知道？什么时候的事？"

沈若飞大惊，一把抓住潘小夏的手。潘小夏急忙挣脱，脸也微微泛红。她轻咳一声，不自然地说："啊，你走后一个月吧……唉，我们接二连三进了医院，真该去烧香拜佛了。"

"你为什么不告诉我？"沈若飞怒气冲冲地问。

"伤势不重，有什么好说的？而且，你不在我身边啊！"

"是啊……我不在你的身边……"沈若飞喃喃地说，沉默了。

潘小夏起身要走，沈若飞突然从后面抱住了她。他的声音近在咫尺，说出的话也几乎让潘小夏落泪，"小夏，对不起，以后我会在你身边的。"

沈若飞的声音是那么轻柔，轻易地触动了潘小夏心灵最柔软的地方。她承认在受伤的时候怨恨过沈若飞不在自己身边，但是她又有什么资格要求沈若飞陪伴他到永远？

既然不可能在一起，还不如放手，让沈若飞自由地翱翔。

"是吗？谢谢你。可我并不需要。"潘小夏说。

5

第二天，潘小夏醒来，轻轻推开沈若飞的房门，果然不见了他的踪影。看着叠得整整齐齐的被子，她的心中也说不清是喜是悲，没有达成目的的满足感，有的只是陷入深渊般的无力。

她知道她的话有多残忍，也知道这些话会让一向骄傲的沈若飞忍受不了而离开，可是沈若飞真的离开后，她又有种失落感。

这孩子的烧不知道退了没有，不知道是不是找到了房子，不知道现在是不是在画室……她知道他的手机，知道他工作室的电话，知道他的地址，但她就是不能找他。因为，她必须亲手把这段感情斩断，亲手斩断。

去学校上课，面对台下一张张青春洋溢的脸庞时，潘小夏忧郁的心情才好了一些，也尽量让自己恢复了以往的风采。下课后，几个和她关系不错的女生围住她，问："老师，你的手怎么样了？"

"好多了，谢谢大家关心。"潘小夏笑眯眯地说。

"老师的男朋友怎么样了？你们怎么都受伤了？"

"男朋友？啊，他不是……"

潘小夏有些无力地解释，笑容尴尬，后来微微一叹，任由大家误会。女孩子们叽叽喳喳地说着沈若飞赛场上的英姿，听得潘小夏也不由得微笑起来。

是啊，沈若飞运动全能，在哪里都是光彩夺目。虽然上次的比赛是平局，但对英语系而言，也是百年难遇的好成绩了。

要是没有沈若飞的话，比赛肯定垫底，到时主任不得把她生吞活剥？汪洋虽然也经常运动，但相比足球而言，他好像更喜欢篮球……

就在潘小夏胡思乱想的时候，汪洋打电话给她。

"小夏，今天几点下课？"汪洋问。

电话那头有些喧嚣，汪洋应该还在医院忙。想到他忙碌之时还记得给自己打电话，潘小夏的心情还挺不错。她对着电话笑盈盈地说："再过一个小时下课。"

"去看电影怎么样？"

"好啊。"

"那我一小时后来接你。"

"好，再见。"

挂断电话后，女学生们顿时沸腾了。有人问潘小夏刚才打电话来的是不是足球帅哥，潘小夏笑着否认。这时，一个女生举手说："我知道是谁！他来学校找过老师，也很帅！"

"是吗？长什么样的？"

"虽然没有足球哥哥好看，但也不错啦。老师，你男朋友是他吗？"

"这个……"

上课铃救了潘小夏。

想起即将到来的约会，枯燥的语法也变得有趣起来。她想，也许她还爱着汪洋，这次真的能找回失去的真爱。

但愿吧……

潘小夏如约到了西餐厅，汪洋帮她拉开椅子，很绅士地让她点菜。两个人还开了一瓶红酒，气氛非常浪漫。

潘小夏吃了一口牛排，笑着说："味道不错，不过没我和沈若飞在阳朔时吃的味道好。"

"是吗？"汪洋眉毛一挑，不动声色。

"是啊。那家也不知道请的哪里的大厨，味道很地道，风景区能有这样的餐馆还真是难得。"

"可那家餐馆毕竟路途遥远，常去不现实。所以，还是喜欢身边的好了。"汪洋说。

"那是当然。"潘小夏笑了，并没有听出汪洋的言外之意。

"快吃吧，好孩子可不能挑食。"

"你在嘲笑我是小孩子吗？"潘小夏挑眉。

"当然没有……呵呵……"

"汪洋，你真的变坏了。"

吃完饭后，他们去电影院看电影。现在已经是深秋了，风吹在身上有点冷，汪洋很自然地脱下自己的衣服披在潘小夏的身上，然后握住了潘小夏的手。

潘小夏吃了一惊，下意识地把手一甩，倒是让汪洋愣住了。潘小夏自知失礼，涨红了脸，"对不起……"

"没关系。我知道你只是一时不习惯我重新进入你的生活罢了，对吗？对不起，是我心急了。我会让你习惯的。"

"谢谢你，汪洋。"潘小夏感激地说。

"笨蛋。"汪洋笑着揉揉潘小夏的头。

到了电影院后，潘小夏急忙找个地方坐下休息。汪洋买了两张电影票，也买了两大桶爆米花。潘小夏想起他们以前每次看电影都会买爆米花的事情，感慨地说："你还记得啊……"

"记得什么？"

"爆米花。"

"哦,你说这个啊。这个是买贵宾厅的票免费赠送的,要再买点吗?"

"不用。"潘小夏强笑着说。

进场后,他们坐在最后一排的位子。潘小夏注意到汪洋把手机关了,不由奇怪地问:"关手机没问题吗?你们不是要保持二十四小时开机吗?"

"可我不想别人打扰我的约会。毕竟,这是我们重新开始后的第一次约会。"

汪洋对潘小夏温柔一笑,眼睛微微眯起,潘小夏觉得自己心中最柔软的部分被触及了。

久违的感觉终于出现,她的心中居然有种甜滋滋的感觉。汪洋握住她的手,认真地说:"小夏,我会珍惜我们之间的每一次约会,尽量让你重新爱上我。你也要努力,知道吗?"

"可是,这种事怎么努力啊……"潘小夏为难地说。

"开玩笑的,傻瓜。你怎么什么都信?"汪洋又笑了。

就在他们说笑之间,电影开场了。潘小夏一边吃着爆米花,一边感慨着剧情,心中又酸又甜。她想起电影的前传网上已经有了,想回家就看,下意识推推身边的人,说:"沈若飞,据说这个电影还有前传,回去你下载给我。"

"什么?"汪洋面色一变,笑着问。

"啊,我说这个电影有前传,回去下载看。"

潘小夏对于自己在不经意间喊了沈若飞一事浑然不知,汪洋也没有提起。他想起那个比他小四岁的男人看他时,那毫不掩饰的厌恶的神情,不由得嘲讽一笑。潘小夏看着汪洋,奇怪地问:"你在笑什么?"

"没什么……我帮你买DVD好吗?"

"不用了,谢谢。下载不用花钱,可比买DVD方便。我自己来就好。"

"小夏，你不用和我这么客气。"汪洋微微一叹。

"啊？我没有啊！我只是不想麻烦你罢了。"

"我知道，继续看电影吧。"汪洋微笑。

看完电影，汪洋送潘小夏回家，在楼下彬彬有礼地和她告别，目送她上楼。回到家中，潘小夏脱掉了脚上的高跟鞋，喃喃地说："真累啊……"

平心而论，这场精心准备的约会没有给潘小夏带来多大的快乐，反而让她疲惫无比。

要是和沈若飞在一起，她会很直接地说腿酸不想走，去近一些的电影院看电影，也会不顾形象地点很多爆米花，从开场吃到散场。

可是，在汪洋面前不能。

汪洋是她曾经最为尊敬和爱慕的人，和他在一起她会不自觉地注意自己的言行举止，事事小心，反而很辛苦。

虽然她内心深处还是给汪洋留了一个位子，但为什么约会的感觉和以前不一样了？难道，要重新回到以前真的那么难？

唉……还是慢慢努力吧。

潘小夏想着，郁闷地叹了口气。

第六章　破镜难圆

如果，如果当初真的来到这里，虔诚地许下心愿，是不是就不会和他分开？

1

潘小夏与汪洋又约会了好几次，进展缓慢，但还算顺利。虽然没有了当初脸红心跳的感觉，但是他们成熟而淡然的个性非常匹配。

汪洋是一个宽容、豁达的人，潘小夏也不是小肚鸡肠的女人，所以他们相处得极为融洽。汪洋经常来学校找她，潘小夏也渐渐习惯了汪洋在身边。

沈若飞离开后，她的妈妈曾打电话来责问潘小夏为什么让沈若飞搬出去一个人住，潘小夏只是微笑，什么也没解释。

是啊，有什么好说的呢？是说沈若飞一直喜欢她，还强吻了她吗？多一事不如少一事吧……

"对了，飞飞现在住的工作室你去看过没有？环境怎么样？"潘妈问。

"还好吧。"潘小夏含糊地说。

"小夏，你有空多去看看，好好照顾飞飞！你们不是最好的朋友吗，怎么现在关系这么冷淡？"

"是啊……我们曾经是最好的朋友……"

潘小夏一愣,然后苦笑挂断了电话。

下班后,汪洋打电话来说自己今晚有台手术,很抱歉地表示不能和潘小夏一起吃饭了。

潘小夏突然想起他们交往至今都是汪洋来看她,她从未见过汪洋,自责起来。对着电话那头,她试探地问:"汪洋,要不要我去医院等你?附近有家餐馆的菜还不错,我给你带点来吧。"

"不用。"汪洋急忙说,"我不知道几点才结束,你不用等我。"

"那好吧……"潘小夏有些失望。

"小夏,对不起。"

"没事啊,那以后见面吧。"

"嗯,记得吃晚饭。"

"知道啦。"

挂断电话,潘小夏收拾好教案,开车回家。现在正是下班高峰期,路上车水马龙,那么多红灯等得潘小夏心烦意乱。又一个红灯时,她无聊地看着窗外,突然看到自己前方正停着一辆很熟悉的车。

副驾驶的位置上坐着一个卷发女人,正时不时和司机说些什么,看起来很熟络。潘小夏觉得一惊,下意识地想看清楚车里坐的到底是谁,但是此时绿灯亮了,她只能眼睁睁看着那辆车消失,不见踪影。

她的心跳个不停,不知道方才匆匆一瞥看到的那个男人到底是不是正在加班的汪洋,只觉得心越来越乱。开了多久她自己也不记得,等她恢复意识的时候,发现她居然开到了沈若飞的画廊。

怎么到这来了……

潘小夏瞄了一眼正在装修的画廊下了车,就外观而言已经装修得差不多了。画廊外壁是由大小不一的木头组成,不显凌乱,反而有种古朴、天然的美。

潘小夏看着未完工的建筑物，好奇心大起，很想知道内部是什么样。她跨过地上的木屑，信步往里走，没想到一个装修工人拦住了她的去路，"小姐，这里还在装修，不对外开放，麻烦小姐回去吧。"

"你们的老板是不是姓沈？"潘小夏来气了。

"是啊，不知道小姐是……"

"我是他亲戚。"

潘小夏说着就朝里面走去，没想到和一个女孩打了个照面。

那女孩扎着马尾，穿一条粉红色的连衣裙，皮肤白，眼睛大，是一个水灵灵的小美女。潘小夏觉得这小美女有些面熟，但一时之间想不起来，正在尴尬之际，小美女笑着打招呼，"是小夏姐姐吗？"

"是啊，你是……"

"我是周琴啊！姐姐不记得我了吗？"

潘小夏一下子想起了这个女孩。

她是沈若飞的学妹，和他一个高中，漂亮、学习又好，算是一朵小校花了。她以前被男生纠缠，是沈若飞出手摆平的，所以她一直很黏沈若飞。

沈若飞大三那年出国，她也跟着去了，据说还是就读同一所学校，对此，潘小夏可没少嘲笑沈若飞。

可是，说来也奇怪，就算是有这么热情如火的小美女追着，沈若飞还是一副不冷不热的样子，好几次把小美女惹哭了，还是潘小夏当的和事佬。

这么多年没见，周琴比以前更漂亮了，让潘小夏一时之间都没认出来。

她不知道周琴和沈若飞是怎么联系上的，客套地说："当然记得了，是小周琴啊。你也回国了？"

"是啊。正好有个假期，回国看看若飞。"

周琴对沈若飞亲昵的称呼让潘小夏心中一沉，突然有一种不太舒服的感觉。

她不知道周琴和沈若飞的关系什么时候变得那么好了，突然想起那天无意间看到的在花园里相拥的两个人。现在想来，那女的好像也穿着粉红色的连衣裙……

难道那人就是周琴？

"小夏姐，你想什么呢？"

"啊？没什么……"

潘小夏尴尬地笑了笑，没发现自己的脸色很难看。虽然她希望沈若飞早日找到生命中的另一半，但是当这天真的到来时，她有一种最心爱的东西被抢走的不快感，觉得心里空荡荡的。

这是怎么了？她那么希望沈若飞交女友，过上正常生活，但是看到周琴居然会……妒忌？

为什么会这样？

潘小夏，你太自私了！你既然不能和沈若飞在一起，妒忌他的女朋友算是怎么回事？做人不能龌龊成这样！

潘小夏想着，急忙调整心态，极力让自己微笑，不让周琴看出一丝端倪。她和周琴寒暄了几句，正打算离开的时候，突然听见周琴惊喜地叫道："若飞，你来了啊！小夏姐姐也在！"

沈若飞？

潘小夏回头，终于见到了沈若飞。

沈若飞比以前瘦了很多，脸上也少了惯有的似笑非笑的慵懒神情，取而代之的是冷峻与沉稳。

他好像在一夜之内长大，褪去了所有的青涩和懵懂，目光也没有在潘小夏脸上停留，仿佛不认识她一样。

周琴亲昵地挽起他的胳膊，说："若飞，我们去吃饭好不好？小夏姐你一起来吗？"

"潘小夏……"

沈若飞好像此时才发现潘小夏，缓缓回头。而潘小夏看到周琴搂着他的模样只觉得心乱如麻。她尴尬地笑，用笑容掩饰心中的酸楚，急忙说："啊，你们吃饭我就不去了。周琴，沈若飞，我现在走了，再见。"

"小夏姐这就走啊？路上小心！"

"谁让你走了？"沈若飞突如其来地开口。

沈若飞的话让两个女人都一呆。潘小夏的脸有些发红，而周琴的脸色变得苍白。周琴迅速调整自己，语气温柔地说："若飞，小夏姐姐有事情的话，我们这样也不好吧。"

"她能有什么事？潘小夏，一起吃饭，就去香格里拉吧。你载我过去。"

"若飞，不要麻烦小夏姐姐了！要不我们打车去？"

"关你什么事！"

沈若飞冷冷地看了周琴一眼，周琴抿住嘴唇不说话，眼圈开始泛红。潘小夏见状，倒是于心不忍了，"沈若飞，你对女孩子说话温柔点。"

"关你什么事！走了！"

沈若飞说着，拉起潘小夏的手就走，坐上了她的车。潘小夏透过车窗，看着周琴一个人无助地站在原地，忍不住朝周琴招手，"周琴，你也上车吧。"

"可是……"周琴怯怯地看了沈若飞一眼，没有上车，似乎是等着沈若飞的决定。

眼看沈若飞一脸平静，一副事不关己的样子，潘小夏问："怎么这么对周琴？"

"什么？"

"她不是你女朋友吗，你对她那是什么态度？"

"谁说她是我女朋友？"沈若飞皱眉，"潘小夏，你不要胡乱猜测好不好！你就……那么希望我有女朋友？"

"你为什么不承认？"潘小夏也火了，"人家小姑娘漂亮、性子好，简直是个小公主，哪点配不上你？做人不能这样不负责任的！"

"那你和汪洋在一起是为了什么？责任？"沈若飞冷笑。

"不关你的事。我很幸福，我也希望你幸福，真的。"

潘小夏虽然心里难过，但还是真诚地望着沈若飞。她的眼神让沈若飞的心狠狠一痛，那满是祝福没有丝毫醋意的眼眸，把沈若飞的全部希冀在瞬间击碎，支离破碎。

他沉默了许久，突然摇下车窗说："喂，过来，一起去吃饭。"

"好的！"

周琴欢快地上了车，一路上和沈若飞叽叽喳喳地说个不停。潘小夏一路沉默。

到了香格里拉，沈若飞和周琴坐在一边，潘小夏坐在另一边。她让周琴点菜，周琴只是摇头，"小夏姐，我也不知道国内有什么好吃的，你和若飞决定就好。"

"沈若飞，你吃什么？"潘小夏问。

"你不知道我爱吃什么吗？"沈若飞反问。

"那我帮你点了。"

潘小夏点了几个菜后，要了一打鲜榨橙汁，然后等着上菜。餐厅里放着幽雅的轻音乐，对面周琴柔美，沈若飞英俊，怎么看都是一对璧人。

潘小夏托着腮看着对沈若飞含情脉脉的周琴，突然想起自己二十岁的样子。

那时候，她也很年轻，皮肤很好，眼睛也清澈得好像能见底一样。就算是没有昂贵的护肤品和化妆品，青春就是她的资本，二十块钱的 T 恤能穿得出二百块的效果。

那时候，她没有很多钱，但是有很多很多的爱。她喜欢站在树下等她的那个白衣少年,喜欢他说话的声音,喜欢他温柔的眼眸……

但是,为什么会突然记不起那个人的样子呢?不是两天前见过面吗?

潘小夏突然记不起汪洋的样子来,觉得心中慌乱,好像弄丢了什么东西一样。

吃饭时,周琴很体贴地帮沈若飞夹菜,沈若飞虽然脸色不好,但也没有怎么反对。他们这样旁若无人的亲昵让潘小夏有些看不下眼,她恶狠狠地嚼着口中的饭菜,突然听到周琴说:"小夏姐,你觉得怎么样?"

"什么怎么样?"潘小夏一愣。

"星期天一起去游乐园啊。若飞说他来这么久还没去过呢。"

潘小夏反驳:"谁说他没去过?他上次来S市的时候不是去过了吗?"

沈若飞冷哼,"我什么时候去过了?"

"你上高三,我上大一的时候啊。"

"我肠胃炎,所以没去。潘小夏,你什么记性?"

"啊?那你上大学以后总去过吧!"

"哼。"

沈若飞冷哼了一声,没有说话,似乎在忍耐着什么。潘小夏奇怪地看着他,突然想起那一年的夏天,惊讶地张大了嘴巴。

2

那时候,她大一。

经过了噩梦般的高三后,她考入了离家不远的S大。S大距离她家坐火车只有一个小时的路程,又是全国211重点大学,再加上她以前暗恋,后来成为她男友的汪洋也在这个大学就读,潘小夏觉得一切都是那么完美。

大一时，她的学习不是很忙，每天做很多有趣的事情。那天，她和好友顾敏一起照着食谱研究水果茶的做法。正当她们偷偷把蜡烛点燃，为玻璃壶加热时，潘小夏的手机响了。

潘小夏吓了一跳，接通电话，妈妈的声音异常温柔。潘妈先是夸奖了一下潘小夏的学习，然后话锋一转，才说沈若飞要来S市。

"小夏，飞飞今天来S市，你一定要多照顾弟弟啊。"

"今天就来？他不是要高考了吗？怎么还可以出来玩？"

"他说看看你的大学，可以增加动力，我们也觉得这样对孩子好。"

这个撒谎精……潘小夏的嘴角微微抽搐。

潘小夏也不知道，一向叛逆的沈若飞在家长那儿留下"乖小孩"的印象，院子里的妈妈们都非常宠爱他。

她心知沈若飞只是想来S市新开的游乐园玩，又怕妈妈不同意才会找这个借口，而这帮平时精明到极点的女人居然真的相信了。

他是她的好哥们儿，她自然不会出卖他。可是，居然单身上路，这小子的胆子还真大……

"要去火车站接他吗？"潘小夏问。

"不用，他说要给你一个惊喜。"

水果茶此时已经散发着诱人的香味，潘小夏愣愣地握着手机，只觉得一切来得太突然，脑中一片空白。她还来不及说什么，就听到有人敲门。

潘小夏没多想，一边拿着手机一边开了门，突然大叫一声，猛地把门关上。

她没想到一向门禁森严的宿舍楼怎么会就这样放男人进来，而她还穿着暴露的睡裙！真是该死！

"小夏，我一会儿把他手机号码给你，你们自己联系吧。咦，小夏你怎么不说话？小夏？"

"妈，不用给我号码了。"潘小夏强压着怒气，"沈若飞他已经来了！"

挂断电话后，潘小夏换了一身运动装，叮嘱顾敏也穿得严严实实才开了门。

门外，沈若飞的脸微微泛红，说出来的话还是那么讨打，"潘小夏，你那么紧张做什么？你有什么好看的？"

"滚！"潘小夏猛地把门关上。

"喂，我是开玩笑的，别生气，别关门啊！"

过了十分钟后，门才再度开启。

沈若飞在和顾敏聊天，潘小夏愣愣地望着一年不见，已经由一个男孩蜕变成一个男人的沈若飞，不敢相信自己的眼睛。

记忆中那个青涩、阳光的大男孩已经长成了一个不折不扣的英俊男人，如果在大街上相遇，她还真不敢和他相认。

看到沈若飞后，一向眼高于顶的顾敏眼睛开始放光，已经很快乐地招呼沈若飞喝水果茶。

"帅哥，尝尝这水果茶，凉了就不好喝了。"顾敏忙招呼沈若飞。

"我自己来，谢谢美女。"

沈若飞对顾敏微微一笑，彬彬有礼地接过顾敏手中的茶壶。

"讨厌，你真会说话！"顾敏漂亮的眼睛都笑弯了。

此时，她终于注意到一言不发的潘小夏，奇怪地问："小夏，你怎么不说话？对了，这帅哥和你什么关系？"

"到现在才想起来问吗？"潘小夏没好气地看着她，"顾敏小姐，如果他是色狼怎么办？"

"是色狼的话，也是很帅气的贼嘛。帅哥，你叫什么名字？和我们小夏是什么关系？"

"我叫沈若飞，是小夏的青梅竹马。"沈若飞微笑着说，露出了洁白的牙齿。

"哟,小夏你行啊!除了某人之外还有个这么帅的弟弟,真是齐人之福……"

顾敏说着,特暧昧地朝潘小夏挤眉弄眼,而潘小夏对自己这个空有漂亮外壳的好友彻底无语。她捂住额头,头痛地说:"别瞎说,他是我弟弟。"

当潘小夏这么说的时候,沈若飞的脸色快速一变,阴沉得可怕。

顾敏没有注意到沈若飞的神色,只是继续调侃潘小夏:"弟弟?亲弟弟还是情弟弟?小夏,你把这个帅哥介绍给我好不好?"

"你别闹了!他比你小四岁,你好意思老牛吃嫩草?"

"人家也只有二十一岁嘛……"顾敏委屈地说。

潘小夏无心理会顾敏,看着沈若飞问:"沈若飞,麻烦你和我说下到底是怎么回事?你不是要高考吗?"

"我来看看你读的大学啊。"沈若飞撒谎不打草稿。

"那你看了,可以回去了。"

"你……"

沈若飞咬牙,恶狠狠地看着潘小夏,而顾敏大笑了起来。

她把潘小夏拉到一边,悄悄说:"你就收留他吧!那么好的货色,你不要的话也能留给我,千万别便宜了外人!"

"你想怎么样?"潘小夏警惕地问。

"喂,不要用那种防狼一样的眼神看着我!"

"你啊……"潘小夏无语,"沈若飞,你到底是怎么上来的?我们这儿可是女生宿舍,不许男生进来,你是怎么混进来的?"

"我说要找你,她们不肯,后来我求了她们五分钟,她们就肯了。"

"那么简单?"潘小夏不信。

"就这么简单。对了,顾敏姐姐,你刚才说的某人是……"

"先吃饭，一会儿说！"潘小夏打断了沈若飞的问话。

这顿饭他们是去大学附近的餐馆吃的，点的是极其带劲儿的川菜，汪洋也来了。

见到汪洋，潘小夏用责备的眼神看了顾敏一眼，而汪洋笑着说："小夏，你弟弟来了怎么也不和我说一声。这顿我请，吃完饭带他参观下学校怎么样？"

"我和你很熟吗？关你屁事！"沈若飞不屑地说。

"沈若飞！你怎么对汪洋说话呢！"

"小夏，没关系，他只是小孩子罢了。"

对于汪洋的圆场，沈若飞没有说话，狠狠喝了一大口茶水。潘小夏喜欢吃辣，顾敏也一边喊辣一边吃，只有沈若飞没动几次筷子。

顾敏嘲笑沈若飞挑食，潘小夏笑着打圆场："他不喜欢吃辣的，你别逗他啦。高中生还是小孩子，你怎么就欺负弱小？"

"是啊，不喜欢吃就算了。"汪洋也说。

"谁说我不喜欢吃？"

潘小夏的话并没为沈若飞解围。她好心打圆场，但沈若飞好像突然生气了，愣是狠狠吃了几筷子水煮牛肉，赌气一般地嚼着。

"沈若飞，你开始吃辣了？没事吧？"

"我喜欢，我乐意，不要你管。"

"你小子是来和我打架的吧！"潘小夏猛一拍桌子。

"你们好好吃饭，不要吵架！小帅哥，尝尝姐姐亲自夹给你的牛肉……"

吃完饭后，顾敏和汪洋有事都先走了。汪洋没有忘记买单。潘小夏心疼地想，这顿一百块的午餐又要让汪洋节衣缩食一阵子，以后一定找机会给他。

沈若飞一边和潘小夏在校园里走着，一边问："你和他很熟？"

"谁？"

"汪洋。"

"啊？一般吧，呵呵……沈若飞，快高考了吧，怎么还出来？"

"潘小夏，你还记不记得说好给我写信的，你都多久没写了？"

"啊？呵呵……"

潘小夏依稀记得自己上大学前，是答应沈若飞经常给他写信。她一开始还坚决执行，后来和汪洋的约会越来越多，也就把这件事慢慢淡忘了。

经沈若飞的提醒，她有些心虚，"我学习忙……"

"别骗人了，我看你一点都不忙。"沈若飞气呼呼地说。

"好了，是我错了还不行吗？你晚上怎么住？要不要和汪洋挤一挤？"

"你觉得呢？"沈若飞炸毛。

"好，我们去旅馆吧，真是不会省钱的孩子……"

潘小夏为沈若飞找了旅馆，把他安置下来，这才松了一口气。

她兴致勃勃地问沈若飞明天去哪里玩，沈柔飞有一搭没一搭地回着话，这时她才发现沈若飞的脸色苍白得可怕。

豆大的汗珠顺着沈若飞的额头滑落，他双唇紧紧抿着，似乎忍受着极大的痛苦。潘小夏吃了一惊，急忙问："怎么了？"

"肚子疼……"

"啊？"

沈若飞冲进了厕所。

当沈若飞从厕所回来的时候，脸红红的，看都不敢看潘小夏一眼。没过几分钟，他又冲向厕所，脸红得就快滴出血来。

潘小夏忍笑和汪洋发短信，汪洋却说："有些像肠胃炎的症状，还是去下医院，不要掉以轻心为好。"

肠胃炎？潘小夏愣了。

当沈若飞第N次从厕所出来时，因为羞愧而产生的红晕早就消失不见，取而代之的是纸一般的苍白。

潘小夏也不顾沈若飞会不会生气，单刀直入地问："你是不是拉了很多次，恶心想吐，肚子有针扎的感觉？"

"是啊，你怎么知道……"

"快和我去医院。"

"不要！现在已经好很多了。"沈若飞强撑着说。

"你这孩子怎么这么不听话？肠胃炎可不是闹着玩的！"

潘小夏说着，就要拉沈若飞走，但是沈若飞一把抓住了她的手。

沈若飞脸色苍白，掌心烫人，"小夏，我真的不想去医院。我喝点热水就没事了。陪陪我，好吗？"

沈若飞额前的碎发遮住了眼睛，下巴上的胡子乱糟糟，嘴唇苍白，看得潘小夏心一软。她看看手机，发现已经是晚上十点了，就算是现在回学校也来不及了。

所以，她心一横，说："好，我陪你，但愿不要被查房的阿姨抓到。"

"谢谢。"沈若飞笑了。

在沈若飞洗澡的时候，潘小夏先给顾敏打个电话，说她今晚不回来了，然后和汪洋说她要陪沈若飞。

汪洋以为他们在医院，问要不要去医院看他们。潘小夏犹豫一会儿，说："不用了……我自己就好……手机没电了，我先挂了……"

"好。小夏，我爱你。"

"我也是。"

抱着手机，潘小夏甜甜地笑了起来，接着因为自己对汪洋的隐瞒而自责。她曾经和汪洋约定彼此不隐瞒任何事，但是……这只是怕汪洋误会，并不是什么隐瞒吧。到底要不要告诉汪洋实情呢……

"喂，我要喝水。"

沈若飞一边拿毛巾擦着头发，一边走出浴室，身上湿漉漉的，满是肥皂的清香味。潘小夏瞪了他一眼,给他倒了一杯热水。他喝了几口,然后把杯子放在腹部,看起来好很多,潘小夏也松了一口气。她和衣躺在另一张床上,关了灯,但在床上翻来覆去睡不着。

好奇怪的感觉啊……

就算是与沈若飞从小一起长大,但毕竟是和一个男人共处一室,和汪洋也没这样……

"小夏,睡不着?"沈若飞问。

"有点。"

"那我过来和你说话。"

沈若飞说着,居然坐在了潘小夏的床边,把她吓了一跳!如果不是沈若飞生病,潘小夏很想扁他一顿,但是现在只能强压住怒火。

她有些尴尬地拉拉被子,问:"说什么?"

"潘小夏,我以为你会打我。"

"啊?"

"我发现,每次我生病的时候你都会对我特别好,不如我经常生病好了。"沈若飞虚弱地说。

"你这孩子又说什么傻话!沈若飞,明天我们就不出去玩了,还是先把身体养好再说,你看怎么样?"

"你是在关心我吗?"

"废话!你这小屁孩怎么这么别扭!"

潘小夏不满地责骂沈若飞,沈若飞没说话,看起来不太高兴。

潘小夏以为他耍小孩子脾气,因为没能出去玩而生气,只得好言安慰:"别生气了,这次不能玩,等你考上大学再带你玩嘛!反正那么大的游乐场又不会跑,下次带你玩就是!"

"喂,别像哄小孩一样哄我!"

"你本来就是小孩嘛……说真的,你复习得怎么样了?"

"还不错。"沈若飞自信满满地说。

"那你准备考什么大学？清华吗？"

"S大。"

"什么？你的成绩比我好那么多，上这个是不是有点可惜？"潘小夏诧异地问。

"可我……想和你念一所学校啊。"沈若飞轻声说。

他的嗓音虽然还带着稚嫩，但是已经没有了青春期的沙哑，就好像电台主播一样富有磁性，很好听。

沈若飞坐在床边，月光照在他的身上，在雪白的被子上留下淡淡的影子，漂亮至极。就算潘小夏心仪的男子是汪洋，她也不得不承认沈若飞继承了王慧阿姨的美丽，是比汪洋还俊美的一个不折不扣的小帅哥。

虽然他受女生欢迎，却从没有早恋，还真是个乖小孩……

"小夏，其实我来这……"

"你等下，我接个电话。"

突如其来，潘小夏的手机响了，沈若飞一愣，把接下来的话咽了下去。电话是汪洋打来的，潘小夏和他聊天，满脸都是幸福的微笑。她一点没有看出沈若飞极为难看的神色。

挂断电话，沈若飞问："谁打来的？"

"汪洋。"

"你们什么关系？"

"喂，你不要像查户口的好不好！"

"那我问你妈。"

"沈若飞！好啦，好啦，我说就是了……他是我男朋友。我们高中就在一起了……一直没和你说，是怕你说漏嘴。沈若飞，我警告你，不许告诉我爸妈，知道吗？他们知道的话，我唯你是问！"

潘小夏说完很久，沈若飞都没回答她，气得她狠狠打了沈若飞一下。要是以前，沈若飞会立马还手，挠她痒痒，但这次他并没有这样做。

他沉默了许久，才叹息般地说："他就那么好？"

"他是我心里最完美的人。对了，你刚才说你来S市做什么？"

"没什么。我困了，睡了。"

3

潘小夏望着沈若飞，突然想起带他去游乐园的承诺，不由得冷汗直流。

当时的她一心喜欢汪洋，整天和汪洋甜甜蜜蜜的，哪里顾得上和沈若飞去什么游乐园。说起来，她倒是和汪洋去了游乐园好几回，每次忘记叫沈若飞……

潘小夏想着，为自己的粗心大意愧疚起来，几乎不敢看沈若飞一眼。周琴突然发现沈若飞嘴角有油渍，拿出纸巾为他轻轻擦拭，看得潘小夏心里酸酸的，沈若飞这家伙居然没有反抗。

不，他为什么要反抗？他是周琴的男朋友啊！已经是别人的……男朋友了……

潘小夏突然想到沈若飞已经是别人的男朋友，只觉得别扭，胸口也闷闷的。就在这时，周琴笑着说："小夏姐，到底好不好？星期天一起去，你也叫上你男朋友？"

"啊？我不知道他有没有空……"

潘小夏想起自己方才看见的一幕，只觉得口中苦涩，浑身力气就好像被抽干了一样，虚弱得说不出话来。

她想，那个人是否就是正在加班的汪洋？也许是别人开了他的车子，或者他正好要送哪个同事回家。

刚才那一幕并不能证明汪洋的背叛，更不能证明她第二次被汪洋骗了。

绝对不能!

"别问了,那家伙不会去的。"

沈若飞傲慢地看着潘小夏,一副"我就知道你摆不平汪洋"的模样,看得潘小夏大怒。她的理智瞬间消失殆尽,拿起手机就打汪洋的电话,但是打了很久汪洋都没接。

眼见沈若飞的神色越来越得意,潘小夏猛一拍桌子,"去就去!你买票,你请客,晚上也要请客吃大餐!"

"OK。"

"今天你也买单!"

"烦死了,知道了!"

沈若飞不耐烦地拿着钱包去结账,剩下潘小夏与周琴两人独处,气氛顿时有些尴尬。潘小夏冥思苦想,终于想了一个话题,"你和沈若飞在一起多久了?"

"啊,在美国的时候就……"周琴涨红了脸。

"那也有好几年了吧。沈若飞这小子也真是的,从来没和家里说!啊,我不是那个意思……我的意思是,他也许和家里说了,但是我不知道……"

潘小夏看着周琴涨红的脸蛋,突然想到自己无心说的话会造成误会,急忙澄清。

周琴脸色有些不好,过了很久才笑盈盈地说:"若飞应该告诉阿姨了,过段时间我们就会一起回家。到时,希望小夏姐姐要为我多说些好话啊。"

"一定,一定。"潘小夏急忙答应。

"喂,付好钱了,你们还不走?"

沈若飞走到潘小夏面前不耐烦地问。两个女人互看一眼,都有些无奈地起了身。潘小夏把他们送到市区后自己开车回家,临睡前给汪洋打了个电话,结果发现这家伙关机了。

以前，汪洋有手术的话都会提前和她说，这次关机，再加上下班时看到的那一幕让她心里微微不爽。她缓缓放下手机，洗了澡，躺在床上，入睡却比自己想象中还要快很多。

在她二十岁的时候，要是汪洋一声不响关机，她一定会担心他出事，拼命打电话，然后和他大吵一架，但是现在，她已经二十八岁了。

如果男朋友没开机的话，不必担心电视剧中的狗血剧情会发生在男友身上，她知道他只是手机没电或者不想接电话罢了。所以，她还是洗洗睡吧。

第二天，潘小夏就好像没事人一样去上课，没想到汪洋会主动找她。

她上课的时候突然收到一条短信，下课时打开一看，果然是汪洋。

汪洋在短信里说昨天睡着了，手机没电也不知道，还约潘小夏后天出来约会。

潘小夏一想后天是礼拜天，正好可以一起去游乐园，于是试探性地问汪洋愿不愿意和沈若飞他们一起出去。

没想到，汪洋很爽快地答应了，还兴致勃勃地说要来接他们。潘小夏心想汪洋的车比较大，四个人正好，于是也同意了。

当晚，她打电话和沈若飞说了明天的安排，让他和周琴在市区等汪洋来接。

电话那头沉默了很久，沈若飞嗯了一声就挂断电话，态度之差气得潘小夏跳脚。她不明白沈若飞又在生什么气，去游乐园明明是他们提出来的。

他现在真是越来越情绪化，就和更年期的妇女一样！或许他的温柔只对别人，而不是她。

潘小夏再次郁闷起来。

第二天下午两点整，汪洋准时开车来接他们。潘小夏穿了一身黑色运动装，扎着马尾辫打算出门，但是出门前看着镜中脸色不好的自己，还是没忍住画了个淡妆。

汪洋坐在车上，笑着说："今天很漂亮啊。"

"谢谢。我们去接沈若飞吧。"

"好。"

潘小夏坐在副驾驶的位子上，汪洋专心开车。潘小夏从后视镜里看着汪洋平静的面容，装作漫不经心地问："前天到底怎么回事，打你电话总是不通？"

"手机没电了，做手术又需要关机，真抱歉。"

"医院里就没充电的地方吗？做完手术，你就想不到打电话给我吗？我……对不起。"

就算是极力想控制自己的情绪，但潘小夏还是没忍住责问汪洋。她深深吸了一口气，说了声"对不起"就不再说话，而汪洋神色复杂地望着她。

他一手握着方向盘，一手紧紧握住潘小夏的手，柔声说："小夏，对不起。"

"对不起什么？"

"对不起，让你担心了，真的很抱歉。"

"算了。以后有什么事记得先打电话给我，不然我……会担心。"

"对不起，不会有下次了。"

"好，我相信你。"潘小夏柔柔一笑。

于是，两人就这样重归于好。

到了市中心，潘小夏始终没有看见沈若飞和周琴的身影，有些焦急。

她正打算打电话给沈若飞，却见一辆银灰色宝马缓缓停在汪洋的车边，而从窗户里探出头来的是周琴。

"小夏姐，在这里……"

"周琴？沈若飞？不是说我们带你去吗，你们怎么自己开车来了？"潘小夏惊讶地问。

"若飞说不好麻烦你们，就自己买了车……"

"自己买车？什么时候？"

"就刚才。"

"刚才？沈若飞，你真是有钱烧得慌！"

沈若飞开的是宝马跑车，很拉风，也很抢眼。就算是暗暗替王慧阿姨心疼钱，潘小夏也不得不承认，这辆跑车很适合戴着墨镜的沈若飞。

他和跑车都是一样出身名门，都是一样骄傲任性，都是自由得像风一样。可是……这该死的跑车到底要多少钱啊！有钱也不是这么烧的！

"既然到齐了，还是快走吧，晚了的话可玩不了多久。"汪洋笑着说。

沈若飞没有看汪洋一眼，猛地加大了油门，车子就好像离弦的箭一样开了出去。

潘小夏看着他离去，恨恨地皱眉，"这该死的孩子，花么多钱买车，居然还开得那么快！不行，我要和王慧阿姨告状，宠孩子也不是这么宠的！"

"小夏，你是不是管得太多了？"

"什么？"

"沈若飞也是一个二十五岁的成年男人了，早就有自己的想法，也能为自己的行为负责。你觉得一个二十五岁的男人做什么事，需要向妈妈报告吗？你怎么还把他当小孩？"

"可能是习惯了吧……"

"小夏，你是他的姐姐，不是他的女朋友。你和他这么亲密，我自然不会误会什么,但是那小丫头指不定会多想。所以,还是保持适当的距离比较好。"

"知道了。"潘小夏闷闷地说。

车子向着游乐园的方向行驶,潘小夏也不知道为什么,鬼使神差地问:"汪洋,你前天真的在医院吗?为什么我在路上遇到你了?"

"遇见我了?不可能吧。我把车子借给单位同事了,你是不是认错人了?"汪洋神色短暂一僵,平静地反问。

"那人背影和你很像,旁边还坐着一个女的。你确定你没送谁回家?"

"小丫头,我说你怎么一天都不对劲,原来是吃醋啊。你怎么心眼这么小?"

汪洋笑着捏捏潘小夏的脸颊,神情自然至极,让潘小夏怀疑是不是自己小心眼冤枉了汪洋。

她尴尬地笑笑,打开车顶的小镜子想看看自己有没有掉妆,却在小镜上发现了一个已经干涸的口红印。她闻着车里若有似无的香水味,喃喃地说:"也许是我错了吧……可我希望你不要骗我,汪洋。"

"我当然不会骗你。"汪洋温柔地说。

4

他们到了游乐园后,沈若飞和周琴已经等待多时。四人来之前都没做功课,到了之后才发现今天是一年一度的狂欢节,会有大牌歌星来捧场,有许多新增的表演项目,所以人非常多,真可谓是人山人海。

汪洋好不容易挤入人群,买了四张票,回来的时候已经是大汗淋漓。他们把车子开到入口处的停车场,可停车场只有一个车位,有一辆车要停在户外,没有人看守,很不安全。

汪洋见状，说："现在不停车，估计一会儿更没位子了，若飞你停在里面，我停外面就好。毕竟你的车是新车，也别让你妈妈不开心，你说是吗？"

听了汪洋的话，潘小夏觉得很有道理，沈若飞却是脸色一变。他皱着眉，居高临下地看着比他略矮一些的汪洋，讽刺地说："汪医生说得对，这里人多治安不好，还是小心为妙。不过，还是汪医生把车停在停车场吧，要是汪医生单位配发的车子被划花了或是不见了，我们也担不起这个责任。毕竟，这车子也要几十万，不是笔小数目。汪医生，你说是吗？"

沈若飞说的话表面上让人挑不出什么错，但汪洋面色一变，潘小夏也觉得脸面上有些挂不住。

汪洋从未和她说过车子的来历，她以为这车是汪洋自己买的，原来……是单位配的啊。

可是，只有领导才有单位配的车子，汪洋在医院并没有官职，怎么会有这样的待遇？难道这年头对海归有这么好的待遇？

潘小夏心中疑惑，但是自然不能把伤害汪洋自尊心的想法让人看出，急忙转移话题，说："汪洋，你就别客气了，不然你们在这里客气来客气去的，车位可被人家抢了。沈若飞新车要显摆下，想停在外面就让他停外面吧，我们停在停车场里。"

"好，我听你的。"汪洋笑着说。

停完车后，他们四人进了游乐场，被面前的人山人海吓到。潘小夏粗粗估算了下，估计每个项目都要排队半小时以上，只觉得头痛欲裂。

她看着不远处的云霄飞车，又见周琴的目光一直停在女孩子爱玩的旋转木马上，于是说："人太多了，我们又众口难调，不如分开玩，十点在乐园的正门口见怎么样？"

"小夏，大家聚在一起也是缘分，不如一起玩吧。"汪洋反对。

"是啊，小夏姐姐，一起嘛。"周琴也反对。

"哼。"沈若飞语气不明地哼了一声，应该也是在反对。

潘小夏没想到自己的好心提议居然被他们反对，脸上有些挂不住了。她也哼了一声，说："好啦，那就大家一起玩就是了。汪洋，我们去坐云霄飞车好不好？"

"好，到时候你可不许哭啊。"汪洋温柔一笑，看着沈若飞，"若飞，你去不去？"

"去啊，为什么不去？"

"周琴呢？"

"我，我……"

"你不去就算了。"沈若飞不耐烦地说。

"我，我去……"周琴眼睛一红，英勇就义般地说。

云霄飞车上的尖叫声很快冲散了他们之间的暗涌，下了云霄飞车时潘小夏捂着胸口，一直不住地喘着粗气，而周琴不住地流泪。

周琴哭泣的时候眼睛雾蒙蒙的，肩膀微微抽搐，就算是同为女性的潘小夏看了也心软。

他们又玩了几个刺激的项目，周琴可怜兮兮地看着又想去坐海盗船的沈若飞，怯怯地说："若飞，我有点不舒服，去一边坐一会儿……"

"真没用。"沈若飞不耐烦地说。

"我先走了……"

周琴眼睛一红，突然朝远处洗手间的方向跑去，不知道是去哭还是去吐。潘小夏看着周琴的背影，不忍地说："沈若飞，你怎么这样说你女朋友？太凶了吧！"

"是啊，对女人一定要温柔，多听你姐姐的话没错。"

汪洋温柔地附和，顺势搂住潘小夏的腰，潘小夏觉得自己整个身体都僵硬了。虽然她和汪洋很早之前就有亲密举动，但他们复合以来，进展极为缓慢，牵手都很少，更别说拥抱了。

汪洋的怀抱让潘小夏觉得有些反感，又有些被人撞破"奸情"的慌乱。她下意识地看着沈若飞，却见沈若飞一脸平静，似乎并未在意这些，自己心中倒是觉得空落落的。

为什么会这样？为什么有种不希望沈若飞看到她和汪洋亲密的样子？这可正是她答应与汪洋交往的初衷啊！为什么一切都在不知不觉间变了味？

她到底为什么会在乎沈若飞的想法？

就在潘小夏思绪纷乱的时候，汪洋的手机响了。

汪洋又和沈若飞说了些什么，潘小夏没听到，她只注意当汪洋手机传来从未听过的铃声时，她腰际那双手的力度猛然加大了。

她好奇心大起，看着汪洋掏出手机，然后汪洋对她笑着说："对不起，我接个电话。"

"你在这里就接呗，反正一样吵，在哪接都无所谓吧。"潘小夏笑着说。

"我过去一下。"

打电话的人大有"你不接电话，我就一直打"的趋势，铃声响个不停，汪洋脸色有些难看，还是走到远处接了电话。

沈若飞看了一眼远处的汪洋，双手插袋，没看潘小夏，似乎在自言自语："潘小夏，你是不是傻瓜？这样的男人也值得……"

"闭嘴！我的事情我自己清楚！"

"随你便。"

潘小夏紧紧抿着嘴唇，抬起头看着在她头顶上方肆意尖叫的人们，似乎这样就能把眼泪憋回眼眶。沈若飞默默地看了看她，许久才长舒了一口气，"笨蛋女人。"

笨蛋？

也许吧……

可是，在爱情面前，谁又不是笨蛋呢？

5

大约五分钟后，汪洋接完了电话，看潘小夏的目光有些歉意。虽然心里堵得慌，但潘小夏不愿意在沈若飞面前示弱，极力装出一点不在乎特别开心的样子。

天色渐渐暗了下来，潘小夏也觉得有些饿。她看着不远处有人卖吃的，拉着周琴说："周琴，你饿了吗？我们去吃好吃的去！"

"啊？小夏姐想吃吗？那我陪你去好了。"

潘小夏牵着周琴的手，带她去前面的美食一条街，而周琴怯怯地看了沈若飞一眼，面带难色地被潘小夏拉走。

周琴在一边买水，潘小夏站在摊子边买烧烤。她等了很久，打算把烧烤拿给大家吃，突然觉得周围的人越来越多，举步维艰。

原来，不远处的广场即将有某位超级巨星的演出，这条美食街是去广场的必经之路。

潘小夏尝试着朝周琴走去，但是人实在太多，怎么走也挪动不了步子。她只能眼睁睁看着周琴距离自己越来越远。

街上的人越来越多了，想逆流而上是一件很艰难的事情。潘小夏没办法，只得随着人群走到了广场。回头一看，只见小吃街上也站满了等待看演出的人，想回去基本不可能。

她掏出手机想给沈若飞打电话，但是手机居然没电了，真可谓是祸不单行。

"该死！手机没电，联系不上他们的话只能自己打车回去！怎么这么倒霉？唉，还是快点找到我吧，汪洋……"

潘小夏对演唱会没兴趣，沿着广场努力朝另外一个方向走，终于成功走出了广场，心也慢慢平静了下来。她长长舒了一口气，呼吸着分外清新的空气,甚至有些享受一个人的夜晚。

音乐声、尖叫声慢慢远去,深秋的风吹在脸上凉凉的,没有了夏日的清新,也没有好闻的青草味,却能让她冷静,让她理智。

汪洋……

如果说汪洋第一次向她撒谎的时候她相信他,但是第二次、第三次的时候呢?她早就不是当初那个沉浸在爱情之中,丧失所有理智和判断力的小姑娘了。

只要是谎言,总有被揭穿的一天。她突然不知道是知道事情的真相,如梦初醒比较幸福,还是一辈子活在谎言里,不受任何伤害来得幸福?到底什么才是她想要的呢?

"老公,我要吃棉花糖!"

"好,我给你买!"

潘小夏不知不觉间走到了喷水池边。

她看到一对情侣走向卖棉花糖的小摊,也随着他们一起走了过去。

白白胖胖的摊主今天的生意并不算好,但他似乎不介意,满面笑容,讨人欢喜。

当作招牌的棉花糖姹紫嫣红,虽然摊主一再保证说能做出潘小夏喜欢的任何口味和颜色,但她还是选了最简单的白色棉花糖,因为白色棉花糖比较像她小时候吃的那种。

"很好吃啊……有点回忆中的味道。"

棉花糖的甜味在味蕾间绽放,好像是在味蕾上跳舞一般。潘小夏记得小时候棉花糖只要五分钱一个,很多家庭都能承担得起,所以美好的童年也总是和棉花糖联系在一起。

院子里的小孩经常拿着棉花糖比大小,比谁的白,只有沈若飞不吃这种东西,说是嫌这些太甜。

唉,细细想来,沈若飞这小子从小到大还真是一样的别扭。他噘着嘴不肯吃糖的样子还在眼前，怎么一晃眼就已经那么大了，还有了女朋友。

周琴是一个很不错的女孩，王慧阿姨应该会很喜欢她吧。他们交往顺利的话，应该很快就会结婚，生子……而她的幸福到底在哪里呢？

潘小夏想着想着，不由得呆住了。她的面前是一个很大的喷水池，因为天色的关系水色看起来黑黑的，仿佛深不见底。

群星演唱会应该开始了，整个乐园都回荡着若有若无的歌声，而这里距离广场最远，应该算是乐园里唯一的清净地了。

潘小夏呆呆地看着水面，也不知怎的突然悲从心生，眼泪静静地淌下。

汪洋……

潘小夏还记得七年前，她和汪洋也来过这个游乐园。那时候买的虽然是半价学生票，但对于他们来说也是一笔不小的开销。

她记得，他们来游乐园的那天天空很蓝，游乐园里每一个免费项目前都留下了他们欢乐的身影。也是在这里，他们拥吻了……

要说遗憾的话，就是没有找到传说中的许愿池，据说很是灵验。

S大的学生都说这个游乐园里有一个许愿池，要是情侣在许愿池开始喷水的时候能拥抱在一起，就能永远在一起。

当时他们都相信这个传说，可是找了半天都没找到，回去的时候还很失望。

其实，现在想来，一切都是学生无聊的幻想和商家的骗局罢了。什么许愿池，只是一个大些的喷水池罢了！若是在一起的心愿真的能这样轻易实现，世间怎么还会有哭泣和眼泪。

当初会相信这些，还真是笑话……

潘小夏想着，自嘲地笑了，眼泪却不知不觉地滴落下来。她急忙擦干眼泪，环顾四周，发现这个喷水池附近果然有很多情侣。

她没想明白，当初和汪洋怎么会死都找不到这个地方，一切到底是不是命运的安排？难道……她和汪洋真的是有缘无分？

如果，如果当初真的来到这里，虔诚地许下心愿，是不是就不会和他分开？难道冥冥之中真的有什么在主宰一切吗？真的有什么东西主宰着人的悲欢离合、爱恨情仇以及失望和绝望吗？

"老公，这个喷泉几点开始喷水啊？"她听到有个女生问。

"我也不知道，是不是六点？"

"你记性还真差！老公，都说在喷泉开启的时候若是拥抱就能永远在一起，你说是真的吗？"

"当然是真的了，傻丫头！"

"那我们不知道时间怎么办？"

"从现在开始就抱着喽！"

"哈哈，老公你真聪明……"

潘小夏身边的一对情侣说着说着就搂在一起，她冷笑一声，暗想，无论什么时候都有人会因为爱情而相信这些无聊的东西……

什么遇见命中注定的恋人，这些小孩子还真是偶像剧看多了！只是一个喷水池罢了，哪有什么魔力？抱着就能相守一辈子？

潘小夏吃完棉花糖，静静地坐在喷水池边，觉得自己的心静得就好像这汪池水一样。

前几天汪洋手机传来的关机声似乎还在耳边回响，车里的香水味是那么刺鼻，还有那个干涸的口红印……

她固执地不让自己相信，但是真相总有一天会血淋淋地呈现在她的面前。她也不知道她这样执着地欺骗自己，到底是为了什么，又有什么意义。

潘小夏想着，只觉得心烦意乱，胸口闷闷的，呼吸也很困难。她站起身在喷水池的边缘吹风，却不想喷水池突然放起了音乐，震耳欲聋。

潘小夏吓了一跳，下意识地往后退，顿时脚下悬空。她心中暗暗叫苦，闭上眼睛准备和水泥地进行最亲密的接触，没想到被人搂住腰，一把抱在怀里。

沈若飞……

潘小夏呆呆地看着沈若飞，而喷水池就在此时开始喷水，游乐园的灯光也开启，整个世界顿时明亮了起来。

昏暗的天空被彩灯照得恍若白昼，水柱就好像万箭齐发一般，冲上云霄，在灯光的照射下发出五彩斑斓的光芒，恍如仙境。

喷泉的水珠溅到了潘小夏的发间，但她浑然不觉，只是呆呆地看着抱住她的那个男人。男人身上传来令人安心的气息，怀抱是那么温暖，温暖到让她忍不住落下泪来。

"潘小夏，你在做什么！你想自杀？"沈若飞几乎咬牙切齿地说。

"别胡说！"潘小夏哭笑不得，哽咽地说。

"喂，是哭了吗？这么大年纪还哭，你丢不丢人？不就是走丢了吗，你多大了，居然还哭？"

"浑小子，谁为这个哭！你再乱说我和你翻脸！"

沈若飞没有再说话，但是也没有松手，一直抱着潘小夏，似乎此时就是时间的尽头。

潘小夏的脸紧紧贴着他的胸膛，听着他整齐有力的心跳声，脸涨得通红。四周的喧嚣似乎在瞬间退去，她唯一能听到的就是沈若飞的心跳声。

咚咚……

咚咚……

神啊，难道在这里真的会遇见自己命中注定的那个人吗？可这人为什么偏偏是沈若飞？

还有，为什么她对汪洋的亲密举动很是厌恶，但她一点不讨厌和沈若飞在一起……

难道她……

难道她对他……

潘小夏想着，猛然抬起头，正好与沈若飞视线相对。星光下，沈若飞的眼睛亮得发奇，掌心滚烫，直烫她的灵魂。

潘小夏呆呆地看着沈若飞，觉得脑中一片空白，嘴唇微张，眼睛一酸，又落下泪来。

面前女子脸颊上的泪珠让沈若飞的心一疼，觉得自己所有的理智在瞬间消失不见。他只希望抱着她，就这样永远地抱着她……

可是，时间并没有在此刻停止。

"若飞，你在做什么？"

背后传来的声音让两个人都愣住了。潘小夏一个激灵，急忙推开沈若飞，果然看见周琴惊讶的表情。

她不知道该如何解释，只是暗暗祈祷周琴什么也没有看到，而沈若飞却不耐烦地冲周琴吼道："你来做什么？不是让你回去了吗？"

"可是，汪医生说还要找一下小夏姐……"

"他说的话你就听？他的话是圣旨？"

"沈若飞，够了。周琴，我们走吧。"

潘小夏不敢看周琴一眼，快步向前走去，沈若飞愣了一下，随后也跟来。他的脸色一直不好，不知道是被周琴打断心情不好，还是被周琴看到了不该看的事而恼怒？

潘小夏，你怎么可以这样，沈若飞他毕竟是有女朋友的啊……

潘小夏低着头，不由鄙视起自己来。

停车场，汪洋已经等候多时了。他看到潘小夏，很焦急地问她到底去了哪里，有没有出事，潘小夏只是看了他一眼，没有说话。

回家后，汪洋似乎还有上楼喝杯茶的意愿，潘小夏笑着对他说：

"不早了,你回去吧。要是有人打电话来,你不方便接可就不好了。"

"小夏,你说什么?难道你怀疑我?"

"当然不会。我很信任你,汪洋。要是有空的话,我们见见双方家长,顺便把我们的事情给定了,你说怎么样?"

"小夏,你说真的吗?你真的愿意和我……"汪洋欣喜若狂。

"好吗?"潘小夏微笑着问。

"当然。我会尽快和我父母说的。谢谢你,小夏。"

"不客气。"

潘小夏又朝汪洋甜甜一笑,才上了楼。透过窗帘,她看着汪洋渐渐远去的车子,缓缓坐在了地板上,很久都没有站起。

第七章　下雪的圣诞夜

为什么你总是能找到我，而且每次都是在我最狼狈的时候？

1

当潘小夏与汪洋不咸不淡地交往了一个月的时候，寒冷的冬天也到了。潘小夏一向怕冷，到了冬天就容易手足冰冷，没有空调简直不能活，所以非常讨厌冬天的到来。

汪洋最近很忙，约会的时间越来越少，但是这并不妨碍潘小夏的好心情。汪洋说等潘小夏寒假的时候就和她一起回家，征求她父母的同意，然后就可以准备结婚了。

望着汪洋暖暖的笑意，潘小夏想起父亲对汪洋的打击，心中有些内疚，说："万一我爸妈……"

"不会了。那时候我只是一个穷学生，什么都不能给你，但现在已经不同了。小夏，相信我。"

"嗯。汪洋，我代我爸爸说声对不起。"

"傻瓜，你没有必要道歉。如果没有叔叔当时的激励，说不定我还只是一个穷学生罢了。你放心，我不会因为当初的事情对你父母有任何偏见。因为我爱你。"

望着汪洋温柔的眼眸，潘小夏的心里甜甜的。她看着汪洋，还是迟疑地问:"汪洋,你真的想好了要和我结婚吗?"

"当然,如果你同意的话。怎么,到现在你还怀疑我的诚意?"汪洋摆出一副很受伤的样子。

"不是。但是我们交往才一个月,会不会太快了?"

"你可以等,但我已经不想等了。我想和你结婚,小夏。"

汪洋说着,紧紧握住潘小夏的手,掌心温暖。潘小夏看着他,再次确认道:"你真的想好了?你确定我和以前相比没有改变,还是你最喜欢的人?"

"我确定。小夏,那你的答案是什么?"

"我同意。"潘小夏说。

听到这个答案后,汪洋欣喜若狂地笑着,抱住了潘小夏,而潘小夏望着窗户上的雾气,心情是那么平静。

汪洋微笑着在说什么她没有注意听,她只是在心里默默盘算婚礼的日期和开销,要宴请的宾客们,力求把一切做到完美。

一个二十八岁的女人终于能出嫁,不管怎么说也是一件可喜可贺的事情,婚礼要盛大一点,伴娘就让立志一辈子不结婚的陈薇当好了,至于伴郎……

潘小夏突然想起以前和沈若飞开玩笑说,自己结婚让他做伴郎的事情,也记起沈若飞当时那难看的脸色。现在的她当然明白自己当初带给沈若飞多大的伤害,但是长痛不如短痛,和汪洋结婚后会彻底断了沈若飞不该有的思恋吧。

但是,心为什么会痛?

为什么?

汪洋带她去看过他买的新房,说等结婚的日子定下来就着手装修,潘小夏对此很感兴趣。

她上网查了很多装修的小窍门、目前流行的装修风格以及户型设计等方面的资料,开始盘算什么房间用作卧室,什么用作书房,什么用作儿童室。她向往的婚姻生活终于就在眼前,她却比想象中要冷静得多。

好的房子,好的丈夫,好的生活她都即将得到,至于丈夫是谁,心里在想什么,她都漠不关心。她铆足了劲儿,一定要在明年嫁出去,把自己变成名副其实的汪太太!这样的话,那个神秘女人也会知难而退吧……

圣诞节快要到了,潘小夏冥思苦想应该送汪洋什么礼物,越想越烦,还是打算请教陈薇。

潘小夏大学期间,曾经送给汪洋手织的围巾、用心折的千纸鹤等廉价又费力的"温暖牌"礼品,现在双方的年纪都不小了,送得太寒酸自然也拿不出手。她已经很久没有收到也没有送出圣诞礼物,不知道送男人什么比较好。她正打算请教陈薇,陈薇正好也找她。

"小夏,圣诞节怎么过?"陈薇在 QQ 上问。

"如果汪洋没事的话就和他一起过,他有事的话我就待在家里。"

"切,你真没用!对了,圣诞夜那天,杂志社有晚会,你来参加吗?"

"是公司聚会吗?"

"不是,是杂志社主办的宴会,邀请了不少社会名流,算是比较高级的晚会了。我给你两张入场券,你和汪洋一起来吧。"

"啊?这样的场合不适合我吧。"潘小夏推辞。

"潘小夏,就是过来玩玩,你有啥心理压力,多认识几个朋友也是好的嘛!圣诞夜你不管去哪里都是人挤人,倒不如来这里玩。这个入场券不知道多少人想要,要不是和你熟我才不给你!"

"那好,谢谢你啦。陈薇,就快圣诞节了,你说我送汪洋什么圣诞礼物好?"

"送男人不外乎皮带、皮夹和手表咯。要是你把自己送给他,我估计他会更乐意。"陈薇开玩笑说。

"你别胡说好不好！这怎么可能！"

潘小夏几乎是怒气冲冲地在键盘上敲下那几个字，没有羞涩，有的只是愤怒。待这条信息发送完，她才猛然发现自己的反应似乎过激了一点，因为她潜意识里似乎从来没有考虑过和汪洋发生什么实质性的事情……

想结婚，但是厌恶接触吗？情愿用钱来买对方的欢心，也不愿意花力气、花心思去想对方到底喜欢什么、需要什么吗？到底是因为她成熟了，还是因为汪洋对她而言只是一个还不错的结婚对象？

"小夏，你打算送多少价位的？"

"五千左右吧。"潘小夏回过神，认真地打字。

"女人，你还真是有钱烧的！你知道汪洋会送你多贵重的吗？"

"这个我怎么知道？"

"唉，我怎么觉得你那么可怜，以前被汪洋吃得死死的，现在还被他吃得死死的，一辈子翻不了身！"

"陈薇，你别胡说！"

"潘小夏，我真的不知道你怎么想的。你和汪洋那么久才见一次面，你们真的是在谈恋爱吗？你爱的到底是他，还是过去的那段回忆？"

"我的事情你不会懂的。你是不婚族，但是我渴望婚姻。也许你会笑话我，但我为了自己、为了家人必须结婚，汪洋条件不错，又是我的初恋情人，对我而言是最好的选择。不和你说了，我下了。"

潘小夏说完这些话，匆匆下线，心也怦怦地跳个不停。

陈薇永远是这么一针见血，永远是不留情面地揭穿她的所思所想，让她无所遁形。水瓶座的陈薇是一个聪明不过的女人，独立自主，崇尚单身，但她只是一个双鱼座的小女人，只希望和爱人长相厮守罢了。

她是一个念旧到极点的人，所有东西破得不能再破都不会扔，就算是把过期的牛奶扔到垃圾箱，她心中也会隐约有愧疚之情，更何况是旧情人。

她也知道过了那么久，她和汪洋都有了不少改变，但她还是天真地相信逝去的感情可以重新被追回，而汪洋也是她内心深处那个青春少年。

爱情与婚姻能兼顾是一件幸运至极的事情，她已经得到了那么多，到底还有什么不满足的？

这时，电话响了。

潘小夏一个激灵急忙拿起手机，看到屏幕上沈若飞的名字，只觉得心猛地紧张起来，犹豫了很久，还是没有接通电话。

自从上次从游乐园归来后，沈若飞已经和她一个月没联系了，她实在不知道沈若飞现在找她到底有什么事。她愣愣地看着手机，看着屏幕的光一点点暗下去，终于长长舒了一口气。

沈若飞……还是不联系为好吧。

不然，她的心，会乱。

2

圣诞节那天一早，汪洋就来电话说晚上有台手术不能抽身。潘小夏心中虽然不爽，但还是很体贴地表示要去看他，却被汪洋拒绝。

也许是察觉到电话那头的女友有些不开心，汪洋讨好地说："小夏，你想要什么圣诞礼物？我上次在商场看见一条裙子不错，买给你好吗？"

"不要乱花钱了，我的裙子已经很多了。汪洋，你确定没空吗？"

"是的，很抱歉。"

"那算了。"潘小夏不耐烦地说。

"真的对不起。要么,我改天和你补过?"

"再说吧。挂了。"

挂断电话,潘小夏的心猛一沉,郁闷得说不出话来。陈薇给了她两张杂志社主办的年会门票,她还没来得及和汪洋说这件事就挂了电话,看来这次是很难一起出席了。

电脑上的QQ滴滴响个不停,原来是陈薇一直问她今晚到底什么时候去。潘小夏想了一会儿,对陈薇说她一定准时去。

陈薇得意地发来个笑脸,吩咐她打扮得美美的,好介绍帅哥给她。对此,潘小夏只有苦笑了。

化好妆,穿上黑色紧身小礼裙,镜中的女子在瞬间明媚动人。也许她的容貌不是最美的,但是她身材纤瘦,肤如凝脂,很为她加分。

她披上外套,深吸一口气,来到陈薇公司举办酒会的酒店,打算借着这次酒会转换心情。

现在是晚上八点,酒会里已经满是俊男美女。潘小夏在人群中找着陈薇的身影,突然听到了一个熟悉的声音。

"小夏,看这里!"

潘小夏一进房间,就见不远处一个红衣美女朝自己招手,定睛一看,果然是陈薇。她心中一喜,笑着朝陈薇走去,发现精心打扮的陈薇真是美艳非常。

陈薇身穿红色短裙和鹿皮短靴,长长的卷发显得瓜子脸越发小,慵懒而妩媚。她笑着在潘小夏赤裸的背部摸了一把,色眯眯地说:"哟,打扮得这么漂亮是来砸姐姐的场子吗?你这绿叶还真是一点不配合!"

"得了吧你!你知道你比我漂亮还故意刺激我是吗?"

"嘿,居然被你看出来我的心计了,你也不是吃素的嘛……"

"滚!咦,沈若飞怎么在?你也请他了?"

潘小夏突然看到不远处一个熟悉的身影,心猛一跳,疑惑又愤怒地看着陈薇。陈薇不好意思地吐吐舌头,说:"反正还有多余的入场券,我就顺便喊了小帅哥嘛……你别说,这小帅哥还真受欢迎,一进来就被女人们包围,假以时日必成大器!"

"得了吧你!就他?"

虽然潘小夏口中不屑,但是沈若飞的魅力是她无法否认的。

沈若飞平时都是休闲装打扮,就好像一个大学生,但今天穿了一身黑色西装,高贵而俊美。他手持香槟酒杯,得体地在女人堆里周旋着,时不时引来她们的齐声娇笑。

潘小夏看着在女人堆里如鱼得水的沈若飞,不知为什么有些烦躁,狠狠喝了一大口酒,心里也是酸酸的。

陈薇看着她,问:"对了,说正经的,你的医生哥哥怎么没来?今天就有这么忙吗?"

"他,他今晚有手术……"

"唉,做这行就是这样,你看开点。说真的,你真的打算和那个医生在一起?"

"不行吗?"

"他有车有房,温文尔雅,前途无量,又是你初恋情人,是没什么不好的……可我不知道为什么,总觉得他的心思太沉,很难捉摸。相较而言,我更喜欢小帅哥一些。"

"沈若飞?别胡说了!他有女朋友的好不好!"

潘小夏吃了一惊,极力反驳陈薇,声音之大让自己吓了一跳。陈薇环视四周,急忙说:"好,算我胡说就是了,你声音这么大做什么?你看,大家都在看我们了,真丢人!"

"还不是你害的!"

潘小夏白了陈薇一眼。

她也注意到许多人朝这里看来,心中大窘,但也只能装作无所谓的样子。她轻轻喝了一口香槟,下意识地看了一眼沈若飞的方向,却见沈若飞正似笑非笑地看着她，似乎把一切都听得清清楚楚。

潘小夏的脸不自觉地红了起来，又狠狠喝了一大口香槟，心情也突然变得很差。

沈若飞……居然又遇见了他……

在喷水池边的那个拥抱仿佛就发生在昨天，沈若飞的温度和呼吸仿佛还触手可及，而她当时脸红心跳的感觉，似乎只有和汪洋初吻时才有过。

她不知道为什么看见沈若飞会不自觉地紧张，不知道为什么不敢看到沈若飞，更不知道自己每天到底为了什么而痛苦纠结着！

不，她爱的人是汪洋，她只是把沈若飞当作弟弟！

她怎么能，怎么可以爱上他……

"小夏，你想什么呢？怎么呆呆的，不说话？"

"没有啊。"

"哦。"陈薇没有感觉到潘小夏的不对劲，只是自顾自地说，"说真的，虽然沈若飞年纪小了点，也没什么经济基础，但我看得出他很有发展潜力，最主要的是对你用心。潘小夏，你一向聪明，为什么偏偏在感情的事情上那么糊涂，你明知道汪洋……"

"陈薇，不要说了！真的，不要说了……"

潘小夏脸色一变，陈薇见状，只好识趣地不再开口说话。这厢沈若飞一直在看潘小夏，潘小夏无意中与他对视了一眼，他立马对她微微一笑，笑容倾倒众生。

沈若飞……

拜托，我们好歹是尴尬的关系，不要做出一副什么事都没发生，自来熟的样子好不好？这样显得我之前的纠结都特别傻。

还有，这小子穿西服真好看……没事打扮那么帅干什么？潘小夏看着沈若飞，暗暗腹诽。

"怎么不接我电话？"

注意到潘小夏望着自己发呆后，沈若飞站到了潘小夏身边，语气平静，好像是问最近天气如何一样。潘小夏当然不能说出心中所思所想，只能说："睡了，没听到。"

"六点就睡，你睡眠时间还真不少。"

"年纪大了，需要美容养颜。"

"是吗？怪不得你的鱼尾纹越发可爱了。"

沈若飞说着，突然凑近，嘴唇几乎触碰到潘小夏的唇。潘小夏大惊，下意识地倒退几步，一边捂住脸，一边气呼呼地说："你别胡说！我哪里有鱼尾纹！"

"开玩笑的，不好笑吗？"

"一点也不好笑！"

说来也奇，对沈若飞吼了几句后，面对他产生的尴尬和不自在的感觉慢慢消失，她似乎又能从容面对沈若飞了。她打算找话题，却找了最蠢的一个话题，"周琴怎么没来？不和你一起过圣诞吗？"

"我和她没有关系。"

"承认一下又不会死，总要给女孩子一个名分吧。"潘小夏酸酸地说。

"呵呵。"沈若飞无所谓地耸肩，"汪洋怎么没来？"

"他今晚有手术。"

"你们还没分手？"

"沈若飞，不要乌鸦嘴！我们……快结婚了。"

潘小夏说完这句话，觉得四周一下子寂静。她不敢看沈若飞，专心致志地看着不远处的水晶灯，似乎想看出璀璨的水晶灯上到底有没有灰尘。

她有些心虚，时间不知道过了多久，才听沈若飞说："不可能。"

"什么？"

"你没看到你正在加班的医生哥哥吗？"沈若飞残忍地笑了。

潘小夏回头。

她看见本应做手术的汪洋站在一个体态臃肿、面目平凡的女子身边，一身正装，直勾勾地看着潘小夏，神色非常慌乱。

那个女人揽着汪洋的胳膊，一脸的笑意，那笑容是只有在热恋的人才有的。

也许是察觉到了汪洋的不对劲，那个女人顺着汪洋的视线满怀敌意地看了潘小夏一眼，潘小夏觉得呼吸都停滞了。

咣当。

潘小夏目瞪口呆，手一软，酒杯没握住，在地上摔个粉碎。

酒杯摔在地上的清脆声响引起了大家的注意，汪洋的脸色瞬间惨白。

就算潘小夏再想自欺欺人，再想说服自己汪洋是爱她的，汪洋并没有别的女人，但现实还是把她的所有希冀打破。

原来，爱情真的不曾回来过……

"汪洋……"

潘小夏想笑，但是泪水弥漫了眼眶。她只觉得世界在瞬间分崩离析，地上的每块玻璃碎片都映出她苍白可笑的容颜，刺得她睁不开眼。

3

"她是谁？"

汪洋身边的女子就算再迟钝也明白发生了什么事情，疑惑地看着汪洋，目光警惕而充满了敌意。汪洋不语，她追问："她是谁？"

"易寒，她……她是……潘小夏…"

汪洋嘴唇微颤，说不出一句话来，清秀的面容也紧张到扭曲。沈若飞皱着眉握住了潘小夏冰冷的手，给她支撑下去的勇气。

沈若飞……

潘小夏心绪复杂地看着沈若飞，就好像溺水的人抓到了浮木一样，而沈若飞在对她微笑。虽然他们没有说话，但她知道沈若飞在用眼睛告诉她，一定要支撑下去，不能认输。

掌心传来的温度是那么温暖，潘小夏也对沈若飞一笑，但还是浑身冰冷，头晕目眩，似乎身体都不属于自己。她紧紧抓住沈若飞的衣袖，用尽浑身的力气轻声说："我没事。"

"那我们回去吧。"

"好。"

酒店里的空气突然变得稀薄，连呼吸都变得困难至极。沈若飞拉着潘小夏的手往外走，易寒却突然站在了潘小夏的面前。

易寒知道汪洋有过一个叫潘小夏的前女友，当听到汪洋说面前这个漂亮女人就是潘小夏时，觉得所有理智被一种叫作妒忌的情绪驱赶。

她强忍住心中的怒火，对汪洋冷笑，话却是说给潘小夏听，"汪洋，原来是你的前女友潘小夏啊。你已经甩了她那么久，她怎么死心不改，还是一直缠着你？贱不贱啊！"

易寒的话句句恶毒，汪洋沉默不语，脸色惨白。潘小夏以为自己听到这些羞辱后会生气、会羞愧，但她有的，只是近乎冰冷的平静。

她沉默地看着汪洋，一言不发，而沉默就是此时最好的武器。汪洋脸上风云变幻，看潘小夏的眼神最终由惊恐变为祈求。

潘小夏当然知道他眼中隐藏着什么情绪、什么心思，但她为什么要再帮他？

"汪洋，你怎么不说话？你不想解释一下吗？"

"易寒，够了。"

"够了？你居然对我这么说话？汪洋，你还真是有出息长能耐了！你再说一遍！"

易寒的声音尖利，所有人都朝他们看去，汪洋恨不得立刻离开这里，但他不能，他有许多事需要做。

他痛苦地望着潘小夏，而易寒声音尖利地叫道："汪洋，我说为什么最近看不见你，为什么那么多次你手机都关机，原来是和这贱人旧情复燃了！好，你喜欢她，那你和我分手啊！你敢吗？"

"不要说了……"汪洋无力地开口。

"我偏要说！汪洋，你以为你是什么东西，居然玩起了脚踏两条船？你的工作都是我帮你找的，你现在想甩了我？我告诉你，门儿都没有！还有你，潘小夏，都已经分手了，你还纠缠着汪洋做什么？是不是女人老了都会特别不知廉耻，特别愁嫁？你当初既然看不上汪洋，现在又回来做什么？看他功成名就来捡便宜了？我最看不起你这样的女人！"

"住嘴。"沈若飞冷冷地看着易寒，"你最好搞清楚，是你的男友一直追求着我的女朋友，一直纠缠她，小夏可不会看上这么恶心的男人。你侮辱了我的女朋友，我不打女人，所以，我打他。"

沈若飞说着，走到汪洋面前，给了他一拳，这是第二次把他打到鼻血直流。

汪洋没想到沈若飞说到做到，没来得及闪躲，眼镜掉在地上，正好被易寒的高跟鞋踩个粉碎，场面也一下子混乱起来。

好好的酒会就这样变成了斗殴场所，不少女人都开始失声尖叫，但也都用兴奋而八卦的眼神看着沈若飞。

眼见沈若飞做出了自己此时最想做的事情，陈薇心中也暗暗叫了一声好。她正在犹豫要不要火上浇油，却见易寒厉声问："你是什么人，你敢打我男朋友？"

"你自己问问你的男朋友都做了什么好事吧！"陈薇走上前，对着她冷笑，"汪洋，你行啊！先是哭着喊着求小夏复合，然后暗地里和她苟且？你也太龌龊、太卑鄙了吧！你说你真的要出轨，找个像人的也就算了，找这样一根腊肠算什么？哦，我怎么忘了你也不是人，找的另一半自然也不是人了，哈哈。"

"你这个疯女人在胡言乱语什么？汪洋，你告诉我这是不是真的！"易寒厉声喝道。

"我……"

汪洋望着一言不发的潘小夏，再看看自己的未婚妻，只觉得心乱如麻，痛苦得一句话也说不出来。

他心里爱的是潘小夏，但是易寒能给他想要的东西！车子、房子、主任之位……他怎么能在这时候放弃？

他怎么能……

"怎么，说不出话来了？汪洋，你对得起潘小夏吗？"陈薇愤怒地质问。

"我和小夏的事情不用你管！小夏，你还记得我和你说过的话吗？"

"你说过那么多话，我怎么记得住？"

潘小夏居然笑了。

她的眼中已经没有了泪光，笑容是那么美丽，浅浅的酒窝，温柔的嘴唇，让汪洋仿佛看到了那个坐在他后座上，和他一起分享酸辣粉的女孩。

可是，那时候的她笑容中只有幸福和甜美，可现在温柔背后是冷漠……

一定会有这一天吗？

汪洋看着潘小夏，突然想起自己面对她家人时的惶恐和彻头彻尾的自卑。

年少的时候，自尊心总是特别强。

潘小夏家里是做什么的他并不是很清楚，但是看得出来她家条件很好，房间明亮到他坐立不安，手足无措。

潘小夏的父亲看起来是一个很严厉的人，他并未问及汪洋的家庭，只是问："你能给小夏什么样的生活？"

"我会努力对小夏好的。"汪洋努力让自己看起来很有自信。

"我相信你。汪洋，爱情是很重要，可是，这个世界上重要的不是只有爱情。小夏是我们家的独生女，从小到大没吃过苦，你能保证她永远不吃苦吗？"

"我……"

汪洋记得，当时的自己卑微地低下了头，说不出一句话来。半年后，当他考上美国那家医学院的时候，他毫不犹豫地去了。

潘小夏的泪水让他心软，但是他更向往金光闪闪的未来！只有那样，他才有资格站在潘小夏身边。

回国以后，他在家待业了一阵子，在网上认识了易寒。原以为他们永远是网友，没想到见面后易寒对他大为欣赏，还把他介绍到医院工作，使他如愿以偿成为一名医生。

他的房子、车子都是易寒为他买的，易寒虽然小姐脾气大了点，也算是对他很不错。

他原以为这辈子就会这样过去，没想到居然又遇到了潘小夏。看到潘小夏的瞬间，那颗几乎死亡的心重新绽放出光彩，他发疯一样想重新得到这个女人。

他清楚，要是让易寒知道潘小夏的存在，一定会夺走他的一切。他知道自己不该欺骗潘小夏，但他已经控制不住自己的行为。

他已经在医院站稳了，只要给他一点时间，他会顺顺利利地脱身，和自己心爱的女人长长久久地在一起。

可是，为什么偏偏在这个时候破坏他苦心经营的一切？难道一切努力最终还是泡影吗？

"汪洋，这到底是怎么回事？你背叛我？"

易寒愤怒地看着汪洋，恨不得把他撕成碎片。汪洋喉结滚动，艰难地说:"易寒,你听我说……"

"又打算说谎吗?潘小姐,请问你和我的未婚夫到底是什么关系?"

面对易寒疑惑又愤怒的双眸,潘小夏居然没有一丝恨意,有的只是平静。汪洋渴求的目光她不是没看见,她以为自己会伤心难过,但她现在感到如释重负。

她对易寒微笑,淡淡地说:"我是他的女朋友。"

"什么?"易寒脸色一变。

"不过,现在不是了。沈若飞,谢谢你帮我教训了这个男人。不过,这种事我亲自动手比较好。"

潘小夏说着,抢过陈薇手中的酒,泼到汪洋脸上,然后狠狠踩了他一脚!汪洋吃痛地大喊了一声,而易寒气得脸都扭曲了。她伸出手就要打潘小夏,被沈若飞轻而易举地抓住。

沈若飞抓住易寒的手腕,慢慢用力,一字一句地说:"不想被打的话,现在就滚出去。"

"我为什么要走?我没错,是这个贱人不要脸!我……"

易寒口中还在骂骂咧咧,但是面对沈若飞,声音越来越小,什么话也不敢说。她狠狠地瞪了他一眼,和汪洋一起离去。

离开前,汪洋回过头看了潘小夏一眼,但潘小夏并没有看他。她认真地看着沈若飞的手,好像是在检查他有没有受伤,眼中似乎再也容不下第二个人。

还是失败了吗?明明就快要得到了啊……如果当初没有出国或者那天找到她的那个人是他,一切又会怎样?

可一切似乎都太迟了……

他们离开后,大厅又恢复了安静,人们刻意不关注潘小夏,但那些不时而来的探询目光还是让潘小夏如坐针毡。

她对汪洋会遭受什么样的惩罚并不关心,一杯红酒喝下肚,才觉得身子暖和了一些。酒精的微醺感让她沉醉，她一杯又一杯地喝着，但是无论喝什么，嘴里都满是苦涩。

沈若飞终于忍不住，一把抓住她的手，说："潘小夏，不要喝了。你越是这样，别人越把你当成笑话。"

"可我本来就是笑话……不是吗？"

潘小夏看着沈若飞，目光清冷，仿佛看透世间百态一般。

沈若飞觉得心口好像被极细的刀子划过，疼得说不出话来。他只能眼看着潘小夏笑着和陈薇去洗手间，看着她走出大厅，最终消失不见。

4

呼，终于出来了，真是好闷啊……

酒店的天台上，潘小夏长长舒了一口气，笑着看楼下的车水马龙，任由风吹乱她的发丝。

她虽然有轻微的恐高症，但是酒壮了她的胆子。她趴在护栏上往下看，一边看一边笑。寒风吹在她赤裸的肩膀上，瑟瑟发抖，她打了个寒战，喉咙疼得厉害。

她以为她会想哭，但是此时的心却平静无比，有的只是自嘲和无奈罢了。

傻瓜……沈若飞说得没错，她就是个大傻瓜……

明明有那么多证据，她却视而不见、自欺欺人。

她不惜一切主动向汪洋提出结婚要求，一方面是想试探他到底有没有鬼，一方面是想为这段感情做最后的努力。汪洋答应了结婚，她却没有想象中的快乐，也没有胜利的喜悦。

当那天还是到来的时候，她以为自己会难过、会心痛，可看到汪洋被揭穿时惊慌而扭曲的脸庞时，她发现她对他没有恨意，有的只是如释重负。

她冷静地看着他面红耳赤，绞尽脑汁想办法脱身的模样，看着他因为惊慌而扭曲的面容，看着他额角的汗珠，发现自己终于放下了。

其实，她爱的根本不是汪洋，只是回忆中的那个男人，只是她那再也回不去的年少时光。

每个人都有自己的目的，到底谁比谁更自私呢？都市的爱情永远不能像以前那样纯粹吗？

潘小夏望着夜空，享受着逐渐涌上来的醉意，突然想起了汪洋红着脸向自己表白的情景。

那年，她上高三。

如果要用一种颜色来形容高三的话，百分之八十的人会选择灰色，潘小夏也是其中之一。

升学压力压得他们都透不过气来，所有的副课都被主课占据。他们眼巴巴地看着低年级的同学们在上体育课，觉得就算是让他们去跑个八百米也强过被那么多场考试所包围。

寒假前，除去高三的学生外，学校组织学生们去郊外公园冬令营。冬令营能在外面住一天，晚上还有篝火晚会，这对高三学生而言太有诱惑力了。

他们联名抗议，呼吁劳逸结合，校领导无奈之下也只得同意大家的请求，给他们放假两天。

得知这个消息后，潘小夏觉得世界五彩缤纷，直到今天还记忆犹新。公园的住宿部条件简陋，一个房间住十个人，但是第一次在外过夜都让他们欣喜若狂。

潘小夏放好东西后，和班级的其他成员会合。他们准备听从老师的指挥，准备晚上篝火晚会的工作。

老师不知疲惫地强调着注意安全，陈薇却对她邪邪一笑，轻声说:"春游、秋游都是最容易发生奸情的时刻,潘小夏,你可要把握啊。"

"可我们现在是冬游。"潘小夏认真地说。

"我那是打比方好不好!总之,你的汪洋王子会被许多人虎视眈眈,你还是先下手为强。"

"无聊。"

潘小夏脸一红,下意识地看了汪洋一眼,果然见很多女生围在他周围,心不由得一沉。

老师分组后,一部分人去捡柴火,一部分人找食物,一部分人负责做饭,还有一部分人负责排演晚上的节目。

当听到自己和汪洋一组的时候,潘小夏紧张得心都快跳出来了,陈薇一直在暗地里戳她,她也假装没感觉到。

"大家还有什么问题吗?"老师问。

"没问题!"

"好,那请大家行动吧。"

老师说完就走了,而潘小夏傻傻地看着汪洋和其他几个男生朝自己走来。

汪洋看着她们,笑着说:"捡柴火我们来,你们跟着我们就好。据说那的景色不错,大家正好放松下。"

"汪洋,这可是你说的啊!那我们不干活了!"有大胆的女生立马说。

"当然,我们可是很有风度的。"

"呵呵……"

一阵欢声笑语中,汪洋小组的人都去森林里捡柴火,就算是冷风刺骨也觉得兴奋异常。

森林里还有许多其他班级的人负责捡柴火,人多柴少,所以大家也是心照不宣地半认真半玩乐,干活为辅,游玩为主。

潘小夏突然见到站在不远处，手插在口袋里，一副漠不关心的熟悉身影，急忙朝他走过去，用力一拍，"沈若飞，你怎么不和大家一起劳动？"

"你也来捡柴火？"沈若飞问。

"是啊，其实我更喜欢分到烹饪组。"潘小夏有些遗憾地说。

"那样的话，你们班大概一晚上都没饭吃了。"

"喂，你怎么那么讨厌！我有那么差劲吗？"

"切。"

沈若飞不屑地看了潘小夏一眼，一个人继续站在树下发呆。潘小夏注意到许多女生一直偷偷往这里看，对他坏笑，"沈若飞，你该不会是故意装酷吸引女生的注意吧。这招很老土。"

"无聊。"沈若飞翻了一个白眼。

"好饿啊……唉，早知道出门的时候带点吃的了。"

潘小夏虽然带了不少零食，但是集合的时候什么都没带，早餐又没吃，此时只觉得有些头昏脑涨。她正打算加入自己班级的队伍，沈若飞却突然怒气冲冲地问："又没吃早饭？"

"今天起晚了，走得急……喂，你这么生气干吗啊？你有没有什么吃的带在身边？"

"没有。"

"骗人！从小学开始，你的口袋里总会带几颗糖骗女生，你别以为我不知道！你交出来！"

"骗……骗女生？"沈若飞的表情看起来很奇怪。

"是啊！从小到大都是这招，你还真没长进。"潘小夏鄙夷地说。

沈若飞盯着潘小夏许久，看得潘小夏心里发毛，而他最终长长地叹了一口气。他从口袋里拿出两块奶糖，扔到她手里，施舍地说："拿去吃吧。"

"嘿嘿……"

潘小夏立马把两块奶糖咽下肚，身体的不适也消散了许多。她还打算和沈若飞说些什么，却见汪洋在不远处招手，心猛一跳，急忙朝汪洋的方向走去。

沈若飞一把抓住她的手，问："去哪？"

"当然和我们班的人在一起了，我们又不是一个班的。你也合群点，别老一个人待着。"

"哦。"沈若飞闷闷地说。

"那我走啦。"

潘小夏说着，急忙朝汪洋走去，心中激动不已。汪洋手里抱着一大捆柴火，对潘小夏笑着说："又去看你弟弟了？"

"是啊，最近很难得见面……"

"高三学习那么忙，这也是没有办法的事情，等上了大学就好。"

"嗯。"潘小夏点头。

"你……想上什么大学？"

"不知道。我的成绩不太稳定，不是想上什么就能上什么的。"

"我会考S大。"

"你成绩好，肯定考得上。"潘小夏说。

"那你……愿不愿意和我上一所大学？"汪洋的脸微微一红。

潘小夏愣住了。

她不是听不懂汪洋言语中的暗示，但她觉得是自己会错了意。

汪洋，校园王子汪洋怎么会向她这么平凡的女生示好，这怎么可能？她低下头，心怦怦地跳，但语气平静，"我尽量吧，只是要发挥好才行。"

"你成绩不错，只是发挥不稳定，只要细心，一定能考上的。"

"谢谢。"

潘小夏不知道该说什么，只觉得脸红得快烧起来了，而汪洋看起来也很尴尬，没有了平日的能言善辩。就在他们彼此沉默的时候，不远处有个女生突然打破了这份沉寂。

"汪洋，原来你在这里啊！老师说要集合！"

"知道了，我这就来。"

汪洋看了潘小夏一眼，匆匆离开，而潘小夏的心开始七上八下。到了傍晚，大家又笑又闹地抢着吃味道诡异的餐食，只有潘小夏沉默异常。

如果是以前，她的异常反应早就被陈薇抓个现行，但陈薇的心思都在篝火晚会上，倒给了潘小夏一个默默想心事的机会。

围着熊熊燃烧的篝火，每个班级的人都轮流唱歌，时不时还有男生出来表演街舞，引来大家的一片尖叫。因为是难得的机会，老师们也默许了大家的疯狂。

有些胆大的人见场面混乱，早就悄悄离开了晚会现场，去角落"谈人生，说理想"去了，老师也没注意到。

潘小夏对面前热闹的场景无动于衷，脑海中回味着汪洋和她说的每一句话，恨不得把每句话都琢磨透，领会出点言外之意来。

她回过头，无意中看到汪洋和一个女生一前一后地离开了晚会，只觉得心猛一凉，呼吸也变得困难起来。方才的喜悦与现在的失望成了最讽刺的对比，潘小夏呆呆地望着汪洋，觉得眼睛酸酸的，心口好像被撕裂一样疼痛。

汪洋……

原来，一切都是她自作多情罢了。

"陈薇，我出去转转。"

"啊？你去哪里？"

"这里好吵，我去清净一下。"

"我陪你去吧。"

"没事的，我一会儿就回来。"

潘小夏对陈薇勉强一笑，悄悄溜走了。天气很冷，但是夜晚的星空那么璀璨。潘小夏一路走着，一路看着星空，也不知道自己走了多久，目的地在哪里。只要一想起汪洋，她的心就好像被针扎一样疼。

那么多年的暗恋，终于有了结果，也终于有了死心的理由。从此以后，再也不能偷偷看着他，也不能在日记本上留下他的名字了吧。

这样的感受就是失恋吗，还真痛苦……不，恋爱都没有，怎么会失恋？原来，连失恋的资格都没有啊……

潘小夏暗恋汪洋六年，虽然没有得到对方的回应，但是偶尔和自己喜欢的人说话，已经是最大的幸福。汪洋一直没有女朋友，潘小夏可以理直气壮地喜欢他，但是现在，恐怕悄悄喜欢都不行了吧……

真的好难过……

潘小夏觉得疲惫得走不动路才找块石头坐下，休息了一阵子，哭了一会儿，过了很久才恢复平静。她不知道走到了哪里，想原路返回，但是怎么走也走不到记忆中的地方，终于慌了神。

这是哪儿？大家都在哪里？为什么一个人都看不到？

虽然星空灿烂，但是她走的路上没有路灯，树叶因为风的吹拂而沙沙作响，气氛很诡异。

潘小夏觉得身子冷得发抖，越来越怕，但是怎么也找不到回去的路。她又害怕又着急，不知道走了多久，筋疲力尽地坐在地上。她越想越怕，忍不住轻轻地啜泣起来。

汪洋的"名花有主"和迷路的恐惧对她是双重打击，她肆无忌惮地哭着，眼泪在风中很快就干涸，也越来越没力气了。

会死在这里吧……

就算是不冻死在这里，明天也肯定会被老师骂死。不过，不用看汪洋拉着别的女孩子的场景也不错……

就在潘小夏胡思乱想，体力透支，意识越来越不清醒的时候，突然有人握住了她的手。

她身体一颤，急忙睁开眼睛，只见一个高大的男人正握住自己的手。她尖叫一声，急忙把手甩开，尖叫声大到惊起了树林间的鸟儿。

因为背光的关系，她没有看清楚那个男人的容貌，但是当熟悉的嗓音响起的时候，潘小夏觉得自己想哭。

"潘小夏，找到你了。"

"沈……沈若飞……"

她站起身，终于看清楚了沈若飞愤怒的面容。星光下，她泪眼婆娑，眼前蒙眬，但他的眼睛闪闪发光，就好像天上的星星一样。

潘小夏也不知道为什么，哇的一声就哭了起来，委屈得好像个孩子，"沈若飞，我迷路了……"

"笨女人！跟我走。"

"我走不动……"

"那我背你？"

"不用，就是有点头晕，休息会儿就好。"

潘小夏说着捂着额头，一副无力的样子。沈若飞看着她，突然叹了口气，说："没吃东西？"

"是啊，你怎么知道？"

"我现在也没什么吃的可以给你……吃糖吗？"

"好，我要吃。"

现在，别说是糖，就算是潘小夏最讨厌的胡萝卜也可以。她饿狼一般抢过沈若飞手里的糖果，嘴里甜丝丝的，力气好像也恢复了。

她回味着嘴里的甘甜，问："沈若飞，你怎么总是带着糖？你就那么喜欢吃糖？可我怎么不见你吃啊？"

"你废话真多，看来体力恢复得差不多了，走吧。"

黑暗中，潘小夏看不清沈若飞的神色，但总觉得他的声音听起来很恼怒,不知道又在发什么脾气。

她吐吐舌头,跟在沈若飞的身后。望着沈若飞的背影,潘小夏觉得很安心。

虽然以前都是她保护沈若飞,但是在绝望的时候能看到一个值得信赖的男孩,那种感觉真是难以言喻啊。

潘小夏也不知道沈若飞怎么认得路,只知道走了很久。到了营地后,老师把她痛骂了一顿,原来还想处分她,但是看她疲惫、惶恐的样子,还是决定放她一马。

待众人退去后,潘小夏懒懒地朝住宿走去,汪洋拦住了她,突如其来地向她表白。

潘小夏还记得自己当时脸红心跳的感觉,但汪洋说些什么她居然有些记不清了。在她记忆最深处,居然不是那个红着脸向她表白的少年,而是在黑暗之中给她光明的沈若飞……

5

"潘小夏,找到你了。"

身后突然传来熟悉的声音。

潘小夏愕然回过头。在飞舞的发丝中,她望着站在自己面前的沈若飞,记忆突然在瞬间重叠。

那时候,星空也是如此灿烂,也是这个少年找到了她。

一转眼,十年过去了,这个少年已经长成了俊朗男子,而她也失去了以往的青春……

"沈若飞……"潘小夏喃喃地说。

"笨女人。"

"为什么每次都是这样?"

"什么?"

"每次都这样……"潘小夏站在围栏前,看着远处的灯火,突然泪流满面,"沈若飞,冬令营的时候是,上次在喷水池的时候也是……为什么你总是能找到我,而且每次都是在我最狼狈的时候?为什么你总是找得到我?"

"因为我不想让你一个人哭,笨女人。"

"是啊,笨女人……我一直是一个沉迷于过去的笨蛋……沈若飞,你还记得我们一起看的那个电影吗?"

"什么电影?"沈若飞疑惑地问。

面对沈若飞的疑问,她自顾自地说:"电影中,那个母亲执着地想找到儿子,执着地想知道真相,但是知道真相和怀有希望地活着,到底哪个更好?沈若飞,要是你,你会怎么选?"

潘小夏回过头,望着沈若飞,等待着他的回答。

沈若飞微微一叹,解下西装,披在潘小夏身上,一字一句地说:"我会选择让这一切都不要发生。我也相信,我有这个能力。"

"是吗……你还真是一个强势的人……可我真的很没用,总是沉浸在过去……可是,梦总有要醒的那天。"

"你醒了,恭喜你。"沈若飞看着潘小夏,淡淡地说。

"喂,不要用那么怜悯的眼神看着我!我不难过,真的。"

潘小夏说的是实话。

虽然自欺欺人地活在幻想出的世界里,但是女人的第六感早就提醒她汪洋不对劲,她心里也早就做好了准备。

汪洋对她而言,已经不是心口的那道疤,而是适合的结婚对象,她也终于把他从心底放下了。

伴随失落的是彻底的轻松与豁然,潘小夏觉得自己终于走出来了。这样的男人不值得她去爱,一点都不值得。就算是再舍不得的旧物,舍不得逝去的感情,但是腐烂变质的东西她绝对不会要。

"那不用我借肩膀给你了?"沈若飞问。

"你还真是偶像剧看多了！我有那么幼稚吗？"潘小夏不屑。

"你真的放下了？"

"真的。"

"真的吗？"沈若飞继续追问。

"好吧，我承认还是有点不甘心……不是因为爱他，只是觉得自己第二次被耍，有点不甘心罢了。我以为我们能回到过去，但是过去的时光永远不会再回来，破碎的爱情也永远不会恢复……是我太天真了。"

"潘小夏……"

"好了，想笑就笑吧，反正我在恋爱上永远是个白痴。"

"你确实是个白痴。"沈若飞点头。

"喂，你还真不客气啊！"

"可我就是喜欢你这样的白痴。"

沈若飞说着，轻轻抱住了潘小夏，把她揽到自己的怀抱里。不同于少年时期单薄的身子，沈若飞的怀抱是那么宽厚温暖。

潘小夏身子一僵，别扭地挣扎，而沈若飞说："不要动，我可是牺牲色相来安慰你。"

"还真是谢谢你了……"潘小夏嘴角微微抽搐。

夜晚的风是那么冷，但是潘小夏突然有些享受这让人清醒的冷风。她明知道这个温暖的怀抱不属于自己，却忍不住眷恋，忍不住停留。

就让自己放纵吧……仅此一天……

从天台上下来后，沈若飞送潘小夏回家。

沈若飞的车里开着空调，潘小夏觉得整个人都放松下来，身体疲惫，不想说话。

她无意中看了一眼窗外，突然发现有一些白色的结晶在空中飞舞，急忙打开车窗，却看见细细的雪花从天而降。

扑面而来的风冷得刺骨，但潘小夏快乐地像要飞起来。

她的手伸出车外，接着雪花，对沈若飞大叫："沈若飞，下雪了！今年的圣诞夜居然下雪了！"

"是啊，下雪了。"沈若飞看着窗外，也淡淡一笑。

"真是好难得啊……沈若飞，我不想回去了。"

"嗯？"

"这么浪漫的夜晚回家睡觉多没意思！不如我们……"

"什么？"

此时，正好遇上红灯，沈若飞猛地踩了一脚刹车。车子突然停下，潘小夏觉得险些被扔到车外去。沈若飞神色未明地看着潘小夏，脸色微红，"你说什么？"

"啊？"

"你刚才说……"

"哦，我说我现在不想回去，不如我们出去逛逛再回去吧！"

"这样啊……"

沈若飞沉默了一会儿，懊丧地抓了抓额前的碎发，问："去哪儿？"

"去……"

潘小夏看到远处的教堂前似乎围着不少人，灵机一动，急忙让沈若飞在路边停车。她突发奇想，笑眯眯地对沈若飞说："沈若飞，我们去教堂怎么样？"

"你又不信教，去那里干吗？"

"感受圣诞夜的气氛啊！那里的气氛才是最纯正、最浓郁的！"

"真是被你打败了……要是别人不让我们进去怎么办？"

"是男的我来色诱，是女的你来。"

"潘小夏！"

"开玩笑的，快停车，我要去！"

酒精此时已经完全发挥了作用。

潘小夏虽然觉得意识清醒，但是她比以前要亢奋得多，只是自己没有察觉到罢了。

她执意要去教堂，拉住沈若飞的胳膊，半撒娇半撒泼地说："沈若飞，我今天可是失恋，可是第二次被人甩，我心里有多难过你知道吗？你连我这个小小的心愿都不肯满足，你情何以堪？"

"潘小夏，不要闹了！你穿那么少，再不回去洗个热水澡的话会感冒的！"

"可我真的不想回去……不想面对自己……真的……"

潘小夏低下了头。

她的脸部隐藏在阴影中，车外橘黄色的灯光斜照在她的脸上，长长的睫毛在脸上留下淡淡的阴影，看起来就好像是被遗弃的小动物一样。

沈若飞只觉得心猛一疼，把头扭到一边，不自然地说："真是麻烦死了！"

"嘿嘿，我就知道你会答应的。"

潘小夏抬起头，方才的伤感情绪一丝不带，顿时笑靥如花。

沈若飞只觉得胸口一堵，闷闷地问："又在耍我？该死，我每次都会上当！"

"嘿嘿……"

潘小夏得意地笑，眼睛亮晶晶的，就好像是天上的星星。

沈若飞停好车后，为潘小夏打开车门。车门一开，潘小夏就急忙朝教堂走去，走得飞快，沈若飞险些追不上。

潘小夏站在教堂门口，感受着纷纷扬扬的雪花，看着被彩灯装饰得分外漂亮的圣诞树，开心地说："真漂亮啊……我喜欢今天的圣诞节。"

"潘小夏，你喝醉了吧……"沈若飞黑线。

"是啊,喝醉了,怎么样!走,我们去教堂祈祷!"

潘小夏一把抓住沈若飞的手。

沈若飞知道酒醉的人不该去教堂,很想阻止潘小夏,但是被她小手拉住的瞬间,心一软。他呆呆地看着她,竟愿意被她拉着,一辈子不放手。

潘小夏……

这是他十岁以后,她第一次主动拉他的手吧……

真想就这样,再也不放开……

潘小夏拉着沈若飞的手来到教堂。

幸运的是,潘小夏虽然有些醉意,但是还能控制自己的行为,在教堂里倒是没有什么失礼的行为。

他们随便找个角落坐下,听台上的神父宣讲《圣经》。对于《圣经》的教义,沈若飞觉得无趣,但见潘小夏近乎虔诚地听着,便也安静地坐着。

温暖的教堂里,潘小夏很认真地听着神父宣讲教义,而沈若飞安静地看着她。他看着潘小夏明亮的眼睛,红润的嘴唇,再望着窗外纷纷扬扬的雪花,觉得心宁静得就像这个寂静的夜晚一样。

第八章 如果·爱

宇宙中只有一个太阳,我也只有一个你。你就是我生命中的那道光,能照亮我的全部。

1

沈若飞记得,潘小夏有一阵子对于教堂一类的建筑近乎狂热。她放学后经常不回家,骑着单车在城市的每个角落行走。

当时的沈若飞对潘小夏的行为非常好奇,偷偷跟在她身后。他和她保持一定距离,不敢让她发现,终于发现潘小夏"每天都被老师拖堂"的秘密。

他记得尾随潘小夏的那天,天气很晴朗。

上初一的潘小夏穿着白色短袖衬衫、红格子裙,胸部微微凸起,没有了小学生的稚嫩,看起来是一个清丽的少女。

她一边哼着歌一边骑车,骑到学校边上一间破旧教堂的门口,停下车,坐在教堂门口的草地上发呆。

沈若飞躲在暗处,偷偷看着她。

他发现,潘小夏有时候会和虔诚祈祷的阿姨们聊天说笑,有时候一个人静静地看书。

阳光暖暖地洒在她的身上,她的头发、睫毛都好像被镀上了一层金色。有几只小鸟在她面前叽叽喳喳地飞来飞去，潘小夏拿出包里的面包屑喂它们，脸上满是令人沉醉的笑容。

潘小夏……

沈若飞觉得自己的心猛地跳动起来，脸涨得通红，近乎痴迷地看着这个和他一起长大，在危急时候保护他，会对他微笑，也会和他大打出手的女孩。

就在这一瞬间，沈若飞终于明白自己对潘小夏的感情，似乎瞬间由一个男孩长成了一位少年。他是那么迫切想要长大，那么迫切想要保护她，而不是躲在她的身后，做她庇护的对象，他想要保护潘小夏！

他想要让潘小夏做自己的女朋友，想要……永远在一起……

为了让潘小夏注意到自己，沈若飞很努力地学习，很努力地打球，只想让自己的个子长得快一点，再快一点。

可是，男孩发育总比女孩晚，更别说他还比潘小夏小三岁。

就算他再努力打篮球，还是只到潘小夏的下巴，仰视的感觉真是太不好受了。更过分的是，潘小夏似乎看出他想长高的心思，笑眯眯地骗他，"沈若飞，想长高的话打篮球没用，我有个法子你要不要试试看？"

"无聊，谁说我打篮球是为了长高？"

"不想听就算了。"

"喂，你别走！"

潘小夏扭头就走，沈若飞一着急，忍不住伸出手去抓潘小夏的手臂。潘小夏一闪，沈若飞的手就碰到了她微微隆起的胸部。他的手在触碰到的瞬间，好像被电击一般，迅速缩回手，脸也涨得通红。

他低着头，不敢看潘小夏一眼，尴尬得恨不得找一个地洞钻进去，觉得自己的心好像要跳出来。潘小夏也是一愣，然后没心没肺地哈哈一笑，"你真的想知道，我就告诉你啦！我爸说，他小时候就是跳起来摸门框,然后嗖嗖地长个子!只要你摸门框九千九百九十九下,就一定能长到一米九!喂,你怎么不说话?你不该表示疑惑吗?"

"真的吗?"沈若飞顺从地低声问。

"当然是真的!"潘小夏一顿,然后疑惑地看着沈若飞,"你很奇怪啊……脸那么红,发烧了吗?"

"无聊。"

"喂,你对我什么态度啊!沈若飞!"

回到家后,沈若飞躺在床上怎么也睡不着。触碰到潘小夏的右手被他紧紧握着,汗水湿了手掌。他想起潘小夏白天说的话,猛地从床上爬起,开始跳着摸门框!

一下、两下、三下……

一开始,沈若飞还很认真地数着,到后来数乱了,手臂也酸疼得抬不起来。他气喘吁吁地躺在床上,这次倒是没过多久就睡着了,可是第二天上课的时候连笔都拿不住。

潘小夏的一句玩笑话,他也不知道怎么就认了真,实实在在地跳了将近半个月的门框,被妈妈发现后才被迫终止。他妈妈当时想笑又极力忍住的神情让他终生难忘,他摸着自己酸麻的手臂,对耍了自己的潘小夏却没有一丝恼怒。

他觉得,自己对于潘小夏就好像这几乎酸得抬不起来的手臂一样,酸酸的,但他甘之如饴。

2

"潘小夏……"

沈若飞看着身边闭上眼睛的潘小夏,想起自己被暗恋折磨得几乎不能呼吸的时光,不由得苦笑出声。

那么多年过去，他终于如愿以偿地长高，慢慢地平视甚至俯视她，但是在她心里，他永远只是一个孩子。

她不会相信他一厢情愿地暗恋了她多少年，也不会知道有多少个夜晚，他在窗边默默地看着她，直到对面那盏橘色的台灯熄灭。

其实，现在能光明正大地坐在她身边，能和她一起平等地说话，一起玩闹，已经是他以前所希冀的一切了。可是，为什么还是会觉得不甘心？

心中的执念也许这辈子都无法消除了吧……

知道潘小夏有了男朋友后，他回到宾馆，一拳打在玻璃上，手上鲜血淋漓。那一刻，似乎只有肉体上的疼痛能转移心里的痛楚，而他唯一能做的，就是把这份感情埋藏在心里，不敢触及。

在美国的那几年，他故意忍耐，故意不和潘小夏联系，为的就是让潘小夏着急、担心，从而更加重视自己。他也知道自己的行为是多么幼稚、多么无聊，但是他别无他法。

美国的生活很丰富，每天都有各式各样的聚会，他也成为大学里的晚会国王。

他觉得需要点什么来证明自己，需要用忙碌的生活来对抗刻骨铭心的思念。可是，就算是白天再喧嚣，就算是酒会再热闹，为什么总是会在不经意间想起那个微笑着的人？

忍受了一年后，他忍不住给潘小夏打电话。在等待电话接通的时候，他的心紧张得就快跳出来了。当电话被接通的瞬间，他觉得呼吸快要停滞。

电话那头，潘小夏一点没有因为他的失踪而生气，反而很开心地问他在美国大学的生活，还很八卦地问他有没有女朋友。

听到潘小夏熟悉又欢快的声音，沈若飞有种一拳打空的郁闷，但嘴角不自觉地扬起了弧度。

潘小夏……她永远是他最爱的潘小夏。

回国后，他近乎无赖地住在潘小夏的家里，一点点地、慢慢地接近她。他是那么想让潘小夏知道自己的心意，但又是那么害怕被拒绝，不知道多少个夜晚辗转反侧，难以入睡。

在桂林，和潘小夏一起看着太阳慢慢落下时，他觉得从来没有这么满足过。从不相信宿命和鬼神的他在榕树下许了一个心愿，固执地不愿意让潘小夏知晓，也在心里播下了一个希望的种子。

潘小夏，真的很想和你在一起啊……

原以为他慢慢地靠近，会让潘小夏在潜移默化中接受他，没想到因为他的一次冲动，一切都毁了。

当看见汪洋和潘小夏又在一起的瞬间，沈若飞才明白什么叫作心痛。他的心好像被巨石压着，说不出话，觉得整颗心支离破碎。

潘小夏……你还是选择那个伤害你的男人吗？

出于愤怒，他重重打了汪洋一拳，可潘小夏抱住了汪洋，愤怒地看着他。在看到潘小夏眼中泪水的瞬间，他突然害怕了。

潘小夏，他最不想的，就是她恨他啊……

他很识趣地搬离了潘小夏的家。其实，要找个住所绝对不是一件很难的事情，他能容身的地方实在太多太多，但是再没有一个地方能称为家……

教堂的钟声突然响起，打断了沈若飞的思绪。唱着歌的信徒们手持蜡烛站成一排，轻柔的歌声宛若天籁。潘小夏静静地听着，望着窗外的雪花，淡淡地笑道："下雪了……不管怎么样，新的一年快要到了。"

"是啊……但愿有一个新的开始吧。"沈若飞也说。

"时间不早了，我们回去吧。"

"嗯。"

离开教堂，潘小夏站在用彩灯装饰的圣诞树下，看着来来往往的人，对沈若飞说："很抱歉，今天占用你那么多时间。"

"潘小夏,你在胡说什么?"沈若飞皱起了眉。

"对不起,是我太任性了。今天是圣诞夜,你该陪着你女朋友,现在却在陪我……我很抱歉,真的。"

"潘小夏……"沈若飞突然抓住了她的肩膀。

"嗯?"潘小夏愣愣地看着他。

"怎么办,还是控制不了……你在新的一年不想做点改变吗?"

"改变什么?"

"不如做我的女朋友吧。"

昏暗的灯光中,潘小夏看不清沈若飞脸上的表情。

她口干舌燥,一句话都说不出来,沈若飞说:"不,你不用拒绝,也不用急着给我答案。潘小夏,你喜欢汪洋十五年,我喜欢你二十年,我不觉得我会输给他。你别说我对你的感情是什么年少的依恋,我是个成年人,知道自己在做什么事,也了解自己的感情。潘小夏,我给你时间考虑,你……不要忙着拒绝我,好吗?"

沈若飞的声音微微颤抖,似乎是用了极大的勇气才说这些。潘小夏呆呆地看着他,问:"你是在可怜我吗?看我今天丢人,所以故意来表白?你不是有女朋友吗?"

"潘小夏,你是不是白痴啊!周琴不是我女朋友,从来不是!我喜欢的人是你!"

"我……我……我出去透透气……"

沈若飞突如其来的表白让潘小夏想逃。她急匆匆地往前走,没想到脚一滑,重重摔在地上。

她从地上艰难地爬起来,发现自己的胳膊蹭破了一大块皮,生疼生疼的。沈若飞追出来,正好把潘小夏扶起来。潘小夏只觉得脚踝生疼,一看自己的高跟鞋,傻了眼。

"该死的,这鞋跟怎么掉了!这鞋子还花了我两千多块钱,我去找他们算账!"潘小夏愤怒地说。

"别闹了。"

"可我怎么回家啊！我光着脚走回去？"

"我背你。"

沈若飞说着，指指自己的背，然后弯下腰。潘小夏一惊，脸也涨得通红，说："不要。"

"那你光着脚在地上走好了。可是，今天好像有点冷啊。"

寒风很配合地朝潘小夏刮来，冻得她瑟瑟发抖。潘小夏一向怕冷，看着冰冷的地面有些发怵，再看看沈若飞宽阔的背部，心一横，说："好，你背我！停车场离这可不近，你别怪我没提醒你！"

"乐意至极。"

潘小夏的手轻轻搂住了沈若飞的脖子，沈若飞慢慢站起身，托住她的大腿。这样亲密的接触让潘小夏的脸又不自觉地红了起来。她只觉得头越来越重，把脸贴在沈若飞的背上，看着天空上璀璨的星光。

不知道是不是错觉，她居然会觉得沈若飞的背很厚实，而他也是值得女人依靠的男人……

"沈若飞，你真的喜欢我吗？"潘小夏问。

"废话。"

"为什么？"

"这种事有原因吗？"

"总有个理由吧。比如说我漂亮，我温柔体贴或者是我一直很照顾你？"

"你照顾我？你再想想是谁照顾谁比较多一点？"

"啊？"

"潘小夏，你虽然长得不难看，但是论起姿色也只是中上；性格方面，对外人温柔，对我暴虐；生活不能自理，路痴，家务白痴，自己生活会被饿死；头脑简单，容易轻信人，只会窝里横……"

"喂，你说完没有？我生气了！"

"可是，我也不知道为什么，就是喜欢你……是因为你以前救了我，是院子里唯一一会对我笑，和我说话的人，还是因为你是我生命中第一个出现的女孩？潘小夏，你要对我负责。"

"负……负责？"

"我出生的时候你见过我，你把我看光了，能不负责吗？"

"啊？"

潘小夏没想到沈若飞这么强词夺理，忍不住笑起来。她看着沈若飞整齐的黑发，突然想起了陈薇说的一句话，觉得心猛一颤，呼吸也急促起来。

那天，陈薇和她一起喝酒，说："潘小夏，汪洋总是让你哭，而沈若飞会让你笑。虽说女人爱上的是会让自己哭泣的男人，但是用泪水组成的生活有什么意思？"

汪洋让她哭泣，而沈若飞让她微笑……

潘小夏想起见到沈若飞才会有的喜悦，看到他身边站着别的女孩时的酸楚心情，还有他消失不见时的思恋，觉得一切都在瞬间豁然开朗。

大他三岁有什么关系，老得比他快有什么关系，他受女生欢迎又有什么关系，只要他爱她，她也爱他就够了……

"沈若飞。"

"嗯？"

"我们交往吧。"

"你说什么？"

沈若飞突然停住了脚步。潘小夏趴在沈若飞的背上，重复自己刚才的话："我们交往吧。"

风呼呼地吹着，沈若飞迟迟没有回答，倒是让潘小夏心中没了底。她也不知道自己怎么会突然抽风，对沈若飞说出这样的话，紧紧咬住嘴唇，真是后悔得不行。

她压住心里的失望，故意嬉皮笑脸地说："嘿嘿，被吓到了？其实我刚才是开玩笑的……"

"不行。你既然说了，就要对你说的话负责。"

沈若飞说着，把潘小夏放在地上，然后紧紧地抱住她。潘小夏觉得要被他勒得喘不过气来了，但沈若飞就是不放手。

在专属于自己的怀抱中，潘小夏的紧张和羞涩慢慢被安全感所取代。她的手也勾住了沈若飞的腰，把自己的脸贴在沈若飞的胸口。

胸膛传来的是沈若飞有力的心跳声。她闭上眼睛，说："沈若飞……"

"嗯？"

"那个……我站在地上很冷……反正机会还多，能不能以后再抱？"

"潘小夏，你破坏气氛的能力无人能及。"

沈若飞看着潘小夏，终于大笑起来。他在潘小夏额头上轻轻一吻，说："小夏，谢谢你。我会永远记住这一天的。"

"我也是。"

"对不起，我没想到今天会看见你，居然忘了准备圣诞礼物……你想要什么？"

"雪。"

"什么？"

"这场雪就是最好的礼物啊。"

潘小夏说着，从口袋里掏出准备送给汪洋的装有领带夹的盒子，突然用力一扔。

她看着盒子上渐渐落满雪花，觉得心中的一块大石终于放下了。她挽着沈若飞的手，说："再过五天，新的一年就要开始了。"

"不，已经开始了。"沈若飞说。

3

这晚,沈若飞在潘小夏家里留宿。

他住的是以前的房间,穿的是放在潘小夏衣橱里的衣服,好像一切都恢复到他刚来 S 市时。

虽然沈若飞不是第一次在这里留宿,但潘小夏莫名其妙地心慌,觉得很尴尬。

幸好,沈若飞并没有急于履行男友的权利,给潘小夏倒了一杯热水,看她喝下后就回房睡了,潘小夏也慢慢进入梦乡。

因为酒精作用,潘小夏入睡很快,到了半夜,隐约有些发起烧来。她身子极烫,但感觉极冷。她梦见了以前,一会儿看见汪洋牵着她的手,吻她的样子,一会儿又看见汪洋抱歉地说:"小夏,对不起,我爱上了别人。"

汪洋……

那种心碎欲裂的感觉在梦境中再一次发生,她极力让自己清醒,但怎么也睁不开眼睛。就在她茫然不知所措的时候,有个人拉住她的手。

她定睛一看,那个人是少年时期的沈若飞。他牢牢地抓住她的手,认真地对她说:"小夏,无论发生什么事我都不会离开你。我喜欢你。"

少年时期的沈若飞高而瘦,皮肤雪白,眼眸漆黑。他的掌心传来令人安心的温度,瘦弱的肩膀好像能支持起整个世界,让潘小夏慢慢安心。

不知是不是错觉,潘小夏觉得有一双手抚摸着她的额头,轻声哄她喝了什么东西,又轻轻地擦拭她眼角的泪痕。

潘小夏发现怀抱温暖至极，下意识地往那个怀里一缩，觉得整个人都舒服极了。

冬天很冷，但是有人陪在身边也许就不冷了吧……

终于不再是一个人了，真好。

第二天，潘小夏醒来后想起昨晚的噩梦，摸摸自己的头，头痛欲裂。她记得似乎在梦中哭了，也想起了许多不该想起的事情。

可是，就在她处于深渊时，一双手拉住了她，那么的温暖，那么的温柔。和汪洋在一起的回忆是那么遥远，而那个温暖的怀抱是那么的真实……

还是抓住触手可及的幸福更为明智啊，潘小夏。

"醒了？"

就在潘小夏坐在客厅里发呆的时候，沈若飞从房间走了出来。他的脸色有些不好，黑眼圈很重，似乎一晚上都没睡好的样子。

潘小夏看到他，突然想起自己抽风说愿意做他的女朋友，不由得大窘。昨晚的感动与心动只是一瞬间，但是她清醒后，不得不面对所有问题。

天啊，她居然说要和沈若飞交往……

沈若飞是一个很优秀的男人，但是他毕竟比她小三岁，她才不要谈什么姐弟恋，做老妈子照顾他！

虽然沈若飞家世不错，但是那么大年纪了也没什么正经工作，难道以后还要她来养家糊口？

等她人老色衰的时候，沈若飞正当壮年，就算是能分一半的家产，离婚女人想二婚也是很难的。到那时，老妈和王慧阿姨会不会打起来？

退一万步说，就算能二婚，选择面也很小，大概只能选同样离婚或者是丧偶的老男人了。万一男方的前妻来闹事，她到底算不算小三？要是男方的孩子和自己的孩子不和，到底要怎么办？

潘小夏越想越怕，看到沈若飞慢慢朝自己走来，觉得看到了自己悲惨的未来，忍不住打了个寒战。她也为自己无敌的想象力而无语，不过谁知道一切会不会成真？

"你还真是……不过，幸好不发烧了。"

沈若飞朝潘小夏走去，摸摸她的额头，对她微微一笑。

沈若飞的手厚实而温暖，掌心微微粗糙。他皮肤很白，眼睛却极黑，眼角微微上挑，有一双很漂亮的桃花眼。

也不知道为什么近距离接触让潘小夏有些尴尬，脸也隐约发红，方才的烦心事在瞬间消失得无踪影。

她突然希望沈若飞的手不要离开她的额头，也渴望那嘴唇的味道。

可是，沈若飞并不知道潘小夏的内心，收回手，微笑着说："你看起来很有活力，果然是野生动物。"

"你才是野生动物！咦，我有发烧吗？我记得我昨天好像……"

"别管这些事了。昨天你说过什么还记得吗？"

"我说过什么？"潘小夏决定装傻。

"潘小夏！"沈若飞瞬间变脸。

"我真的不记得了啊！你也知道的，我酒后就容易乱说话，怎么当得了真？"潘小夏一脸无辜地说。

沈若飞不再说话。

他脸色苍白地站在窗边，一言不发，就好像受伤的小兽一样，看得潘小夏心中一软。她开始后悔自己对沈若飞开的玩笑，轻咳一声，说："昨晚是特殊情况，你住在我家到底不合适，你还是回自己家住吧。一会儿陪我去商场换鞋，然后为家里置办点年货怎么样？"

"年货？"沈若飞一愣。

"笨孩子，还有一个月就过年了，你不该给家里买点东西吗？

你还真是个不孝子！"

"潘小夏，你别扯开话题。你到底是不是不认账，不打算对我负责？"

"沈若飞，都是男的对女的负责，我对你要负什么责？"

"潘小夏！"沈若飞气极。

"好了，别生气了！你看你，小脸都气得通红了！走吧，陪我去换鞋子吧。"

"你……真的反悔了？"

沈若飞的声音带了些微微的颤意。他紧张地看着潘小夏，潘小夏终于没忍住，扑哧一笑。她红着脸背过身子，说："笨蛋……走了！"

"潘小夏，你还没告诉我答案呢！"

"快走了！"

潘小夏看不得沈若飞磨磨唧唧的模样，一把抓住沈若飞的手，脸已经烫得就快烧起来了。

沈若飞先是一愣，然后会意，紧紧抓住了潘小夏的手，十指相交，希望一辈子不分开。

潘小夏……

终于能这样牵着你的手了。

既然能抓住她的手，无论发生什么事，他都不会再放开。

上次酒会后，汪洋给潘小夏发了短信，也在她的QQ上留了言，但潘小夏看都没看把他删了，也把他从自己的生命中抹去。

当她删除汪洋的时候，不觉得唏嘘，更多的只是疲惫，就算再不舍，该丢掉的还是要丢掉，旧的人也是如此。

自从答应和沈若飞交往后，潘小夏觉得自己的心态年轻了许多，各方面也更加上心了。

以前的她总是害怕受伤，逃避感情，但是真的和沈若飞在一起后，却发现爱情那么甜蜜。

他们一起长大,像了解自己一样了解对方。沈若飞知道潘小夏一向粗心大意,虽然不好赖在潘小夏家不走,却经常去她家,照顾潘小夏的饮食起居。

慢慢地,潘小夏习惯了有沈若飞在身边的日子,要是哪天沈若飞有事不能来,她都会觉得心里空空的。

她喜欢看沈若飞画画时专注的样子,喜欢沈若飞英俊的容颜,喜欢他身上的味道,也喜欢他打篮球时挥汗如雨的活力。

"加油!加油!"

穿着白色球衣的沈若飞在篮球场打球。虽然不是打比赛,但是精彩的比赛也吸引了不少女生。

她们的目光无一例外地被球场上那个帅气的男孩所吸引,拼命鼓掌,大声尖叫。与她们相比,潘小夏太安静了。

潘小夏是篮球场上唯一一个会穿套装和高跟鞋的女性,与周围穿着平底鞋、扎着马尾辫的女孩子们相比,看起来是那么不协调。

在众人欢呼的时候,她只是静静地微笑,而沈若飞时不时看看她,让她觉得心里甜丝丝的。

沈若飞的异常终于引起了潘小夏身边女孩的注意,她们纷纷猜测沈若飞看的到底是谁,但是没有人猜潘小夏。

"他在看我!"

"我怎么觉得是在看我?"

"真是自恋!明明是在看我好不好!"

女孩们的轻声争论让潘小夏好笑,心中也有了一点恶作剧的快乐。待一场打完后,沈若飞朝她走来,这时她身边的女孩子们兴奋地快叫出声来了。

可是,她们只能眼睁睁地看着球场上的王子朝潘小夏走去,接过潘小夏手中的纯净水,然后对她微笑,"觉得无聊吗?"

"还好,比陪你画画的时候有趣点。"潘小夏说。

"一会儿想做什么？"

"回家。"

"不想去逛街或者看电影吗？"

"最近没什么兴趣。"

"好吧。"

不知是不是错觉，潘小夏觉得沈若飞神色黯淡，她装作什么都不知道的样子。坐在沈若飞的车子上，她递给沈若飞一张纸巾。

"我妈妈打电话，让我回家过年。"沈若飞说。

"这是应该的。我过年的时候也会回家。"

"那我们一起回去？"

"好啊。"

"你确定？"

潘小夏此时才察觉到沈若飞所说的"一起回去"并不单单是一起开车回家，而是面对家人，承认他们两个人的关系。

也不知道为什么，只要一想到双方家长惊讶的神情，她就觉得头痛欲裂，只想逃避。就在她不知道说什么好的时候，电话响了，也打破了这有些尴尬的沉寂。

"小夏，你做什么呢？吃饭了吗？"

"啊，我吃过了。"

潘小夏急忙对沈若飞做出一个不许出声的手势，沈若飞沉默。

她和妈妈聊了五分钟后挂断电话，尴尬地笑着说："据说过几天又会降温，还会下雨。"

"是吗？"沈若飞淡淡一笑。

"你……是不是不高兴？"

犹豫再三，潘小夏还是把心里的疑问说了出来。沈若飞面无表情地开车，说："没有。"

"那就好……我也不是非要和你玩什么地下恋情，但是等我们回家后，和爸妈慢慢地说比较好。说真的，我真不知道怎么和他们开口……总有一种诱拐少年的感觉。"

沈若飞笑了，"二十五岁的男人算未成年吗？"

"可是在我妈眼里，你就是被我打哭的小弟弟……喂，你瞪我做什么？你忘了你哭得死去活来的样子了吗？"

"潘小夏！"沈若飞咬牙切齿，"你再提那些事情，我会考虑把你胖到一百三十斤的照片做成传单！"

"你敢！"

"你亲我一下我就不敢。"

"流氓！"

潘小夏脸一红，尴尬地看着窗外，而沈若飞轻轻地笑了起来。潘小夏用余光看着他戏谑的笑容，觉得怒从心生，突然有种被耍的感觉。

这个混蛋。

明知道自己一时还接受不了太亲密的接触，居然提出这样的要求，不是强人所难又是什么？混蛋！

"亲一下嘛，又不会少块肉。"沈若飞循循善诱。

"没氛围。"

"要不我现在立马创造一个？"

"可是你没洗脸。"

这下轮到沈若飞无语了。

即使他总是能把潘小夏气得满脸通红，但是潘小夏的话总有让他撞墙而死的冲动，所以论起杀伤力来，还是潘小夏略胜一筹。

沈若飞苦笑地看着这个让他无言以对的女人，说："没关系，反正有的是时间。不过，先给点定金怎么样？"

"啊？"

一个轻轻的吻瞬间落在潘小夏的面颊。

突如其来的男子汉气息与面颊上柔软的触感，让潘小夏的脸红得不像话，她傻傻地看着沈若飞，而沈若飞还是一脸严肃地在开车，让她觉得方才发生的一切仿佛只是错觉罢了。

脸颊上还残留着温度，潘小夏想了一会儿，说："我没卸妆，不过偶尔吃点铅粉也不会死。"

这下让偷袭成功而暗自得意的沈若飞彻底吐血，他脸色阴沉地看着潘小夏，问："你就没有一点感觉吗？"

"什么感觉？"

"比如说脸红心跳什么的。"

"心不跳的话那就死了。"

"你对我……真的没有感觉吗？"

虽然极力控制，但潘小夏还是听出沈若飞的希冀。如果不是亲眼所见，她根本不会相信沈若飞有这么不自信的一面。

他紧张的眼神，紧闭的嘴唇，明明很在乎却装作无所谓的模样真是让她不知道说什么好。

她犹豫了一会儿，轻轻地在沈若飞脸上啄了一下，然后飞快离开。她的嘴里弥漫着甜甜的味道，发现沈若飞的皮肤真是比想象中还要好……

"傻瓜。"潘小夏笑了。

"傻瓜骂谁？"

"骂你。你以为我会上当？"

"呵呵……"

4

寒假就快到了。

S市冬天很少下雪，下雨却是极多。每次下雨，气温都会骤降，湿湿的，让冬天更加寒冷。

这天，潘小夏无语地看着窗外，紧了紧大衣。她想起自己没带伞，不由得更为郁闷。

"怎么下雨了？真是麻烦……早知道出门的时候带把伞了。"

潘小夏在办公室坐了半小时，她想等雨停，但最后放弃了。眼看着天色一点点变暗，她一狠心冒着雨就往外走。雨点落在她的发间，她只觉得身体热量都要被雨水带走，冷得彻骨。

好冷啊……

潘小夏走出温暖的空调房才后悔自己的决定，但既然已经走出来了，也只能硬着头皮走下去。她低着头朝停车场的方向快速走去，而雨却突然停了。

潘小夏惊讶地抬起头，只见一把雨伞帮她挡住了所有的雨珠。她微微抬头，看着沈若飞俊朗的脸，惊讶地问："你怎么来了？"

"我就知道你没带伞，给你送伞。"沈若飞简短地说。

"谢谢。"潘小夏尴尬地笑了。

"真是没见过像你这么笨的……早上的天气预报你没听吗？我已经把伞放在客厅了，你为什么不知道拿？你不知道最近经常下雨吗？"

"走得着急了点嘛……沈若飞，你对我什么态度？你敢说我笨？"

"是啊，你就是个笨蛋。"

沈若飞毫不客气地在她脑门上重重一敲，拿出纸巾擦拭潘小夏发间和面颊上的水珠，然后和她一起在校园内的林荫道上缓缓走着。

潘小夏看着沈若飞，突然发现她只到他的下巴，而记忆中那个瘦弱的男孩也在不知不觉中长成了英俊的男人。

她用一种"吾家有儿初长成"的目光很是欣慰地看着沈若飞，被沈若飞狠狠瞪了一眼，急忙收回目光。

她轻咳一声，没话找话，"不是说好了不要来学校看我，你怎么来了？"

"那你还是被雨淋吧。"

沈若飞干净利落地把伞挪开，潘小夏又暴露在雨中，她被气得说不出话来，急忙抓住沈若飞的手臂，皱着眉说："喂，你这么小气做什么？我不是也没说什么吗？"

"潘小夏，你就这么不愿意被人知道我们在恋爱？"

"不是，只是暂时保密罢了！我爸在这里有熟人，被人看到可怎么办？"

"可我以前也没少来找你。"

"现在和以前不同了嘛！以前我坦坦荡荡，现在我做贼心虚……"

"你啊……"

沈若飞微微一叹，强硬地抓过潘小夏的手，强迫她和自己在校园里并肩行走。此时正是下课的高峰期，潘小夏觉得所有人都朝这边看过来，紧张得迈不动步子。沈若飞倒是一副怡然自得的模样，问："晚上想吃什么？"

"随便。"

"我不会做随便。"沈若飞说，"如果你没别的事情，晚上和我去见几个朋友好不好？"

"你的朋友？我怎么没听你说过啊？"

"都是一些画家，很能吹，觉得不开心的话不要理就是了。反正晚上也没别的事情，就去坐坐吧。"

"那好吧。"

和沈若飞交往以来，约会去哪里，去吃什么都是潘小夏定，沈若飞难得提个要求，潘小夏自然要满足。眼见潘小夏答应，沈若飞立马露出了孩子气的笑容，方才的些许郁闷也都一扫而空。

潘小夏心中感慨这小子情绪来得快，去得也快，问："晚上去哪里呢？"

"乡下的一个庄园。如果晚的话，就在那里过夜。"

"哦。"

过夜？这小子居然邀请她过夜？先是说吃饭，然后装作不经意地提出过夜？年纪不大，心思倒是不少。

不过，她是不会让他得逞的，就算是住在一起，他也有贼心没贼胆。

"晚上六点我来接你，你准备下吧。"

"好。"

潘小夏对沈若飞淡淡一笑，而沈若飞心虚地转过头去。看着沈若飞吃瘪的样子，潘小夏心里暗爽，很有气势地说："晚上你迟到的话我就不去了。"

"我才不会迟到。"

回到家中，潘小夏翻箱倒柜，寻找见沈若飞朋友时要穿的衣服。虽然她表面不在乎，但还是很想在沈若飞的朋友面前留一个好印象。

她精挑细选，选了一身很淑女的灰色裙装，再配上巴宝莉的格子披肩，看起来优雅大方。她对自己的打扮还算满意，正在自恋地欣赏时，沈若飞已经在楼下按喇叭了。

"知道了，这就下来了！"

潘小夏踩着高跟靴子，噔噔地下楼，自以为风情万种地坐在沈若飞的身边。沈若飞看着潘小夏这身贵妇打扮，吓了一跳，说："你怎么穿成这样？"

"不好看吗？"

"不是……很好看，只是……"

沈若飞专心开着车，没有再说下去。潘小夏此时才发现沈若飞穿了一身红色的羽绒服，羽绒服里一件套头衫，一副青春无敌的样子。反观自己，厚重的妆容，做作的首饰，浓郁的香水……简直和他不是一个年龄的人。

哼，穿成这样也不早说……

潘小夏觉得心中郁结，但又不能表现出来，只能任由沈若飞把车开到他所谓的乡下庄园。

这个庄园潘小夏曾经在报纸上看过，说是这里有S市最好的乡间风景和地道的私房菜，也是上流社会人士最喜欢聚会的地方。

潘小夏一进这个被芦苇包围的乡间小院，被美景惊得移不开目光。她傻傻地看着芦苇丛中缓缓下沉的夕阳，看着被夕阳染红的房子，觉得时间似乎在此刻停止了。

沈若飞对她微微一笑，拉着她的手说："潘小夏，一会儿见到奇怪的人可别紧张。"

"我才不会紧张，哼！等下，奇怪的人？"

"我只是说也许。"

沈若飞推开房门。

房里摆着一张小木桌，桌子边上已经坐满了人。三男两女，大部分打扮正常，但是有一个穿着长袖T恤、身材清瘦的人居然长了一张漂亮到好像电影明星的脸，让潘小夏忍不住多看了几眼。眼见潘小夏看自己，那人呵呵地笑了起来，沈若飞的脸色瞬间变得难看。

"沈若飞，这是……"潘小夏小声问。

"他叫宋以轩，是没文化又自恋的厨师，你不要理。"

"啊？"

潘小夏还想继续追问下去，大家神色暧昧地和沈若飞打起招呼来，其中一个穿着棉布裙的美女更是笑道："沈若飞！你小子晚了，快罚酒三杯！还有，你拉着谁的手呢？怎么又换了一个？"

"白冰，你别乱说话！这是潘小夏，是我的女朋友。"

"哟，居然还有官方女友了！和以前的娜娜啊莹莹啊还真不是一个类型的,你什么时候口味变得那么重,喜欢成熟型的了?"

"别开玩笑了,若飞的女朋友会生气的!小夏啊,坐这里,坐这里!"宋以轩笑眯眯地说。

虽然白冰的话让潘小夏心中有说不出的郁闷,但又不好说什么,只得微笑着坐下。

饭菜很可口,他们都在谈论一些潘小夏听不懂的话题,想插嘴也无从说起,所以她只好闷头吃饭。

不知道是不是错觉,她一直觉得有人在盯着她看,无意抬头,却见白冰用一种很轻蔑的目光在看她,就好像看世间最污秽的东西一样。

白冰……

潘小夏觉得白冰的目光像刀生生割在自己的皮肤上,疼得无法言语!潘小夏冷漠地看着白冰,目光清冷,与白冰对视。

白冰看了她一会儿,终于低下了头,但神色还是愤愤的。潘小夏食欲全无,沉着脸,把筷子往桌上一摔,对沈若飞说:"沈若飞,我不舒服,我们吃了饭早点回去好吗?"

"怎么不舒服?没发烧吧。"

沈若飞一听潘小夏说不舒服就着急了,急忙放下筷子,轻轻试探潘小夏额头的温度。

潘小夏体质很差,一年到头有几十天都会伤风感冒,见沈若飞关心自己很是开心,又有些羞涩。她急忙把他的手打下,说:"没事,没发烧,就是胃里有点不舒服。"

"那我陪你出去走走吧。"

"好啊。"

潘小夏对沈若飞莞尔一笑,和沈若飞走出屋子。一出门,潘小夏就抹去脸上的笑容,开始兴师问罪:"沈若飞,那个白冰是谁?"

"只是一个朋友罢了,怎么?"

"她为什么说话处处针对我?还有,什么娜娜的都是谁?"

"在吃醋吗?"沈若飞笑了,"你吃醋的样子还真可爱。"

"你别转移话题!你是不是有过很多女朋友?"

"潘小夏,你听好了,你是我唯一的女朋友,唯一的。"

沈若飞抓住潘小夏的手,认真地看着她。她也觉得自己吃醋吃得很没道理,尴尬一笑,说:"沈若飞,你早说这么穿,我就打扮得休闲点了,真是的!你看其他人都穿得那么随意,就我好像要去参加晚会一样,傻不傻啊!"

"可是你这样打扮很漂亮啊。"

"真的?可我觉得很傻……"

"很漂亮,真的很漂亮。"

黑暗中,沈若飞的眼神亮晶晶的,又是那么温柔,潘小夏呆呆地看着,觉得自己不受控制地沉浸在这份温柔里。她似乎知道要发生什么事,想岔开话题,但是身体好像被定格,丝毫动弹不得。

沈若飞……

就在气氛超级暧昧的时候,潘小夏的手机响了。潘小夏一看来电显示,示意沈若飞安静,然后才接通了电话。

"小夏,你在哪里呢?"

"我在散步呢……对,一个人。"

等潘小夏接完电话,已经是十分钟后。她挂断电话,见沈若飞神色有些异样,想起自己方才对母亲撒的谎,内疚起来。

她尴尬一笑,说:"我妈真是麻烦,每天打个电话来关心我,我都那么大的人了,哪用她操这心。"

沈若飞看着潘小夏,冷笑不语。

"喂,你这么看着我做什么?生气了?"

已经不是第一次发生这种状况了。

家里的电话总是出其不意打来,每当这时,潘小夏就会让沈若飞闭嘴，装作沈若飞不在自己身边的样子。

其实，以前她和沈若飞在一起的时候，接老妈的电话毫不犹豫，但是现在不知道为什么，就是怕妈妈知道他们在一起。也许，这就是做贼心虚吧。

"潘小夏，你想瞒到什么时候？我就这么见不得光？"

"不是！只是……只是觉得不知道怎么开口……"

"你害怕开口的话我来开。我妈喜欢你，你妈又那么喜欢我，我不觉得他们会反对。"

"可他们的喜欢只是出于邻居的关系，不是对于女婿、媳妇的喜欢！这么说吧，我妈比较喜欢成熟、稳重的男人，你觉得你是这个类型的吗？你妈也喜欢那种乖巧懂事的小姑娘吧！所以，还是慢慢来，等到合适的时机再说吧。"

"潘小夏，你是不是后悔了？"沈若飞皱眉。

"后悔什么？"

"后悔和我在一起。"

"没有！你别胡说！"

"我们只相差三岁，不是三十岁！外人的评论会对你有那么大的影响吗？"

面对沈若飞的怒火，潘小夏也生气了，"沈若飞，我和你不一样，你一直是自由的，但我走的每一步都是计划好的，和你在一起是我做的最疯狂的一件事了！我们真的般配吗？你总有一天会厌倦我的，到时候我该怎么向家里交代？不，对不起，我不该这么激动，不该对你吼……对不起。"

"傻瓜。"

沈若飞突然笑了，摸摸潘小夏的头，把她拽到怀里。

潘小夏生怕被人看见，低声地恐吓沈若飞让他放手，但沈若飞的额头抵住她的额头，温柔地说："傻瓜，我永远不会厌倦你。就算你厌倦了我，我也绝对不会厌倦你。我爱你。"

"那白冰到底是怎么回事？"

"我不想骗你，她是周琴的朋友。对不起，我没想到她今天会来。"

"那她是为周琴兴师问罪来了？"

"也许吧。不过，她也没什么资格指责。我和周琴从来没开始过，也从未给过周琴什么承诺。"

潘小夏酸酸地说："男人还真是绝情动物。你们真的从来没有开始过？周琴长得也不丑，你就从来没有动过心？"

"可是这里早就有别的人存在了。"

沈若飞说着，抓起潘小夏的手臂，把它放在自己的胸口。寂静的夜里，沈若飞的心跳通过手掌清晰地传来，好像电流一样在潘小夏的身体里蔓延。她低下头，闭着眼睛感受着这个安静的夜晚，突然觉得唇上一湿。

沈若飞……

潘小夏睁开眼睛，看见沈若飞长长的睫毛、浓黑的眉毛以及毛茸茸、软软的头发。他的怀抱很紧，呼吸很重，虽然是冬天，身体却热得不像话。

潘小夏敏锐地察觉到，他的吻是青涩莽撞的，好像是急于表达爱意，却不知道该如何表达。

她看着沈若飞，心中一惊，不由得恍惚，第一次相信沈若飞的话。

难道他说的都是真的，难道她真的是沈若飞第一个女朋友？难道他……真的等了她那么多年？

就这样把爱情藏在心底，看着她和其他男人交往，等待一场没有结局的爱情？

沈若飞，到底是谁比较傻？

一种说不出的感动与心疼蔓延全身，潘小夏紧紧抱住沈若飞。她看着沈若飞，轻声说："沈若飞，我也爱你。"

交往一个月，潘小夏还是第一次亲口对沈若飞说"我爱你"。沈若飞浑身一震，有些不可置信地望着潘小夏，而潘小夏踮起脚尖，吻上了他的唇。

沈若飞口中没有难闻的气味，带着薄荷的清香，应该是刚才吃口香糖的味道，是属于这个清新、阳光的男人特有的气味。

潘小夏品尝着他美好的嘴唇，第一次发现原来接吻也会上瘾。

既然爱，就深爱吧，沈若飞……

寂静的夜里，他们感受着彼此的心跳、呼吸和脉搏，脸都红红的，但是心里装的是满满的幸福。

月光下，两个人的影子被拉得很长，很长。

5

回到别墅，已经是晚上十点的事情了。潘小夏打算问服务员他们住在哪里，服务员笑眯眯地说："只有一间房了，两位不一起住吗？"

"一间房？"

潘小夏第一反应就是沈若飞这混蛋使坏，狠狠瞪了沈若飞一眼，但沈若飞一脸无辜。

服务生似乎看出潘小夏的心思，解释说："一共有五个房间，但是您的朋友已经入住了四间，只有一个空余的。要是小姐不介意的话，可以和白冰小姐一起住。"

"不用了，我和沈若飞一起住。"潘小夏立马说。

只要一想起白冰那张脸，潘小夏觉得浑身不舒服，情愿和沈若飞共处一室。沈若飞倒是吃了一惊，问："你确定？"

"确定，一定以及肯定。喂，你废话那么多做什么？我们又不是没睡过。"

潘小夏说着，拿着钥匙就走，而沈若飞和服务员呆住。沈若飞真的很想提醒潘小夏说的话，但是嘴角不自觉地露出宠溺的笑容。

他爱她。

他爱这个女人的全部。

可今晚……到底要怎么熬？

潘小夏赌气进了房间，沈若飞随后跟来。她在走向房间的途中，才暗暗后悔一气之下答应在这里留宿，要知道沈若飞到底是个男人，这样孤男寡女的……

不，害怕这些做什么？给他个胆子他也不敢对她怎么样！虽然，真的有些尴尬……

潘小夏偷偷看了沈若飞一眼，觉得心跳加快。沈若飞却怡然自得地从旅行包中掏出画具，把它们摆放整齐。潘小夏见状，问："你出门还带着家伙？你也太认真了吧！"

"这里的朝阳很美，很适合作画。小夏，你早点休息，明天和我一起看日出。"

"好啊！"

"先别答应那么快，你明天起得来吗？"沈若飞表示不信。

"当然能起来！"

"那我明天叫你起床的时候，你可不许赖床。"

"我才不会！倒是你，不要睡过头！"潘小夏自信满满地说。

万幸的是，房间里有两张床，避免了尴尬。潘小夏把行李放在靠窗的床上，拿睡衣准备洗澡，很悲催地发现自己带错了睡衣，居然把棉布睡衣带成了吊带裙。

这条白色的丝绸裙很贴身，虽然舒服，但穿上去曲线毕露，潘小夏一个人在家的时候经常穿。

她简直无法想象，自己穿着这裙子从浴室里走出来的样子，不由对着裙子发呆。她正在纠结今晚不洗澡就睡觉，还是洗澡后穿着毛衣睡觉，沈若飞却凑上来说："这裙子挺好看的，怎么没见你穿过？"

"放屁！"潘小夏恶狠狠地瞪了他一眼。

"潘小夏，你怎么说粗话？为人师表的就这样？你胆子真是越来越肥了啊！"

沈若飞说着，在潘小夏头上不轻不重一敲，疼得潘小夏眼泪汪汪的。她张牙舞爪地要挠沈若飞痒痒，没想到沈若飞眼明手快地抓住她的胳膊，让她怎么也够不到。

潘小夏铁了心要惩罚沈若飞，而沈若飞乐呵呵地说："你还以为我小，被你欺负啊！潘小夏，今天我就要报仇，一雪前耻！你死定了！"

"你敢！"

"我怎么不敢！你这家伙，明明自己怕痒还敢来作弄我，怎么有你这么呆的人？"

沈若飞说着，作势要挠。虽然潘小夏吓得不行，但还是顽强反抗，但她怎么会是一个成年男人的对手。

沈若飞一开始还是笑嘻嘻地欺负她，后来呼吸渐渐沉重起来，抓住她的手，笑着问："以后还敢不敢欺负我了？"

"不敢了……"潘小夏哭丧着脸说。

"那以前的账怎么算？"

"你怎么那么记仇？"

"不如你欺负我一次就还我一个吻好了。你自己算算，你欠我到底有多少？"

"啊？"

潘小夏还没反应过来，沈若飞已经把她压在床上，亲吻她的嘴唇。他们的姿势实在是太过暧昧，潘小夏觉得呼吸越来越困难，而沈若飞的体温似乎越来越高。

她睁大眼睛，看见沈若飞正盯着她，目光似乎也移到她光洁的脖子上，然后一直下滑。

沈若飞……

潘小夏突然有种不好的预感，想把沈若飞推开，但是沈若飞在她还没开口之前就先起身了。他一言不发地拿换洗的衣服去了浴室，过了很久才出来，在另外一张床上睡下，不再和潘小夏说话。

潘小夏自然知道沈若飞是去做什么了，羞涩却忍不住打趣他："水冷吗？"

"潘小夏！"沈若飞咬牙切齿。

"别老喊我的名字嘛，我知道我的名字很好听！沈若飞，说实话，你是不是没谈过恋爱？"

"怎么可能！"沈若飞很拽地哼了一声。

"那你还说我是你这辈子唯一爱的女人！"

沈若飞没想到潘小夏的脑子在这上面那么好使，倒是愣了一下。潘小夏见他疑惑，更加酸溜溜地说："什么娜娜、莹莹的我就不问了，你和周琴到底什么关系？"

"朋友关系。你已经第N次问我这么无聊的问题了。"

"可我说她是你女朋友的时候你也没否认啊。"

"但我也没承认。"

"沈若飞！你和我玩文字游戏是不是！说，你和周琴到底什么关系？"潘小夏气势汹汹地质问。

"你怎么想到一出是一出？你吃醋的话也晚了点吧。"

"你不要转移话题！你们进展到哪步了？"

"既然我说我们是朋友你不相信，那我闭嘴。"

沈若飞说着，真的闭上眼睛躺下，潘小夏的怒火噌噌往上冒！

她怒气冲冲地去浴室洗澡，洗着洗着，眼泪突然流了下来。

她一直是理智、善解人意的女孩，为什么遇到沈若飞会变得这么无理取闹？就连和汪洋在一起的时候也没这样……

难道，真的是吃醋了？为这些无聊的事情吃醋？或者……是她真的那么爱他？

潘小夏的猜测把自己吓了一跳，不敢往下想下去。她洗漱完毕，上床睡觉，与沈若飞一夜无话。

"小夏，醒醒。"

讨厌……

"说好看日出的，你怎么又睡过去了？醒醒！"

潘小夏睡得迷迷糊糊的时候，觉得有人一直在拍自己的脸，不耐烦地翻了个身，连眼睛都懒得睁开。

那个声音很久都没响起，潘小夏暗暗松了一口气，却发现自己连着被子被人抱起，整个人一下腾空。

潘小夏睡意全无，睁开眼睛，只见沈若飞正抱着她往外走。

"沈若飞，你做什么！你放我下来！"

"说好看日出的，我就知道你会赖床。你不起床的话，我就这样抱着你出去。"

"不看不行吗？"

"不行。"

"你放我下来！我陪你还不成啊！"

潘小夏睡眼惺忪地瞪了沈若飞一眼，认命地叹口气，真是败给沈若飞充沛的精力。

她换好衣服，觉得还是犯困，迷迷瞪瞪地跟着沈若飞往前走，突然觉得寒气迎面，精神也为之一振。

她抬起头看着璀璨的星空，不可置信地说："好多的星星……怎么会有这么多的星星？"

在喧嚣的城市待久了，潘小夏早就习惯了乌蒙蒙的天和惨淡的星空，可这里居然能看到银河！她想起自己小时候看到的那片星光，看着沈若飞，笑道："你怎么找到这个地方的？"

"潘小夏，你说这星星像不像我们小时候看到的？"

"像啊，真是好怀念……"

沈若飞说："你这丫头总是爱睡懒觉，上次夏令营的时候想和你一起看日出你却睡着了，这次我绝对不让你睡。我可不想你这辈子都没见过日出。"

"有吗？我怎么不记得了？"

"和我在一起的事情你自然不记得了。"沈若飞哼了一声。

"好啦，好啦，别生气了！现在要做什么？等日出吗？"

"嗯。坐过来。"

黎明前的天气很是寒冷，幸好沈若飞早有准备，带了一床毛毯出来。两个人缩在毛毯里，一起看着天空破晓，看着太阳一点点升起，也看着朝阳照亮了对方的脸庞。

沈若飞看着冉冉升起的太阳，再看看潘小夏，突然说："你别动。"

"啊？"

他飞快地用铅笔在素描纸上勾勒，潘小夏呆呆坐着，没敢动弹。不知道过了多久，潘小夏脖子都僵硬了，沈若飞才说："好了。"

"是吗？给我看！"

潘小夏抢过沈若飞手中的素描纸，只见画中的女子坐在芦苇丛中，笑容温柔，嘴角有两个浅浅的酒窝，不是自己又是谁。

她从没想到沈若飞居然画得这么传神，惊喜地说："真好看！你怎么能在这么短的时间内画好？"

"熟能生巧罢了。"

"我喜欢，送给我！"

"我的画很值钱,你打算出多少?"

"切,谈钱多伤感情啊!"

"谈感情多伤钱啊。"沈若飞笑眯眯地说。

"好啦!给你!"

潘小夏踮着脚,在沈若飞的嘴唇上轻轻一吻,然后趁着沈若飞愣神之际把画重新抢到手里。

沈若飞好气又好笑地看着她,揽住她的腰,认真地说:"小夏,我的生命中没有周琴,没有任何女人,你是唯一的。周琴是我的学妹,有自闭症,他父亲和我父亲是朋友,所以我也不好不管她。我怜惜她,但我从未爱过她。我不会把怜惜和爱混为一谈。"

"你,你别那么说……我也没有让你和她绝交的意思。"潘小夏忙说。

"潘小夏,宇宙中只有一个太阳,我也只有一个你。你就是我生命中的那道光,能照亮我的全部。你问过我的梦想,我的梦想很简单,父母身体健康、绘画、潘小夏。我爱你。"

沈若飞……

潘小夏觉得自己的心跳从未这么快过。她闭上了眼睛,沉默了很久,感受着,慢慢睁开眼睛,笑了起来。她的反应让沈若飞有些奇怪,问:"你笑什么?"

"没什么,只是觉得自己很幸福罢了。"潘小夏轻声说道。

第九章　危机与感动

人来人往的街道上,沈若飞静静地站着,静静地看着她。他比以前瘦削了很多,下巴上有青青的胡茬,乌黑的眼眸里有黑色的火焰,冰冷之中满是爆发前的沉寂。

1

从山庄回来后,潘小夏和沈若飞的关系又进了一步,进展之快连她都没想到。

和汪洋在一起的时候,她觉得安静平和,但和沈若飞在一起,充满火一样的激情和意想不到的惊喜。

沈若飞是一个精力充沛的男人,除了画画之外,喜欢户外运动、游泳、骑马。一开始,潘小夏还陪他去了几次,后来觉得身体和心理实在接受不了,重归安安稳稳的宅女生活。

沈若飞对此倒是很理解,没有勉强她,但他不会知道潘小夏的真实想法。

和沈若飞一起出去玩真没意思……

所有女人的目光都聚集在他身上,恨不得把他生吞活剥,让潘小夏看着就不爽。

那些女人虽然有好看的,有不好看的,但个个比她年轻,比她有活力。他们一起攀岩,她在下面看着;他们一起游泳,她在玩救生圈……要是按照沈若飞的玩法,她这条老命恐怕早没了。

果然还是老了吗?

潘小夏想着,心情顿时低落,一直低到了尘埃之中。

转眼,一个学期就要过去,期末考试又要到了,潘小夏也忙得焦头烂额。平时不好好学习的学生们,到了快考试时都变得勤奋无比,以至于她和沈若飞的约会时间也减少,想和沈若飞好好谈一谈都没时间。

沈若飞最近也很忙,去她家的频率少了很多,两个人真是很久没好好约会了。

这天,潘小夏终于有所空闲。她发短信给沈若飞约他晚上去家里吃饭,沈若飞迅速答应了。望着手机屏幕上可爱的香吻表情,她对着手机傻笑了一会儿,却无意中发现自己眼角又多了一条细纹。

潘小夏大吃一惊,心情变得极差,急忙打开化妆包,用粉饼来遮盖。

就在她专心补妆的时候,突然听见系主任问:"小潘,你是不是谈恋爱了?"

"啊?谈恋爱?没有啊……"潘小夏一愣,然后急忙否认。

"我也是过来人,你就别在我面前打马虎眼了。对方是做什么的?多大了?你们见过双方父母了吗?"

"主任,我没谈恋爱。"

潘小夏怎么能告诉主任说对方比她小三岁,是个无业游民,又怎么能说他们现在谈的是地下恋情,根本不敢让双方父母知道。可是,系主任似乎看出了她的所思所想,很八卦地问:"对方是不是比你年纪小?"

"主任你怎么知道?"潘小夏大吃一惊。

"看你现在的穿衣打扮就知道了!以前都穿套装,现在怎么穿得和学生一样？小潘，这里毕竟是学校，你还是穿得职业一点比较好吧。"

"我知道了。主任，对不起。"潘小夏羞愧地说。

红色毛衣，牛仔裙，扎着马尾，看起来很漂亮，但是这样的装扮并不适合为人师表的她。

主任见潘小夏尴尬，放松了语气，"没什么，我也只是好心提点你罢了。小潘，如果你有男朋友一定要告诉我，我帮你把把关！要是对方不合适的话，还是早点想清楚的好。你年纪也不小了，恋爱的目的是为了结婚，不要浪费自己的时间。"

"主任，我知道。"潘小夏脸色一变，有些生硬地说。

结婚、结婚，为什么她生命中最频繁出现的字眼就是结婚？女人二十八岁就必须有一个稳定的交往对象，必须在三十岁之前把自己嫁出去吗？

不是为了婚姻,只是单纯地谈恋爱不行吗？沈若飞才二十五岁，他怎么可能想要结婚！

可是，她真的很希望有一个温暖的家，很希望过相夫教子的生活……

"唉，你别怪我多嘴，我也是过来人。婚姻婚姻，昏了头才成姻缘，昏头是一瞬间，日子还是要过的。如果你没男朋友的话，我手头还有一个不错的人选，你要不要考虑下？"

"不了，谢谢主任。"

"唉……"

主任叹气，这个话题也就此不提。潘小夏虽然知道主任是为了她好，但心到底沉重了许多。

她突然觉得和沈若飞之间的关系出现了一道小小的裂痕，虽然不明显，但这道裂痕到底是存在的。

潘小夏下班后，和陈薇一起逛街，选新上市的衣服和鞋子。陈薇见她往少女品牌的专柜走,买的也都是球鞋,恶寒了一下,说:"潘小夏,你转性了?怎么开始走萝莉风格?你也不看看自己的年纪!"

"死陈薇,少说一句话会死啊!我二八年华,怎么不能把自己打扮得年轻点?"

"人家二八年华是指十六岁,姐姐你是标准的二十八……"

"陈薇!"

"呵呵,开玩笑的。你……是不是谈恋爱了?"陈薇敏锐地问。

"没有。"

"和沈若飞?"

"我说了没有。"

"沈若飞比你小,你怕自己显得老,所以故意装嫩?潘小夏,你幼稚不幼稚啊!"

"我都说了没有!你再胡说我生气了!"潘小夏脸色一沉,但越来越心虚。

"潘小夏,这就是你的不对了。既然开始谈恋爱,就要真诚地对待彼此,你这样否认关系,沈若飞会伤心的。而且,你根本用不着迎合他,他喜欢的不是年轻的小姑娘,是潘小夏。"

"可我还是会觉得不般配……"潘小夏喃喃地说,也默认了陈薇的猜测。

潘小夏觉得自己和沈若飞的穿衣风格有很大区别,一起走出去看起来不太般配,不自觉地朝沈若飞的风格上靠拢,多少有些不伦不类。

陈薇看着她二十八岁的"高龄"往粉红方向发展,叹了一口气,说:"不是说二十八岁的女人就不能穿得可爱一点,但小夏你的气质就是稳重端庄,为什么非要学那些小姑娘的活泼可爱?我是很欣赏沈若飞,但是我不希望看到你为了沈若飞而这样委曲求全,改变自己。"

"我哪有这样！"

"但愿吧。"

陈薇神色复杂地看了潘小夏一眼，继续逛街，而潘小夏的心情突然有些沉重。她从未后悔和沈若飞在一起，但是要不是陈薇提醒，她几乎没有意识到她对沈若飞的爱让自己丧失了自我，让自己迷失了方向！

她一向喜欢淑女类型的衣服，喜欢高贵优雅的浅灰、黑色，但是和沈若飞在一起后，不自觉地选择了与她气质并不相符的着装。虽然这些衣服不难看，但并不是她一贯的风格。

沈若飞带给她久违的活力的同时，也在不知不觉间带给她压力，她是不是太惯着他了？

"想什么呢？"陈薇问。

"啊，没什么……"

"喊你男人一起出来吃饭吧。他总该请我吃顿好吃的，感谢我一直以来对你的照顾吧。"

"什么男人不男人的，真难听。"潘小夏撇嘴。

"我现在打电话他？"

"不，我回家一趟，顺便和他一起来。"

"好。那我在餐馆等你们，不要太久。"陈薇对潘小夏暧昧地笑。

"不会啦。"

潘小夏心事重重地回到家中，推开门，正好看见沈若飞在书房玩电脑，打魔兽世界。

她看着沈若飞认真游戏的样子，再想想他们未来面临的压力，只觉得气不打一处来，酸酸地说："你玩得倒真高兴。"

"你回来了？外面冷不冷？"

沈若飞看了潘小夏一眼，重新把精力放在游戏上。

"冷,手都冻红了!"

"那你喝点热水暖暖吧。"

"你给我倒。"潘小夏开始使性子。

"等我打完这一局。"

"不行,我现在就要喝。"

"小夏,我现在退出的话会被队友灭了的……你就饶了我吧。"

"我偏不。"

潘小夏觉得一股无名火顿起,走到沈若飞面前想关电脑。沈若飞用手护住电脑,真的生气了。他一把抓住潘小夏的手,问:"又怎么了?怎么一回来就发脾气?"

"没什么。"潘小夏闷闷地说,"你慢慢打游戏吧,我和陈薇吃饭去了。"

"一起去吧,和陈薇倒是很久不见了。"

"你舍得你的游戏?"

"游戏重要,小夏更重要。"沈若飞嘴甜地说。

"呸,你真不要脸!"

潘小夏笑着骂了一句沈若飞,方才的怒气消了很多。沈若飞见潘小夏不再生气,识趣地退出了游戏,和潘小夏一起出了门。

饭店里,陈薇已经等候多时。她见他们二人亲亲热热地进来,调侃地说:"小夏,见你们一起进来,我还以为你们这是结婚呢,居然走得这么齐,就差配上音乐了!"

"陈薇,你又笑话我!"潘小夏涨红了脸。

"对,我就是笑话你,怎么样!谁让你那么久才告诉我。我不管,今天你买单,我可要狠狠敲你一笔!"

"你不减肥了?"潘小夏坏笑。

"我可以点了不吃,光看着,你管得着吗?"

这下大家都笑了起来。

沈若飞点了不少菜，潘小夏吃得满面红光，陈薇一直在忍耐，最后还是忍不住吃了几口。

潘小夏和沈若飞都在笑她减肥意志还是不坚定，就在这时，潘小夏的手机响了，她接通电话，电话那头问："小夏，做什么呢？"

"在外面吃饭呢。"

"和谁吃啊？"

"陈薇啊。"

潘小夏很心虚地没有说沈若飞，沈若飞脸色一变，索性放下筷子看着潘小夏。陈薇眼中有些忧色，但潘小夏没注意到沈若飞脸色不好，只是专心应对老妈。

"小夏啊，你有男朋友了吗？"

"没啊，妈你老问这个做什么？"潘小夏不耐烦地问。

"过年回家的时候顺便相亲吧，你爸爸单位有个人还不错，妈妈觉得可以见见。"

"回去后再说吧。"

"小夏啊，你也老大不小的了，真的拖到三十岁可就更危险了！反正你也没事，那人必须去见，知道吗？"

"知道了。"潘小夏胡乱答应。

"对了，飞飞那孩子现在怎么样？有女朋友了吗？"

"我……不太清楚……"

"你这孩子，怎么也不关心下飞飞？你们两个孩子都在 S 市也是缘分，总要相互照应着啊！你们以前感情那么好，怎么现在反而生疏了？"

妈，不是生疏了，而是更进一层了……

潘小夏恶寒了一下，好不容易挨到老妈挂断电话才松了一口气。

陈薇很理解地问："是不是你妈又说什么了？"

"还不是老一套，逼我相亲什么的，我都习惯了。"

"哼。"

沈若飞突然哼了一声,玩着手中的筷子。潘小夏奇怪地看着沈若飞,不知道他为什么又生气了。

陈薇见沈若飞情绪不好,急忙笑着打圆场:"沈若飞,你的画廊据说就快开张了,要做宣传的话你记得找我。"

"多谢陈薇姐。"沈若飞彬彬有礼地说。

"客气什么啊!唉,说到画廊,我还真是犯愁!你们知道那个盛夏吗?"

"那个超级有钱的画家吗?"潘小夏问。

"拜托,你不要那么俗气好不好!人家是很有钱,但他更有才气啊!主编让我和刘娜娜那个柴火妞做一期很有文艺范儿的文化专访,我说我一个人能搞定,主编也同意了。在影视圈、作家里我都找到采访的人了,就是画家里找不到什么适合的人。我想联系盛夏,但是发动所有人脉也找不到他,真是气死我了!唉,如果能给盛夏做独家采访就好了,就让那个柴火妞妒忌去吧!"

潘小夏知道陈薇口中的柴火妞是她这辈子最恨的大学同学兼竞争对手,也不好说些什么,只是微笑。

沈若飞听到这却说:"那个画家从来不接受采访,怕是很难采访到他吧。"

"唉,就是这样啊……听说他是一个年轻的男人,长相也不错,就是不愿意接受采访这一点招人厌!如果他落到我手里,哼哼……我一定要问出他祖宗十八代,让杂志销量更上一层楼!"

"陈薇,你真敬业……"潘小夏大汗。

"呵呵,呵呵。"沈若飞也尴尬地笑,脸色有些难看。

"喂,干吗都不吃饭,你们吃啊!我就是喜欢自己饿着,看人吃,你们快吃!"

"陈薇真是恶毒的女人。"潘小夏轻声说。

"我同意。"沈若飞也轻声说。

"喂,你们想死吗?快点吃,然后付账!"

2

和陈薇吃完饭回到家后,潘小夏想起陈薇那么瘦的人还要节食,不由得心思一动。她摸摸自己饭后微微隆起的小腹,忧心忡忡地问:"沈若飞,你有没有觉得我胖了?"

"你一直很胖啊。"

"沈若飞!"

"怎么,看到陈薇受刺激了?女人还是胖一点好看,比较有女人味。"

"哟,说得你好像经验丰富的样子!我看男人都喜欢女人骨瘦如柴,但是胸部丰满吧,还真是自私。"

"可我就是喜欢腰部丰满,胸部纤瘦的女人。"沈若飞坏笑。

"你的品味还真奇怪……不对,沈若飞,你又欺负我!"

"呵呵……你等下,我接个电话。"

就在两个人边笑边闹的时候,沈若飞的手机响了。他看看手机,神色一变,皱眉去阳台上接电话。

潘小夏也不知为什么,突然想起汪洋背着她接电话的事情,心中一凉。她摇头,不让自己瞎想,但还是忍不住竖起耳朵听沈若飞在说什么,可惜距离太远,什么也没听到。

"谁打来的电话?"

沈若飞出来后,潘小夏装作漫不经心地问,自己都觉得自己小心眼。沈若飞倒是没介意,笑眯眯地问:"又吃醋了?"

"你少来,鬼才吃你的醋!是不是你的娜娜又来找你了?"

"什么娜娜,你又瞎想。伺候你一个就要了我半条命,伺候两个的话我直接上西天吧。"

"呸，没一句好话！对了，你有没有哪个朋友能联系到盛夏？陈薇一直照顾我，她有什么难处我可不能不帮。"

"有我还不够吗，你还想别的男人做什么？"沈若飞似笑非笑。

"哼，不愿意就算了！不过我也确实为难你了……有谁会认识这个臭屁男人？"

"臭屁……男人？"沈若飞一噎。

"是啊，肯定是长得丑，又不愿意破坏粉丝心中的形象，所以只能故作神秘了。陈薇说了，很多公众人物都是当面一套背后一套，肮脏着呢。"

"唉，你们女人还真是八卦。"

"难道你不八卦？不八卦的话日子可怎么过啊！"

"有我就好。"

沈若飞对着潘小夏温柔一笑，笑容就好像春风。她望着正在专心为自己削苹果的沈若飞，突然说："沈若飞，你觉得男人什么时候结婚比较好？"

"什么？"沈若飞没有放下手中的刀子，也没有抬头。

"我就是随便问问。杂志上说男人过了三十岁结婚比较理想，你觉得呢？"

"男人当然三十岁结婚比较好了。那时候事业稳定，心智成熟，才能给自己的妻子最稳定的未来。怎么，想结婚了？"沈若飞笑着问。

"我才不想结婚做黄脸婆呢！虽然爸妈催得紧，但我还是喜欢单身的生活，三十五岁前不考虑结婚。"

"哦。"

其实，潘小夏是因为沈若飞说"男人三十岁结婚比较好"不太开心，故意说自己三十五岁才要结婚，想试探下沈若飞的反应。

沈若飞的反应让她有些不爽，但是又不能表现出来，只能一个人生闷气。沈若飞哪里知道女人变幻莫测的心思,说:"周末我大学同学结婚,你和我一起去吃喜酒吧。"

"啊?你同学结婚?"

"是啊,据说女方已经怀孕了,不结婚也不行。这小子一向爱玩,但是这次怕躲不过去了。年纪轻轻的就被套牢,我打算红包多送一点。"

"你同学结婚的多吗?"

"好像女生结婚的比较多,男生几乎没有结婚的。女人都嫁得比较早。"

"是啊……"

潘小夏想起自己的大学好友无一例外地踏入婚姻殿堂,有的小孩都会打酱油了,嘴角忍不住抽搐了下。

沈若飞没有发现潘小夏的不对劲,说:"今晚他约我去喝酒,顺便弄场单身派对。不管怎么说,他也是我们班第一个进入围城的男人,要好好恭喜下。"

"我怎么觉得你们这是去看他笑话?"

"呵呵,稍微也存点这方面的心思吧。谁让他那么早被套牢。"沈若飞有些不屑地说。

套牢?结婚对于你来说只是被套牢吗?

那么,我呢?

潘小夏想着,只觉得心慢慢地沉下去,最终沉到谷底。

沈若飞在潘小夏家坐了一会儿就离开了,他走后,潘小夏倒是觉得挺寂寞的。她打沈若飞的电话,沈若飞没接,应该是在和哥们儿喝酒聊天没听到吧。

她躺在床上,回忆和沈若飞认识、交往的始末,难以入睡。

沈若飞是一个好男人,虽然有孩子气的一面,但是他思想成熟,人又细心,和他在一起竟比与汪洋在一起还要开心。

但是，未来呢？他们真的能结婚吗？爱情只是一瞬间产生的情感，沈若飞对她的爱能维持多久……

唉……

潘小夏在床上辗转反侧，过了很久才睡去。她一夜多梦，醒来的时候觉得倦倦的。

她起床后习惯性地想喝一杯蜂蜜水，突然想起蜂蜜早就喝完了，心情更加烦躁。打开冰箱，想喝杯酸奶代替蜂蜜，却在冰箱里看见沈若飞新买的蜂蜜。

望着这瓶蜂蜜，她心里的愁云瞬间烟消云散。沈若飞的细心让她觉得暖暖的，甚至他昨晚说的那些让她郁闷的话也可以忽略不计。

就在她一边喝着蜂蜜水，一边看电视的时候，手机突然响了。一个陌生号码发消息给她，邀请她晚上去喝咖啡，署名却是周琴。

周琴……

虽然沈若飞一再说他和周琴没有任何关系，但是潘小夏对周琴有些内疚，总觉得自己做了可耻的第三者，抢了周琴的男友。收到这条短信，她心中一慌，倒是有点不想赴约。

怎么办，该怎么面对周琴？周琴对沈若飞也算是痴心一片，她以前还一直开他们的玩笑……周琴跳过沈若飞来约她到底是什么意思？

可是，不管怎么样，该来的总是要来的。

潘小夏考虑很久，也想借此机会解开自己心中的结。虽然重新做朋友不太可能，但是至少，不是敌人吧……

就算是周琴有什么怨恨，她替沈若飞担着就是，毕竟算沈若飞对不起她。

潘小夏思来想去，穿了一件红色毛衣、黑色短裙去见周琴。她稍稍化了点淡妆，扎了个马尾，整个人看起来年轻了许多。

她推门进咖啡馆的时候，觉得不少人都在看她，心中也小得意了一把。潘小夏看到坐在窗边的周琴，朝她走去，坐在她的对面，笑着说："没等多久吧？"

"小夏姐一向守时，我怎么会多等呢。不过，我以为你不会来。"周琴笑着说。

"干吗不来啊？"潘小夏笑着打圆场。

"你知道原因的。"

潘小夏没想到外表娇弱的周琴开门见山，对她倒是有了一个新的认识。潘小夏点了杯拿铁，索性也开门见山地说："周琴，你找我是为了沈若飞的事情吧。误会了你和沈若飞的关系，我真的很抱歉。我知道我说什么都没用，但我还是希望你能谅解。真的，对不起。"

"小夏姐姐，你没必要和我说抱歉，若飞对你的感情我早就知道。我只是想装作不知道，看看能不能打动他，待在他的身边。但我还是输了。输给你，我心服口服。"

"周琴……"

周琴这么通情达理，倒让潘小夏不知道说什么好，心中更加愧疚。周琴喝了一口咖啡，说："小夏姐，你知道若飞是做什么的吗？"

"画画，开画廊啊。怎么了？"

"那你知道盛夏吗？"

"盛夏？那个天才画家？怎么了？"

"沈若飞就是盛夏。"周琴微微一笑，笑容中有些讥讽，"他是当今画坛新星，美国很多画廊都争着让他开画展，但他把各种邀请都推了，回到中国，当一个不知名的画廊老板。我想，他这么做都是为了姐姐吧。我父亲在美国有生意，认识一个知名画家，那人对若飞的画很感兴趣，要是跟他学习的话，若飞的事业会更上一层楼。我们都知道若飞在美国有更好的发展前途，甚至可能成为世界一流的画家，但他拒绝了别人的邀请，我想，他是真的爱小夏姐。可是小夏姐，你们真的是一个世界的人吗？若飞平时见的、交往的都是艺术圈的朋友、社会名流，你不觉得小小的S市对他而言太屈才了吗？你也希望若飞成为一流画家，而不只是你的私人财产，对吗？"

"周琴，你小小年纪倒是伶牙俐齿，我还真佩服你。"潘小夏虽然内心波澜起伏，但是面上不动声色，"首先，沈若飞并不是什么盛夏，我不相信你；第二，就算他是那个神秘画家，那又怎么样？难道画家就不能有自己的感情生活？"

"小夏姐，你需要的是婚姻，而若飞需要的是事业。如果他真的和你结婚，你觉得他还会把激情用到创作中吗？画家都是孤独的，也只有孤独的画家才能创作出名作！他回国后，几乎没动笔，盛夏也快从画坛消失了！你真的忍心看到他丢弃自己的梦想吗？"

"这些话你该对沈若飞说吧。"

"如果他听的话，我就不会找你了。小夏姐，我知道自己不该和你这样说话，但这次真的是机会难得！如果若飞放弃了，怕是一辈子……他是一个很有才气的人，就算是不把他当作一直喜欢的男人，只把他当作是画家，我也不想看他埋没！我父亲已经联系好对方了，但若飞因为和你在一起就是不领情，你能劝劝他吗？他现在只听你一个人的话。"

"你想让我劝沈若飞和你在一起，从而更好地开展自己的事业？"潘小夏口中发苦，缓缓摇头，"周琴，我倒是小瞧了你。"

"小夏姐，你不要那么说，我都是为了若飞好。你不能给他的我都能给，你为什么还要霸占着他不放呢？他爱你，他也离不开我。在美国的日子里，是我陪伴他、鼓励他，请问你又在哪里？前些时间他去我那过夜了，你想看照片吗？"

周琴说着，轻轻一指她放在桌上的手机。虽然明知道这可能是个圈套，但潘小夏还是没有忍住潘多拉魔盒的诱惑，颤抖着手，拿起周琴的手机，果然见到沈若飞站在阳台上的背影。

沈若飞……

看着这张照片，潘小夏的心瞬间四分五裂。

"小夏姐，若飞是很喜欢你，但他对你的喜欢只是以前的依恋，只是因为没得到罢了。我想，他该有更好的未来，不是吗？"

"你说够了？"

"嗯？"周琴一愣。

潘小夏冷漠地说："如果沈若飞真的把你放在心上的话，你根本不用这么大费周章地来找我，你这么做的唯一原因就是你没底气，自不量力。每个人都有属于自己的私人空间，沈若飞不想让我知道的事情我不会去逼问，因为我相信他有自己的打算。如果没有什么事情，我先走了。"

"小夏姐，那你也不介意我和沈若飞的关系吗？虽然在美国这种事情很寻常，但我……他说过要对我负责。"

"既然这样，你就去找他负责吧。你还是学生，花的钱也都是家里的，这顿还是我请吧。"潘小夏冷笑。

"小夏姐真是慷慨。如果想知道我和沈若飞的关系，今天晚上来金都宾馆402室。"

"做什么？报警捉奸吗？我没兴趣。"

潘小夏说着起身去结账，没有看周琴气得发白的脸庞。

潘小夏记得，她在二十岁的时候，只是一个羞涩、天真的大学生，绝对没有周琴的心思细腻，敢作敢为。如果是二十岁的她，一定会因为周琴的一番话大怒，找自己的男友大吵大闹，但她已经二十八岁了。

就算本质还是那个羞涩天真的她，但她已经二十八岁了。她明确地知道这个二十岁小姑娘的心思，也知道怎么样才能反击得周琴无言以对。

是，她是没有了明媚的青春，不顾一切的勇气，但她有理智的头脑和洞悉人心的阅历。她明白周琴的目的，极力让自己清醒，但是看到那张照片时，痛彻心扉的感觉还是让她有些喘不过气来。

空气仿佛在瞬间变得稀薄，她坐在车上，手微微颤抖，怎么也发动不了车，而泪水已经肆无忌惮地蔓延。

沈若飞……你也是个骗子吗？

3

潘小夏在家里静静坐了很久，终于颤抖着给沈若飞打电话。电话响了很久，沈若飞都没有接听，潘小夏不停地打。

她脑中一片空白，只想找沈若飞问个清楚，听他亲口否认这一切！可是嘟嘟的长音在夜空里回荡，熟悉的嗓音一直没有在耳边响起。

她鬼使神差般地下了楼。

寒风吹在脸上刺骨，站在金都大酒店前的潘小夏，望着酒店大堂，有些犹豫。她掏出手机继续给沈若飞打电话，但电话还是没人接。她一咬牙，为自己开了个房间，然后朝402走去。

她走得很快。

站在红木大门前，望着门上的漆金门牌，潘小夏觉得紧张万分。她几乎能听到自己的心跳声，艰难地咽着口水，口中苦涩。

她做贼一样把耳朵贴在门上，可是除了隐约的对话外什么也听不到，忍不住在心里咒骂这扇门的隔音效果。

她继续打沈若飞的电话，这次除了忙音之外，还听到了熟悉的铃声，这铃声是从门里传出来的，这次沈若飞接了电话。

"小夏，什么事？"沈若飞的语气有些不耐烦。

"你在哪里呢？"潘小夏轻声问。

"我在外面有事。"

"什么事？"潘小夏追问。

"没什么。我晚点打给你好不好？"

"若飞，好了没有？"

手机里，周琴的声音突如其来地响起，潘小夏觉得血液在瞬间凝固。她很希望刚才是幻听，但她骗不了自己。

她机械地挂断了电话，只觉得浑身冰冷，呼吸也越发困难。

原来还是彻头彻尾的大傻瓜啊，潘小夏。

潘小夏的眼泪肆无忌惮地流淌，突然听到门内有些嘈杂，急忙跑开。沈若飞打开门疑惑地看了一眼空荡荡的走廊，没有看到躲在电梯那边的潘小夏。

"若飞，你在看什么？"

"没什么，我走了。"

"你不陪我了吗？"周琴祈求地问。

"你该有自己的生活，周琴。"

"我永远比不上小夏姐姐吗？"

"她是我最爱的女人，你只是一个外人罢了。"沈若飞冷漠地说。

"那你为什么要来看我？你还是关心我的，不是吗？"

"如果我来看你会让你误会的话，我不来就是了。你清楚我们永远不会有交集的，周琴。"

潘小夏并没有听到沈若飞和周琴的对话，几乎不记得自己是怎么下的楼，就这样冲出了酒店。

她用最大的理智控制自己，开车回家后，把自己锁在房间里，许久都没有说话。过了很久，她给妈妈打电话，说："妈，我明天回家。嗯，一个人。相亲？好啊。我也想结婚了，妈……"

潘小夏手机关机，没有和沈若飞打招呼，收拾好最简单的行李回了家。当看见熟悉的建筑，日益苍老的父母时，她眼睛一酸，几乎控制不住自己的眼泪。她看着妈妈，伤感地说："妈……"

"潘小夏,你还记得回来啊!你死在S市算了!你看你,又胖了,怎么腰和水桶似的?"

"妈,你能不能不要打击你脆弱的女儿……"潘小夏心中的伤感顿时全无,默默流泪。

晚饭后,躺在熟悉的床上,慵懒地翻了个身,闻着被子里太阳的味道,整个人都松懈了下来。

这里没有勾心斗角,没有令人头痛的学生,没有令人心碎的爱恋,有的只是家的温馨。

面恶心软的母亲,总是笑呵呵的父亲,还有熟悉的街道,熟悉的商场,连空气中都弥漫着家的味道。

回家的感觉真是太好了。

潘小夏在床上看电视,看着看着有了一些困意,正打算去洗澡睡觉,潘妈推开了门。潘妈看起来神神秘秘的,迅速把门关上,问:"小夏,睡了吗?"

"妈,你没看到我的眼睛是睁着的吗?还有,你进来前能不能先敲下门?"潘小夏无奈地问。

"咱们那么熟,弄这些虚的干什么啊!这次你打算待多久?"

"寒假结束前一个礼拜吧。妈,我想你了。"潘小夏撒娇地说。

"你这孩子……"

潘妈揉揉潘小夏的头发,眼圈也有些泛红。家里只有一个孩子,谁不希望孩子留在身边,但是这世道工作难找,为了孩子的未来,只有牺牲爸妈那点自私的心思了。

"小夏,告诉爸妈实话,你有男朋友了吗?"

"没有。"潘小夏一愣,别过脸去。

"没有说谎?"

"真的没有。"

"那你为什么不敢看我?你每次撒谎的时候都不敢看我,还想骗我？"

"妈……你别问了。我说了没有就没有，你打死我也没有。"

潘妈叹息，"行，那你下礼拜去相亲吧。对方是大学教授，人我见过，还不错，要是结婚的话，是适合过日子的男人。最主要的是，他的爸爸是教育局的，说不定能把你的工作调动下，让你回家。这样的话，真是皆大欢喜了。"

"妈，你想得太远了吧！"潘小夏黑线。

"结婚本来就是过日子，为以后打算。丫头，我知道你心里还想着汪洋，但他都已经和你分手那么久了，你就不能收心吗？"

"妈，真的和汪洋没关系。"潘小夏无力地说，"我们都分手那么久了，你觉得我还会想着他吗？"

"那你为什么一副心事重重的样子？又有谁甩了你？"

"你干吗说又？难道除了爱情之外，我就没有别的不顺心的事情了吗？妈，我不是小孩子了，你让我静静好不好？"

"随便你，下礼拜记得去相亲。"潘妈嘱咐。

"嗯。我一定会去的。"潘小夏说。

"对了，飞飞怎么没回来？他不回家过年吗？"

"不知道，我和他不熟。"潘小夏冷漠地说。

潘妈见潘小夏心情不好，也不再打趣她，站起身就要离开。她走前，潘小夏突然问："妈，我以前的玩具你都丢了吗？"

"没有啊。要是丢了，你哪天找我要的话，我拿不出来你还不找我拼命。"

"你把东西放在哪里了？"

"就在储藏室的蛇皮袋里。怎么了？"

"没什么。"

夜深人静的时候，潘小夏走到储藏室，没费多少力气就找到了妈妈存放她儿时旧物的蛇皮袋。

破旧的小火车、褪了色的布娃娃、仿真手枪……一样样玩具勾起了她童年的回忆。在这么多杂物中，她也看到沈若飞送给她的变形金刚。

　　在众多玩具中，这个变形金刚算不上高级，甚至有点暗淡无光。潘小夏轻轻抚摸着它掉了漆的身体，有点恍惚。

　　她似乎见到幼年时的潘小夏紧紧拉着沈若飞的手，用生命去保护他，而沈若飞看她的眼神是那么的信任和依恋……

　　到底是从什么时候开始，他看她的眼神改变了？又是从什么时候开始，曾经的信任变成了猜疑，连带着一起长大的稳固友谊也变了？

　　一开始就不该和他在一起吗？这样，就算没有了爱人，至少还有朋友。

　　可她现在除了回忆之外，什么都没有了……

　　"沈若飞……如果早知道会这么爱你，我当初是不是不该和你在一起？不然，现在也不会这么痛苦……总觉得心里空空的，好像丢失了什么最重要的东西。你的变形金刚我没丢，但是我把我自己给丢了。我真恨这样的自己。"

　　潘小夏喃喃地说着，终于泪流满面。

4

　　除去不该有的思念外，潘小夏在家的日子是极为惬意。

　　没有工作压力，也没有沈若飞在面前晃悠，潘小夏过得很自在。每天十点起床，一觉睡到自然醒，闲来无事和朋友们去逛个街，唱个歌，生活被安排得满满的。

　　她不敢开机，极力让自己快乐，但是每当夜深人静的时候，思绪还是会情不自禁地游离。

不知道沈若飞在做什么?

那么晚了,他不会又光顾着画画不睡觉吧!不,有周琴照顾他,他怎么会过得不好?这下,他不会因为选谁而为难了吧!

潘小夏冷冷地笑,但心好像被刀割过,痛得不能呼吸。晚上就要相亲了,她强撑着起身,为自己化妆,换上了一身鹅黄色的裙装,觉得脸色也好了许多。

她对着镜子为自己打气,一连做了三个加油的动作,但还是没有找回失落已久的好心情。

她的手轻轻抚摸着冰冷的镜面,想起沈若飞苍白的容颜,然后猛然开门,把所有不该有的回忆抛至脑后。

晚上七点,她如约到了相亲圣地星巴克,没想到男方已经到了,倒是个守时的好男人。望着不断朝自己招手脑门亮晶晶的"守时男",潘小夏有些迈不动步子。

"是潘老师吧。呵呵,你说你穿黄色的衣服,我一下就认出你来了。我们挺有缘分的。"

"呵呵,也许吧。"潘小夏很尴尬地笑了笑。

"对了,忘了自我介绍下,我也是老师,教的是马克思主义哲学。你是党员吗?"

"啊?"

"我入党已经有十二年了……"

接下来,这个思想积极向上、"聪明绝顶"、家世优良的男人开始了他的脱口秀。潘小夏从一开始的坐立不安变成了面无表情,思绪也渐渐游离。她想起上次相亲时被沈若飞打断时的气恼,想起沈若飞近乎无赖的强硬,忍不住微微地笑了起来。

就在她习惯性走神的时候,似乎在窗外看到了一个熟悉的身影,定睛一看,浑身血液都要凝固了。

沈若飞。

人来人往的街道上，沈若飞静静地站着，静静地看着她。他比以前消瘦了很多，下巴上青青的胡茬，乌黑的眼眸满是黑色的火焰。

看着沈若飞，潘小夏没来由的心慌了起来。她想逃，但是沈若飞抢先一步进了星巴克，一把抓住她的手臂。

"你做什么！"潘小夏轻声骂道。

"对不起，打扰了，可是我有急事。"沈若飞对那个男人微笑，"这位先生，您不介意我和小夏先走吧？"

"啊？潘老师，这是你朋友吗？"

"是……对不起，今天就先这样吧。"

"好，那你们聊，呵呵。潘老师能留个电话吗？"

潘小夏还没来得及说什么，沈若飞就拉着她的手飞快朝外面走去。潘小夏的手被他抓得生疼，但是害怕被路人注意，只能被他拖着往前走。到了街心公园，她才用力把手甩开，说："沈若飞，你疯了？"

"为什么不打招呼就走？为什么和别人相亲？为什么……为什么给我希望，又让我绝望？潘小夏，你告诉我为什么！"

潘小夏还是第一次看到沈若飞发怒的样子。

记忆中的他总是带着微笑，即使生气也是冷冷地嘲讽几句。

现在的他，就好像是受伤的小兽，充满了绝望，带有攻击性。潘小夏本应感觉到害怕，但是她颤抖着嘴唇，流下泪来，"沈若飞，我们分手吧。"

"为什么？"

"你知道原因的。"

"我不知道。"

"因为周琴。"

当潘小夏说到这个名字的时候，沈若飞的瞳孔一缩，紧握住潘小夏肩膀的手也一松。潘小夏察觉到他的细微变化，嘲讽地说："如果我要你和她断了联系,你会吗?"

"小夏……"

"你只要回答我会还是不会。"

"我现在……"

潘小夏打断了沈若飞的话,"好,不用说,我知道答案了。我不是一个大方的女人,我无法做到……所以,还是分开比较好。"

"你为什么不听我解释,为什么不信我?"

"那你要我怎么样?被你甩的那天才恍然大悟吗?我的感情已经够不顺的了,你非要我伤痕累累,弥足深陷才肯放手?放了我吧,沈若飞!我不想为你流泪了!"

"你……哭了?"

沈若飞的手轻轻拂过潘小夏的面颊,怔怔地看着残留在指尖的泪水,而潘小夏转身就走。

他愣了一下,刚想追上,但手机响了。他望着屏幕上不断闪烁的号码,接通了电话,电话那头,是白冰惊恐的声音,"沈若飞,你在哪?周琴找不到你又自杀了,现在在洗胃!你什么时候回来?"

沈若飞没有说话。电话那头传来医院里的喧嚣,他望着那个逐渐远去的身影,只能看着她消失在夜色之中。

他不管白冰歇斯底里的哭声,挂断了电话,闭上眼睛,感受着夜的寒冷。

他累了,也是时候做个决定了。

上次的相亲男自然再无联系,潘小夏待在家里,专心准备过年。她和爸妈去超市买了一大堆年货,看着无聊、热闹的春晚,高高兴兴地过了新年。

年初二是走亲访友的日子,虽然潘小夏心中暗暗祈祷,但是幸运之神似乎并没有眷顾她。所以,她只能眼睁睁地看着沈若飞和王慧阿姨提着果篮上门,也只能眼睁睁地看着爸妈拉住沈若飞的手嘘寒问暖。

她假装在专心看电视,但是忍不住听他们到底在说什么,只听见老妈问:"王慧,你们家飞飞有女朋友了吗?"

"没有,真让人操心……小夏呢?"

"一样,每次都被人甩。"

"要不是飞飞比小夏小三岁的话,我真愿意他做你们家女婿。"

"哈哈,我女儿可不行,人又傻又没用,哪里配得上你家飞飞!对了,飞飞的画廊什么时候开张?"

"就是下个月,到时候一起去,怎么样?"

"当然了!小夏,你听到没有?潘小夏!"

"听到了。"

潘小夏很冷淡地说,继续看电视,没有看沈若飞一眼。待王慧和沈若飞离开后,妈妈一巴掌拍在潘小夏的头上,"小夏,怎么对王慧阿姨那么没礼貌?你和飞飞吵架了吗?怎么关系那么冷淡?"

"没啊。我们都长大了,当然和以前不一样了。"

"这倒也是……下个月飞飞的画廊开张,我和你爸也会去S市,我们一起去。你说送什么开张礼物好?花篮?乐队?"

"你爱送什么就送什么吧。我困了,要睡觉。"

潘小夏说着起身回房,躺在床上,久久没有合上眼睛。沈若飞见她时的礼貌与冷淡让她心里有种无力感,她甚至怀念起他坏笑与毒舌的样子来。

可是,这正是她想要的结果,不是吗?为什么达到目的反而会觉得难过?

"沈若飞……"

潘小夏喃喃地喊着这个名字,一滴泪顺着面颊缓缓流淌。她没有擦拭泪水,强迫自己闭上眼睛,沉沉睡去。

5

不管有多么难过,多么伤心绝望,生活还是要继续。开学前五天,潘小夏重回 S 市。

虽然早就有了心理准备,但是看到沈若飞的所有物品都消失不见,她的心还是忍不住一凉。

她和沈若飞只住了半年,但是半年的时间里,已经让她习惯沈若飞的陪伴。梳洗台上两个并排放的刷牙杯突然变成一个,毛巾变成孤零零的一块,看电视的时候也不会有人来抢遥控器……

生活回到原点,可是为什么反而会不习惯?为什么会觉得那么的孤单,好像心里缺了一块最重要的东西?

潘小夏想着,拿出手机按下沈若飞的电话号码,但是怎么也没有勇气拨出。她猛地把手机一合,拨了陈薇的号码,打算约她出来见面,她实在有太多话想和陈薇说。

电话很久没有打通,潘小夏知道陈薇可能又在忙,也不好打扰她,就一个人出了门。

她在街上漫无目的地逛着,买了一大堆有用没用的东西,然后去咖啡馆。

她点了一杯意式咖啡,在咖啡店发呆,过了很久才注意到自己面前坐了一个人。泪眼蒙眬中她朝对方望去,然后瞬间忘记了呼吸。

"小夏,没想到你会来这里。"汪洋尴尬地对她一笑,"沈若飞没陪你吗?"

"他今天有事。"潘小夏下意识地撒谎。

"这样啊……"

汪洋点了一杯咖啡,也不再说话,只是专心致志地搅拌着面前的咖啡。潘小夏有些尴尬,正打算告辞,汪洋突然说:"你们还是在一起了。"

"嗯?"

"小夏,你还是和沈若飞在一起了,不是吗?"

潘小夏突然不知道该怎么回答。是,她是和沈若飞在一起了,但是现在……可是,也没有和汪洋解释清楚的必要吧。

"这是我的事情。"潘小夏淡淡地说。

"他让你哭了。"

"没有。"

"小夏……"汪洋神色痛楚地望着她。

"汪洋,我们分手了,不是吗?你也快结婚了,和前女友走得太近不好吧。"

"我分手了。"

"嗯?"潘小夏大吃一惊。

"其实早就想和她说分手,只是舍不得即将到手的主任位子罢了……为了事业,情愿和一个不喜欢的女人交往,连我都觉得自己卑鄙。我以为有了金钱和权势就能有资格重新拥有你,其实,我被浮躁的社会影响得忘记了自己曾经的理想。小夏,我们……"

"对不起,汪洋。"

"嗯,我知道。我明天就要去非洲,没想到今天能在这里见到你,也算是留下一个美好的回忆。"

"非洲?"潘小夏惊讶地反问。

"嗯,是去非洲支援。还记得吗,这是我原来的梦想。"

"啊,是啊……"

潘小夏记得初一时全校学生一起在大礼堂看纪录片,讲的就是非洲那些因为饥饿和疾病而痛苦挣扎的孩子们。

潘小夏看得心中难过,四周也有女生不住地抽泣,而此时,有个男生用清亮的声音说:"我以后会学医,去救助他们。"

那个人就是汪洋。

十二岁的潘小夏用一种近乎敬仰的目光看着汪洋,也在心里埋下了爱恋的种子。上大学时,汪洋果然选择了医学专业,毕业后也顺利成为医生。

可是,儿时的梦想,究竟在何方?也许,大家早就把它忘记了。

"汪洋,你考虑好了吗?非洲环境差,有的人去了就……你真的考虑好了吗?"

"是的。你可能不会记得,这是我……"

"是你初一就开始有的梦想。"潘小夏说。

"你记得?"汪洋眼睛一亮。

"是啊。虽然有些不好意思,但我……是从那时候开始喜欢你的。"

"是吗……那么久了,居然还记得?"汪洋微微一笑,眼中闪着光芒。

"当然了。毕竟,你是我第一个喜欢的男人。容忍了我那么久,还在我家被我爸爸……对不起,汪洋。"

"没什么。是我骗了你,小夏,对不起。我一直欠你一句对不起。原来以为一切都在我的掌控中,不想让你因为这些事情而离开我,但一切好像事与愿违。如果……如果我一开始就向你坦白,一切会不会不一样?"

"都是过去的事情了,没什么好说的。"潘小夏勉强一笑。

"是啊……不管怎么样,祝你幸福,小夏。"

"嗯,一路顺风,汪洋。"

从咖啡店出来后,潘小夏吹着风,觉得自己的心情很平静。

和汪洋的会面并没有她想象中的那么尴尬,他们到后来好像久未蒙面的朋友那样交谈,互相祝福,也知道今后再见面的机会几乎是零。

潘小夏停好车走回家，一路都想着和汪洋在一起的始末，心中有些淡淡的伤感。走到楼下，她看到有人在不远处站着，定睛一看，是沈若飞。

"沈若飞？"

潘小夏疑惑地看着来人，几乎不敢相信自己的眼睛。

"潘小夏。"

月光照在沈若飞的脸上，让他在月光下显得很朦胧。潘小夏呆呆地看着他，满腹的话不知道从何说起。最终，她问："你来做什么？还有东西没拿走吗？"

"明天是我画廊的开幕式，你会来吗？"

"嗯，我听妈妈说过了。他们会来参加大画家盛夏的画廊开幕式。真的恭喜你，大画家。"

"你是怎么知道的？"沈若飞身体微微一颤。

"虽然保密功夫做得很好，但是世界上没有不透风的墙。亏得我还以为你不务正业，让你蹭吃蹭喝……你当我是白痴，是吗？"

"小夏……"

潘小夏生气地说："有个什么导师不是看上了你的画吗，你为什么不回美国？周琴家财大气粗，放弃的话太可惜了吧。你想三十岁结婚，但我不行！我想要的不仅仅是恋爱，而是婚姻！你什么都不能给我，还招惹我做什么？你走开！"

潘小夏用力一推沈若飞，朝楼上走去。沈若飞一把抓住她的手，痛楚地说："我没有告诉你真相，只是为了在你这里住下，可以……可以接近你罢了。我打算找个合适的时机和你说，对不起，是我……"

"为什么每个人都要骗我，而且都打着为我好的幌子？我知道我是个笨蛋，但是不代表我每次都被人骗，还要装作一副宽容的样子说没关系！我要回家，你让开。"

"潘小夏！"

"你放心，开幕典礼我会去的，不去的话爸妈那里也交代不过去。我们……就这样结束吧。"

潘小夏说着上了楼，不敢再看沈若飞一眼。关上房门，她无力地坐在地板上，过了很久才幽幽一叹。她站起身鼓足勇气往楼下看去，但已经不见沈若飞的踪影。

走了吗？

也许这才是最好的结局，沈若飞……

潘小夏一夜未眠。第二天，她选了一身紫色的小礼服，用脂粉遮盖了暗淡的气色，准备和父母一起去看沈若飞的画廊开幕式。

平心而论，她并不想参加这场盛会，但是为了不让爸妈起疑，她也只能装作很开心、很兴奋的样子。

王慧阿姨今天穿一身暗红色的旗袍，虽然略有老态，但是气质娴雅，高贵得让人移不开眼睛。她和潘小夏一家去开幕现场，突然一拍头，紧张地说："糟糕，居然忘记带发言稿了！一会儿可怎么办啊！"

"发言稿？"

"就是一会儿要读的感谢词啊！我昨天好不容易才写好，居然忘记带，这可怎么办？"

"王慧阿姨你别急，你再回想下，重新写一份不行吗？"潘小夏忙问。

"现在我那么紧张，哪里想得出来啊！小夏，能不能麻烦你帮我去拿一下？"

"在哪里？"

"在飞飞的工作室。唉，人老了，真是不中用……"

看着王慧阿姨自责的表情，潘小夏急忙答应。她安慰了王慧阿姨几句，打车去沈若飞的工作室。她气喘吁吁地开了门，按照王慧阿姨的回忆，果然在抽屉里找到了那张发言稿。

她松了一口气，正打算离开，突然看见那本熟悉的白色草稿本——沈若飞不肯给她看的那个本子。

这本神秘的草稿本里到底有什么秘密？沈若飞为什么对它视若珍宝，为什么一直不肯让她看？眼下真是最好的机会！可是这样会不会侵犯他的隐私？

不管这么多了，他都和周琴开房去了，还有什么隐私不隐私的。就算这本子里面有不同女人的裸体画也是在情理之中！就看一会儿，只要一会儿就好……

潘小夏终于成功把自己说服，翻开了素描本。一开始，是她以前看到的线条练习，后来是静物，然后……是各个时期的潘小夏。

穿着校服微笑着的潘小夏，胖得不想见人的潘小夏，在窗边发呆的潘小夏，运动场上奋力奔跑的潘小夏……她构成了这个画册，也是画册中唯一出现的人物。

最初，沈若飞的画风很幼稚，但后来越来越成熟，画得越来越有神韵。潘小夏看着这些画，觉得自己好像回到过去，每幅画都是一个回忆。

她终于知道那天看日出的时候，沈若飞为什么会画得那么快、那么好，原来很多年前他就开始练习了！那时候，他那么着急，不肯让她知道，是怕她发现他心里的秘密吧。

这个笨蛋沈若飞！要不是无意中发现，他是不是要瞒着她一辈子？

可既然这样，什么要背叛她？

潘小夏翻着画册，把它轻轻放在原来的地方，眼睛越来越酸。她不敢让眼泪弄坏了妆容，急忙下楼，朝着画廊赶去。她也不知道要怎么面对沈若飞，只知道她想见他，现在就要见他。

第十章　他的求婚

他不想再考虑那么多，只知道错过这个机会，两个人就有可能擦肩而过！他才不要用来缅怀、悼念的爱情，他要的是触手可及的温暖和幸福！

1

沈若飞就是天才画家盛夏的事情已经被媒体知晓，到场的媒体极多。

陈薇站在媒体招待区，见到潘小夏，对她拼命挥手，笑得很暧昧。潘小夏知道陈薇心里在想什么，也不想多解释，对她淡淡一笑，就入了场。

沈若飞的画廊没完工前潘小夏来过几次。那时候，她就感觉这个画廊不错，没想到现在更加让人移不开眼睛。

不同于如今流行的奢华风，画廊走的是自然风格，清新得让人好像回到了夏天。

沈若飞的许多画都在画廊中展出，稍后的拍卖会上会拍卖这些作品。画廊尽头是一幅巨大的油画，驻足观赏的人最多。

画上，是一片绿色的原野。穿着白衣的小男孩和小女孩手拉着手，虽然只是背影，但是想象得出他们脸上的笑靥。阳光给他们的衣服镀上了一层金色，画面五彩斑斓，充满了童话色彩。

在看多了抽象派令人费解的画作后，沈若飞的清新画风让人眼前一亮，这幅《盛若夏花》更是让人想起了自己的年少时光，获得不少人的赞赏。

许多人都驻足询问这幅画的起拍价，但是礼仪小姐礼貌地微笑，"对不起，这是非卖品。"

"非卖品？"

"嗯。这是老板最喜欢的，打算送给他的未婚妻。"

"未婚妻？盛夏有未婚妻了？"

"是啊。虽然没见过，不过肯定是一个很漂亮的女性吧……"

潘小夏呆呆地听着礼仪小姐说的话，眼睛突然酸了。别人也许不知道这是什么，但她怎么会忘？这是她和沈若飞每次闯祸之后，会跑去躲灾的田野啊……

"潘小夏，以后我会保护你。"

"我才不要！你比我瘦比我小，你能自己保护自己就不错了！"

"我是男人！"

"你是小刺猬！"

"你才是小胖子！"

儿时的誓言在耳边回荡，就算是争吵也充满意趣。有很多事情，潘小夏已经淡忘，但沈若飞还记在心上。

原来，他从未忘记自己的承诺，忘记的人，是她……

"小夏，这地方我怎么看着那么眼熟？怎么有点像我们的院子？"潘妈问。

"我也觉得像。"潘爸点头。

"如果小男孩是飞飞的话，女孩子是谁？难道是你？"

潘小夏不知道该如何回答。

就在她惊讶得说不出话的时候，突然响起了雷鸣般的掌声，原来是沈若飞走上了台。他今天穿着银灰色的西装,头发梳得很整齐,举手投足间充满自信。

他站在台前,微笑、有礼地回答了记者的几个问题,后来,有人问:"沈先生,您的署名为什么是盛夏?这幅《盛若夏花》有什么特别的含义吗?"

"因为我最喜欢的女人名字里有一个'夏'字,而我姓沈,所以我给自己起名为盛夏。这幅画,是我送给她的求婚礼物,希望她能收下。"

"是吗?请问这个幸运的女人是谁?"

全场哗然。

潘小夏呆呆地听着,无视父母、王慧阿姨诧异的眼神,呆呆地看着朝自己微笑的沈若飞。四周的喧嚣声仿佛瞬间消失,她傻傻地看着沈若飞朝自己走来,握住了她的手。

沈若飞掌心传来的温度让她浑身一颤,呆若木鸡地看着那个令她快乐又令她心碎的男人,听着他说:"小夏,嫁给我好吗?"

"沈若飞你疯了!这里有这么多人!"潘小夏颤抖着嘴唇,如梦初醒。

从回忆中走出来的潘小夏,突然察觉到自己成了全场焦点。她发现父母、王慧阿姨、记者,还有许多不认识的人都看着她,又气又急,脸红得就快烧起来,只想尽快离开这个地方。

她很想和沈若飞就此撇清关系,但情急之下也不知道说什么才好,气血上涌,居然当场跑路。她拉着裙子跑了出去,跑得飞快,就好像一阵风。

身后的呼喊声她充耳不闻,站在天台上,不住地喘着粗气,只觉得刚才发生的一切太不真实,就好像是做梦一样。

梦里,沈若飞向她求婚,还当着那么多人……真是丢人死了!

"潘小夏,你跑什么跑?我真佩服你穿高跟鞋能跑那么快!"

沈若飞也追到了天台上，气喘吁吁。他无语地看着潘小夏，而潘小夏朝他怒吼："沈若飞，你刚才瞎说什么？"

"我没有瞎说。"沈若飞无辜地说。

"我们分手了，你不明白吗？你求什么婚，而且还当着那么多人？你的脑子烧坏了吗？"

"潘小夏，你之前说不想结婚，就算我再想结婚也不能表现出来，只能默默等你。后来，你说你想要婚姻，我当然愿意给你。你想要的一切，我都能给你。但是你想扔下我的话，我不会同意！你到底还要我怎么样！"

沈若飞积攒了那么多天的怒火终于在瞬间爆发。虽然他一再告诫自己不能把潘小夏逼急，但是眼睁睁看着她再一次从自己面前逃走，他所有的理智在瞬间烟消云散。

他不想再考虑那么多，只知道错过这个机会，两个人就有可能擦肩而过！他才不要用来缅怀、悼念的爱情，他要的是触手可及的温暖和幸福！

"沈若飞……"

潘小夏看着沈若飞，不知道说什么好，茫然又痛楚地看着他。

"对不起，我不该发火的，可你不告而别真的让我很担心，潘小夏。这个……是送给你的礼物，说好补给你的圣诞礼物。"

沈若飞说着，从口袋里掏出一个盒子。潘小夏一惊，以为是戒指，打开一看，却是一条华美的钻石项链。她看到小碎钻拼成雪花形状，惊讶地看着沈若飞，沈若飞有些不自然地说："你说，圣诞节想要雪……雪会化，会消失，这个不会。"

"所以？"

"所以嫁给我吧，潘小夏。"

"沈若飞你疯了吧！周琴怎么办？"潘小夏大吃一惊。

"周琴？和她有什么关系？"沈若飞疑惑地问。

"你还装！你以为你们去宾馆开房我不知道吗？"

"开房？"沈若飞愣了。

"金都宾馆！你还要继续装下去吗？"

潘小夏终于说出隐藏在心中那么久，就快发霉的秘密，眼泪在眼眶中打转，却强忍着不落下。

沈若飞看了她很久，终于明白到底发生了什么事。他看着远方，沉静地说："周琴有抑郁症，经常闹自杀。虽然她和我并没有关系，但是她自杀的原因确实是为了我。"

"自……自杀？"

"嗯。两次服用安眠药，三次跳楼未遂，还有两次是割腕。"

"为什么？"潘小夏非常不能理解。

"我想，她对我太过依恋了吧。除了我和白冰，她几乎没有别的朋友，对我的依恋也远远大于爱。是我不好，在她第一次自杀的时候赶到了医院，不然也不会养成她的恶习。"

"沈若飞，你怎么这样说……"

"是她告诉你的吗？"

"嗯。如果真的是特殊原因，你为什么不肯告诉我？"

"我怕你会生气。"沈若飞摸摸潘小夏的头，微微一叹，"你不喜欢我和她联系，我真的怕你生气，然后丢下我。"

"沈若飞……"

"小夏，我们认识了那么多年，你不能给我一点信任吗？我怎么可能背叛你，辜负你？我多想让我妈妈知道她最喜欢的潘小夏，就是我的女朋友，也多想和你永远在一起！我……我……我怕你离开我……"

沈若飞痛楚地看着潘小夏，潘小夏的心也一点点变软。她想起画册里形形色色的自己，虽然不知道该不该再次信任沈若飞，但是看到沈若飞痛苦的样子，她比谁都难过。

沈若飞见潘小夏不说话，强硬地把项链戴在她的脖子上，抵住她的额头，喃喃地说："潘小夏，我送给你的礼物你不许丢下。"

"嗯。"潘小夏想起沈若飞那么多年的单恋，眼睛一酸，情不自禁地点头。

"还有，你也不许丢下我。"

"我……"

"已经收下礼物，我就当你答应了。你也不想我求婚被拒绝，上了明天新闻的头版头条吧。"

"你威胁我？"

"是啊。你再把我丢下的话，真的好丢人。"

穿着西服帅气非凡的沈若飞突然做出委屈的表情，真是把潘小夏雷到了。她看着守候在外面两眼放光的好事记者，看着一脸坏笑的陈薇和呆若木鸡的父母，再看着一脸期待的沈若飞，一咬牙，终于轻轻点了头。

什么周琴，什么年龄差距，都见鬼去吧！能和自己最爱的人结婚，她是多么幸福！

"小夏，真的吗？谢谢你！"

沈若飞惊喜至极，抱着潘小夏原地转了几圈，把她吓得尖叫不止。过了很久，沈若飞才拉着她的手走到母亲和潘小夏父母面前，郑重地说："妈，叔叔，阿姨，我爱的女人是潘小夏，希望你们祝福我们。"

"这个……"

潘妈还属于石化状态，而王慧已经反应过来了。她拉着潘小夏的手，笑眯眯地说："小夏，原来飞飞这孩子一直念叨的女人就是你啊！我以前就想你当我女儿，现在可好，真的是一家人了。"

"叔叔，阿姨，可以吗？"沈若飞再次问。

"这个……小夏，你是认真的吗？"潘妈惊讶地问。

"是。"潘小夏硬着头皮说。

她已经决定,就算父母反对的话她也会和沈若飞在一起,因为她爱他,他已经是她生命中不可缺失的一部分。

她低着头,等待父母的责难,潘妈突然说:"臭丫头,这么大的事情瞒我们这么久!我和你王慧阿姨早就想成一家人了,见你们彼此没感觉才打消了念头,你们倒好,瞒着大人暗度陈仓!早知道你们这样,我们还担心什么?"

"啊?"这下轮到潘小夏石化了。

"你妈的意思是,我们早就有意思撮合你们,但是现在都恋爱自由,做家长的也不能干涉儿女的私生活。你们这样……我们也都放心了。"潘爸解释。

"啊?"

"飞飞,你可要好好照顾小夏。对了,等画展结束后我们商量下婚礼的事情吧……"王慧也开口。

于是,三个家长就开始商量婚礼的事情,由彩礼、嫁妆延伸到宴请宾客的规格,潘小夏傻傻地站着,一直没回过神。

沈若飞搂着她,在她额上轻轻一吻,"潘小夏,早知道会这样,你还玩什么地下恋情?这下,你逃不掉了。"

"沈若飞,我怎么有种上当的感觉?"

"那就上当受骗一辈子好了。"沈若飞温柔地说。

2

第二天的报纸,果然都报道了盛夏当众向爱人求婚的场景,潘小夏曾经逃走的插曲则在陈薇的长袖善舞下通通被抹去。

沈若飞不愿让他和他的未婚妻曝光,所以报纸、杂志上没有正面刊登他们的照片,有的只是令人遐想的背影。

虽然没有见到名人的真面目，但潘小夏的背影照在网络上引发了人们的无数猜想。潘小夏第一次成为被八卦的对象，此时才明白沈若飞回国之初为什么会选择隐姓埋名，被关注的日子，真的不太好过。

"沈若飞，你下一步打算怎么办？"

潘小夏坐在沙发上，瞪了一眼正在专心看电视的沈若飞，问他打算如何收场。

他们的父母都已经回家兴冲冲地准备婚事，潘妈走前拉着沈若飞的手就快哭出来了，一副"你跟了我女儿真是委屈了"的模样，看得潘小夏窝火至极。

沈若飞继续看电视，信口问："什么怎么办？"

"结婚啊，人生啊，还有周琴！"

"结婚的话，越快越好。人生的话，我想要的都已经得到了，好像没什么好追求的……画廊交给经纪人打理，我偶尔去一下就好。至于周琴，我会和她说清楚，不会再让她干扰我的生活。"

"咦？交给经纪人打理？那个画廊你倾注了那么多心血，你舍得给外人打理吗？"潘小夏吃了一惊。

"可是社交应酬太多的话，是不会画出好作品来的。更何况，经纪人并不是什么外人。"

"他是谁，我怎么没听你说起过？"

"是我的未婚妻潘小夏啊。"

"沈若飞！我什么时候答应帮你打理画廊了！"潘小夏大叫。

沈若飞可怜兮兮地说："丈夫的事业妻子总要支持，而且这并不会花你多少时间。你忍心看我那么累吗？"

"忍心！"潘小夏恶狠狠地说。

"我知道你不忍心。"沈若飞得意地说。

潘小夏对他无语。

沈若飞在外面总是一副成熟稳重的样子，谁知道在面对她时这么狡猾，这么无赖，这么爱撒娇。

他就是太了解她，认准了她心软才会这样肆无忌惮，对她一再欺压！她……她怎么就那么倒霉？

"沈若飞，你不恨我吗？"潘小夏突如其来地问。

"恨你什么？"

"不负责任，不告而别。"

"这个啊……我早就习惯了。你能迟钝到我喜欢你那么多年都不知道，傻到不信我信外人的话也情有可原。潘小夏，我拜托你，你以后能不能在做决定前了解一下事情的真相，就算是判我死刑，也给我一个解释的机会？就是在封建社会，宣判前还要让犯人签字画押，你不能搞法西斯主义专政，就这样给我定罪了啊！"

沈若飞说着，头痛地看着潘小夏，微微摇头，眼神好像成年人看孩子一样，又宠爱又无奈。

潘小夏虽然知道自己有错，但见沈若飞言辞之间带了责备的意思，也不知怎么的，火噌的一下又冒了出来。

她酸酸地说："沈大少爷，这件事是我错了，您大人有大量原谅我，行吗？不，这件事归根到底还是怪你，还不是因为你长了一张祸国殃民的脸！你倒是说说看，为什么每次和你出去那帮女的就围在你身边，却把我当成隐形人？为什么你打篮球的时候，不管认识不认识的小姑娘都给你加油？怎么没见她们给我加油？还有，你对她们笑什么笑？是在勾引人家吗？"

"小夏，你不能这样不讲理……你又没打篮球，人家怎么给你加油？还有，那些户外运动你参加得并不多，她们和你不熟，自然不好相处……"沈若飞头痛地说。

潘小夏不依不饶，"所以你也承认我们之间没有共同语言了？你青春年少、活力充沛，我就人老珠黄、老旧落伍是吗？好啊，你终于说出你的心里话了!"

"潘小夏,你还真是个醋坛子。怎么,不装温柔体贴、宽宏大量了?你承认自己在吃醋?"

"是啊,我就是吃醋,怎么样!你咬我啊!"

潘小夏不顾一切地发泄着心中的怒火,想和沈若飞大吵一架,沈若飞却没有生气,还是笑盈盈的。

潘小夏看到他的笑脸气不打一处来,不假思索地抓过他的胳膊一咬,先是很用力,然后心疼,慢慢松了口。

沈若飞一言不发地任由潘小夏发泄。潘小夏轻轻摸摸沈若飞胳膊上的牙印,嗔怪地说:"你是木头啊,怎么不知道反抗?"

"那样你会更生气。"沈若飞老老实实地说,"只要你不生气,不离开我就好。"

"你还真是个笨蛋!"潘小夏的火气渐渐散去,郁闷不已。

"小夏,你到底为什么对我们的感情没有信心?是我做得不够好吗?"

"不是你做得不好,是我对自己没信心吧……你太受欢迎,让我很有危机感。我很怕你对我只是一时的喜欢,以后遇到真正喜欢的人,终究会后悔。"

"潘小夏……谁说我喜欢你?"

"什么?"潘小夏一愣。

"我可以喜欢很多人,但是只能爱一个人。潘小夏,你怎么就那么迟钝?你不知道我爱你吗?不爱你的话为什么要和你结婚?为什么死皮赖脸住在你家?你有点脑子好不好!"

沈若飞的手在潘小夏额上重重一点,潘小夏一愣,低下头,终于红着脸笑了起来。

她也不知道自己当初为什么怀疑沈若飞,因为一张照片就轻信了周琴的话,现在想来,一切都是因为内心的不安与自卑吧。

这场恋情刚开始的时候,她就抱着"会被家长反对""会无疾而终"的预感,怀着近乎悲壮的心情陷入爱河,却没想到自己会弥足深陷。

沈若飞让她着迷,她是那么爱他,也是那么害怕失去他。就是因为她太在乎,才会丧失理智,只想在狼狈退场前保留最后一点自尊吧。可这样的行为和因噎废食有什么区别?

如果……

如果不是沈若飞这么坚持,这场恋情是不是真的会像她所料想的那样无疾而终?

到那时,她一边哭泣,一边说"其实我早就料到这天"吗?自己都没有全身心付出,又有什么资格说别人呢?

她以为自己足够成熟理智,但是对待爱情方面确实还青涩得好像一个孩子。幸好,她遇到的是这个实心眼的孩子……

"还有……其实我也一直害怕你会厌倦我。我不够成熟,遇事会冲动,玩心重,创作遇到瓶颈会乱发脾气。潘小夏,我真没有想到你居然会害怕失去我,而且是因为这么可笑的理由!总之,以后我们谁都不许瞎想!我送你的项链你戴着的吗?"

"当然了。"

"潘小夏,你不能丢下我送你的项链,也不能丢下我。"

沈若飞说着翻开潘小夏的衣领,轻轻抚摸着白金链子,手指所到之处引起潘小夏一阵战栗。

潘小夏觉得呼吸越来越急促,闭上眼睛,不敢看沈若飞。沈若飞的吻落在她的后颈,她像被电击一般,颤抖着说不出话来,心中满是紧张、羞涩和……一点点期待。

沈若飞……

沈若飞身上的男子气息是那么熟悉而清新,吻是那么的温柔,潘小夏沉醉在他的温柔之中。

失而复得的快乐让她的情感战胜了理智，她不去想那么多，只想忠于自己的心意！这个男人是她的弟弟，是她的好友，是和她一起长大的守护神，是她……最深爱的男人啊。

"小夏……"

沈若飞的声音有些沙哑，潘小夏的心也紧张得快跳出来。她觉得自己就好像粽子一样，被层层扒开，露出了白嫩嫩的馅儿。

她想起陈薇绘声绘色的"教育"，闭上眼睛，咬紧牙关，好像英勇就义一样。她不是一个开放的女人，和汪洋之间也只进展到接吻罢了，但这个男人，她心甘情愿交给他……

就在千钧一发之际，沈若飞的电话响了。

沈若飞一脸懊恼，怒气冲冲地盯着电话，而潘小夏却笑了起来。她指指电话，示意沈若飞去接，沈若飞只能无奈地接通。

他一接电话，就变了脸色，说出来的话却是那么冷漠："和我无关，我不会再去了。"

"沈若飞，你……"

"挂了。"

沈若飞说着就挂断了电话，但脸上的寒霜一直没有淡去。潘小夏好奇，问："什么事？"

"没什么。"

"沈若飞，你答应过不骗我的。"

"好吧。"沈若飞微微一叹，"周琴又闹自杀了。"

"因为我们吗？"

"恐怕是的。这次在医院顶楼，三十层的大楼，她选择的自杀地点倒是越来越高了。已经报警了，警察会来处理的。"

"你不去看看吗？"

"潘小夏，我的善良并不是毫无节制的，任何事情都有它的底线。帮周琴是我的选择，不是我的责任。你比她重要得多，我不能因为她而失去你。"

"沈若飞……"

潘小夏突然很庆幸。

她知道沈若飞玩世不恭的外表下有一颗独断独行的心,要是被他爱上,自然会受尽万千宠爱,但要是他不爱,就算你闹自杀,也很难激起他的同情心。

她不是不同情周琴,但是相对来说,她还是关心自己的幸福。她没有再劝沈若飞,沈若飞却笑了,"我以为你会劝我。"

"劝你什么?把她收房?我最小气,你又不是不知道。"

"呵呵……不过我就是喜欢这样的你。"沈若飞捧着潘小夏的脸,在她脸上轻轻一啄,"我们好像还有事情没做完……"

"啊?"

就在这时,沈若飞的电话又响了。他几乎是火山爆发般按下了接听键,而潘小夏已经笑得不行了。

就在潘小夏捂着肚子在床上打滚的时候,沈若飞的神色突然凝重起来。他说了句"不行",就一言不发地挂断电话,潘小夏问:"又出什么事了?"

"周琴闹自杀。"

"这个我已经知道了啊。"

"刚才的电话是警察打来的,这次好像是真的。警方、媒体记者、消防队都来了,谈判专家也去了。"

"谈判专家?"潘小夏一寒,"那你打算怎么办?"

"凉拌。"

"沈若飞,你认真点!"

"我很认真。闹自杀这种事情她已经上了瘾,我次次就范,只能让她以为这招会对我有所钳制。小夏,你也支持我的,不是吗?"

"可是这次牵扯到警方,应该是真的吧……如果她真的死了,你会怎么办？"

沈若飞沉默不语。

如果一开始不对她微笑，是不是就能斩断这份不该有的依恋？为什么只是一次心血来潮的"英雄救美"，居然会引起这个女孩那么疯狂的爱慕？

虽然他对周琴从未产生过什么特殊情感，但是那个躲在自己身后哭泣的女孩，还是留在了他的记忆深处。

沈若飞不明白周琴对他的情感，他二十年的思念终于有了结果，而周琴……

"警方说，她想要见你。"沈若飞终于说，"她的精神有点问题，我不能看你冒险，所以我已经推了。"

"见我？那……去看看她吧。我们一起。"潘小夏说。

"潘小夏，你疯了？"

"如果她真的出了什么事，你一辈子都会不好受。这不是你一个人的事情，我想我们一起解决。我和你一起去。"

"你要去？万一……"

"有你在我身边，我怎么会有事？你不放心我，还不放心你自己吗？"

"潘小夏……"

"放心，绝对不会有事的。我想你和她之间的关系应该彻底厘清。你就让我自私一回吧。"潘小夏笑眯眯地说。

沈若飞怎么会不知道潘小夏是为了他才趟这场浑水，一言不发地把她搂在怀里。过了很久，他才说："我们一起去。"

3

潘小夏和沈若飞刚赶到医院，就被警方请进了小房间。年轻帅气的警察认真地问了他们很多问题,然后说:"周小姐现在情绪很不稳定,扬言见不到潘小姐就要自杀,安全起见,还是谢谢潘小姐的合作。"

"那她的安全你们能保证吗?"沈若飞皱着眉问。

"当然可以。我们不会让潘小姐进入危险区域,一切都在警方的掌控、保护之下。潘小姐,一切行动请听从我们的指挥,不能擅自行动,知道吗?"

警察的神色越来越严肃,在他的强大气场下,潘小夏情不自禁地点头,态度好得不能再好。沈若飞脸一黑,抓住潘小夏的手说:"我和你一起上去。"

"嗯。"

到了医院三十楼,潘小夏望着站在天台边缘好像风中落叶一般随时会飘走的周琴,情不自禁地咽下口水。

医院的天台一向禁止进入,并不是封闭的空间,甚至没有栏杆,让有轻微恐高症的潘小夏看了心里发怵。

白冰站在人群中,狠狠瞪着潘小夏和沈若飞,好像看着自己的杀父仇人一样。

警察捅捅潘小夏,示意她上前,潘小夏看了沈若飞一眼,给他一个放心的微笑。她硬着头皮走了出去,对周琴讪笑,"周琴,我来了。你不是要见我吗?"

"小夏姐姐。"

周琴站在楼房边缘,脸上带着淡淡的微笑,发丝在风中飘扬,就好像见到故人一样熟络、自然。

对于周琴刻意破坏她和沈若飞的关系,潘小夏心中是怨恨的,但是亲眼见到这个苍白得像纸一样的女孩,觉得周琴很可怜可悲。

"周琴。"

"想见小夏姐姐一面,没想到姐姐真的来了。若飞也来了吗?"

"他……"

"他一定也来了吧。小夏姐姐来的地方,他一定也会去,我早就知道了。"周琴微笑着说。

"周琴,你要见我,现在我已经来了。你那里风大,你过来说话好不好?"

"不要。这里可以看到风景,很美啊……小夏姐,你过来陪我好吗?"

潘小夏下意识地回头。

帅哥警察很干脆地对她做了个不行的手势,沈若飞也黑着脸,一直瞪着她。

潘小夏心想就算他们让她去她也不会去,回过头循循善诱,"你过来吧,我们一边喝茶一边说。"

"小夏姐姐,你过来。你那里有那么多人,我过去的话,就不会再有机会出来了。我爸爸会把我关起来,也许是关在家里,也许是关在精神病院,就好像妈妈一样……"

"周琴?"

"我妈妈在我十岁的时候被关到精神病院,大家都说她是个疯子,可对我而言,她是世界上最好的妈妈。爸爸不肯把我送到特殊学校,让我和大家一起上学,一起玩耍,但是我的朋友真是少得可怜。上高中的时候,我被小混混打,让他们打我的就是我唯一的朋友。我问她为什么,她说我抢了她的男朋友,不要脸。可我只是和那个男孩说过几句话而已啊……是若飞救了我。他站在我面前打退了那帮小流氓,然后回过头很温柔地问我有没有事。这种感觉,是一直保护我的爸爸也没有给我的……我想做他的女朋友,和他永远在一起。可是,就算是和他一起去美国,和他一起上学,也永远只是他的妹妹。小夏姐姐,你知道我有多羡慕你,又有多妒忌你吗?如果你不存在的话,若飞是不是会喜欢我,小夏姐姐?"

"我……我不知道。抱歉,周琴。"

"小夏姐,你说从这里跳下去会不会疼,会不会把一切都忘了?比起去精神病院而言,我更喜欢这样……"

"周琴,你疯了吗?你才多大就要寻死?为了一个男人,值得吗?我告诉你,你活着的话还能时不时使坏,你死了,沈若飞第一时间就忘记你!你不是想和我争吗,你死了怎么和我争?告诉你,我和沈若飞就要结婚了,有本事你来大闹一场啊!你这么没用,想死就去死吧,谁管你?"

潘小夏一怒,没按照警察给的台词说。周琴被她激怒,苍白的脸上有着不正常的潮红,恶狠狠地叫着她的名字:"潘小夏!"

"怎么,现在敢喊我的名字,不是小夏姐了?是,我是比你大八岁,那又怎么样?我二十八岁都能找到好男人,你一个二十岁的小姑娘又怕什么?爱情是生活的全部吗?你爸真是白养你了!你给我过来!"

"我不要!我不要去精神病医院!"

"谁说你必须去精神病医院了?你好好活着,不再寻死觅活,你爸舍得送你去吗?你快过来!"

"可是我……我脚软了……"

"真没用!"

潘小夏说着,骂骂咧咧地就朝周琴走去,却被人一把抓住手臂。她回头一看,沈若飞面无表情地说:"又多管闲事了是吗?要去我们一起去。"

没有护栏的顶楼看起来是那么恐怖,潘小夏一低头,看到川流不息的马路,腿脚发软,心跳加速。

可是,当沈若飞的手抓住她的那一瞬间,她觉得所有的恐惧都烟消云散。

只要跟着这个男人,就不会有危险。即使楼下就是地狱,他也会拉着自己的手，把自己带到天堂。

他是她的最爱，也是她最信任的男人。不管发生什么事，他都会保护她的。

潘小夏紧紧握住沈若飞的手，觉得有说不出的安全感。看到沈若飞，周琴的脸色很复杂，而沈若飞淡淡地说："闹够了？"

"若飞……"

"闹够了就滚过来，我会尽量说服你父亲让你在家静养的。你真的想跳的话，最好先签下器官捐赠协议，医院也能就近使用，还热乎着，都不用冷藏了。你放心，就算是你死了，也不会改变我的决定，往你坟前烧纸钱这种事估计也没人会去做。你要死就快死，别浪费大家时间。"

"我……"

潘小夏见周琴都快哭出来，心中不忍，抓住了周琴冰冷的小手。周琴浑身一颤，看着潘小夏和沈若飞，终于低着头，任由他们把她带到安全地带。

剩下的事情交给了医院和警方。白冰神色复杂地看着他们，颤抖着嘴唇，终于说："谢谢。"

沈若飞和潘小夏没有理她，手拉着手从他们身边走过。周琴看着他们，说："我不会认输的。"

"随便你。"潘小夏没有回头。

回到家里，沈若飞把潘小夏结结实实地骂了一顿。潘小夏也知道自己有多危险，笑着讨饶，但沈若飞还是狠狠地打了几下她的屁股，以示惩戒。

就在潘小夏要发飙之际，沈若飞抱着她，把头埋在她的胸前，说："以后不许这样了。如果你出了事，你让我怎么办？"

"对不起，我不会了。"潘小夏内疚地说，也抱住了他。

几天后，周琴发了一封邮件给潘小夏。她把自己那么多年的经历以及对沈若飞的爱慕都写在邮件里，看得潘小夏这个外人兼情敌都唏嘘不已。

在邮件的末尾，周琴写道："小夏姐，原来我是打算和你一起跳下去的，但是看到若飞的时候，我心软了。他拉着你的手，他的眼里只有你，就算是我和你一起死了，他缅怀的那个人也只会是你吧。我不想他难过。我对于我所做的一切说声对不起，也许，以后再也没机会见面了吧。祝你们新婚快乐。周琴。"

原来，她打算……

潘小夏想着身上一冷，看着专心致志作画的沈若飞，许久说不出话来。沈若飞注意到她在看他，对她微微一笑，"为什么这么看着我？沉醉在我的侧脸了？"

"不要脸！"潘小夏笑骂。

她思来想去，还是没有把这封邮件给沈若飞看，把一切埋藏在心里。沈若飞见她神色有些不对，放下画笔，搂着她问："在想什么？"

"没什么。"

"我妈说酒席什么的都订好了，挑个好日子就能办婚礼了。"

"哦。"潘小夏心猛一跳，然后木然地点头。

婚期将近，她也越来越紧张。虽然和沈若飞结婚就是多了一个证书，一场仪式，但是想到要和他这样一辈子生活在一起，还是脸红心跳得不行。

上次的亲密接触被周琴的事情打断了，但这种事……也是迟早的吧。

要和沈若飞……

只要一想到要和沈若飞做最亲密的接触，潘小夏的脸就变成了红柿子，眼下的触碰更是让她说不出的尴尬。沈若飞揽着她的腰，气息近在咫尺，"不如我们把事情办了？"

"什……什么事情？"潘小夏结结巴巴地问。

"反正是迟早的事情,晚办不如早办。"

"是,反正迟早要办,那不如晚点好了。"

"可是我等不及了。"

沈若飞的气息越来越热,潘小夏快要融化在他的怀抱里。她看着沈若飞乌黑的眼眸,嘴角扬起的弧度,漂亮的锁骨,白色T恤下若隐若现的结实身体,觉得自己好像茶壶一样,脸涨得通红,两个耳朵开始冒气。

沈若飞弹弹她的面颊,她好像触电一样跳起来,咬紧嘴唇,下了一个决定。

"沈若飞……"

"嗯?"

"那个,我,我同意,不过你知道我从小比较怕疼……所以,可能的话,能不能快点……"

"潘小夏,你在说什么!我是说什么时候去民政局把证领了!"

"啊?"

"不过既然你那么想的话,现在也没关系。"

"沈若飞!"

"我委屈点,牺牲点色相,就让你如愿以偿好了。"

潘小夏这才知道什么叫作自作孽,不可活。

大结局　盛若夏花

半年后。

在欧洲成功举办画展的盛夏回了国，却又在媒体的眼皮底下消失不见，气得不少记者砸坏了电脑。

在这半年中，唯一能给盛夏专访的是COCO杂志社的编辑陈薇。眼下，连她也打不通潘小夏的电话，正对着电脑骂骂咧咧。

"该死的潘小夏，真是标准的重色轻友！亏我还算是他们半个红娘！唉，她烦心的时候能找我，我被宋以轩那混蛋气得吐血的时候能找谁？我下辈子再也不做女强人了！"

陈薇在QQ上愤愤给潘小夏留言，严厉谴责她重色轻友的行为，顺便问候宋以轩的全家。与陈薇阴霾的心情不同，此时的潘小夏正在阳朔晒着日光浴，快活似神仙。

又一天过去了啊……

潘小夏慵懒地躺在床上，看着窗外的夕阳一点点下沉，看着正在认真作画的那个俊美男人，心中满满的幸福。

一个月前的盛大婚礼在她脑海中永远定格，婚礼上父母的眼泪也让她永远记在了心中。

对了，系主任终于和王教授复婚了，两口子一起出席婚礼的时候还有点不好意思，远在南非的汪洋也在邮件上对她表示祝福……

可谁能告诉她，为什么沈若飞会这么忙？

沈若飞一直在忙画展的事情，现在才有时间和她一起度蜜月，积了一肚子怨气的潘小夏决定趁机玩个够。她翻着杂志，查找着蜜月旅行地，突然觉得肚子饿了。她摸摸肚子，说："沈若飞，我饿了。"

"想吃什么？"沈若飞问。

"想吃你做的炸酱面。"

"等下。"

沈若飞放下画笔，急忙去厨房忙活，潘小夏理直气壮地坐在床上等开饭。她也不知道为什么，最近越来越喜欢睡觉，食欲也大增，人都比以前胖了一圈。

她越来越矫情，除了沈若飞亲手做的饭之外，其他都不吃，沈若飞也好脾气地满足她所有的要求。

他们远离尘嚣，在阳朔已经住了五天。

记得当初来阳朔旅行的时候，潘小夏曾经说想在这里定居，没想到沈若飞真的在这里买了一套房子，面朝漓江，寂静得好像是天堂。他们的房间里堆满了沈若飞的画作，空气中也弥漫着好闻的淡淡的油彩的味道，这就是两个人的伊甸园。

潘小夏在床上无聊地翻着杂志，突然看到有一篇讲早孕症状的文章，看着看着，突然睁大了眼睛。

她想起自己足足一个星期没有到访的例假，突然起身，从抽屉里拿出什么就跑到了厕所。等她从厕所出来的时候，沈若飞已经做好了饭，他看着她奇怪地问："潘小夏，你怎么了？脸色怎么那么难看？"

"没什么……"

"过几天我们先回家看望下父母，然后去希腊、埃及那一带玩吧，就算是度蜜月了。或者去欧洲？反正婚假时间很长，可以好好玩一下。"

"那个，恐怕不行……"

"为什么？你不想旅游吗？"

"我好像，似乎，可能……肚子里有孩子了。"

潘小夏哭丧着脸和埃及金字塔拜拜，沈若飞脸一沉，然后飞快地抱住了她！他轻敲自己的额头，懊悔地说："居然没发现……多久了？"

"我怎么知道！也许，一个月？"

"好，从现在开始，你什么地方也不要去，我们立马回家。"

"可我好想去埃及……"

"我说不能去就不能去。我现在就去订飞机票。"

"可我们才出来五天！"潘小夏都要哭了。

"谁让你怀孕了？"沈若飞坏笑，骄傲地自我表扬，"想不到我还挺厉害的，一下子就……"

一个枕头朝他的脸上摔去。

"潘小夏，你谋杀亲夫啊！"

"我不管，我要出去玩！都怪你！"

"可是我们有宝宝了，不好吗？我希望是个女孩子，长得像你。"

"沈若飞……"

沈若飞的脸贴在潘小夏的肚子上，神情是那么宁静而虔诚。潘小夏摸摸他的头，看着窗边发出清脆声响的风铃，终于笑了起来。

虽然她还没有做母亲的觉悟，但是能为自己最深爱的男人生下孩子也不错吧。

"沈若飞，我要吃糖。"潘小夏说。

沈若飞从口袋里掏出几颗牛奶糖，剥了糖纸放到潘小夏的口中，潘小夏顿时觉得浑身充满了甜蜜的味道。

笨蛋如她，迟钝如她，不久前才知道沈若飞随身带着糖，是担心她的低血糖，真是感动不已——只是那么小的事情，他居然记了那么久，还坚持了二十年……

这样的男人，她怎么能不爱？

一阵风吹过，窗边的风铃又响了起来，声音清脆动人。风铃下挂着一张字条，是潘小夏和沈若飞前一天去那棵大榕树下拿到的。

沈若飞打着特殊结子的红带子，让潘小夏第一时间认出。她不管沈若飞的威胁，愣是委托一个高个子男人把它摘了下来。红带子上，沈若飞的字是那么熟悉："我希望潘小夏做我的女朋友。二十五岁的沈若飞代五岁的沈若飞留。"

看到这些字，潘小夏的眼睛红了，不顾一切地紧紧攥着它，不让沈若飞再次抢走。她望着写满了心愿的大榕树，握紧了手中的红带子，然后微微地笑了起来。

既然心愿已经达成，不如把位子留给其他怀有希望的人吧。她的幸福已经在手中了。

从现在起，她不会痛苦，也不会迷茫。她的生活就好像是路边的花朵一样绚丽，绽放着，永不凋零。

"小夏，在想什么？"沈若飞摸着自己妻子的头，问。

"没什么。我在想，孩子应该是明年夏天出生吧，叫什么名字好？"

"是女孩的话就叫沈夏，是男孩的话叫沈翼？"

"你起的什么名字啊，真难听。再想想，想不出好的我不生了！"

沈若飞无语。

潘小夏和沈若飞的孩子应该会在明年夏天出生，一定会像夏天的花朵一样清新、漂亮。他们的爱情也和花朵一样，盛开着，绽放着。

盛若夏花。